# 塚本邦雄全集

## 第三巻 短歌Ⅲ

ゆまに書房

【監修】
大岡信
岡井隆
佐佐木幸綱
篠弘
【編集】
北嶋廣敏
塚本青史
島内景二
堀越洋一郎

平成3年、近畿大学にて。『魔王』上梓の頃。(撮影・小方悟)

# 塚本邦雄全集　第三巻　目次

## 魔王 *第十九歌集 017

## 獻身　＊第二十歌集　159

# 風雅黙示録

＊第二十一歌集　297

# 初學歷然

＊未刊歌集

453

# 透明文法──「水葬物語」以前　＊未刊歌集　545

# 驟雨修辭學

＊未刊歌集　603

# 解題

北嶋廣敏
堀越洋一郎

# 塚本邦雄全集

第三巻　短歌Ⅲ

装訂　間村俊一

# 魔王

＊第十九歌集

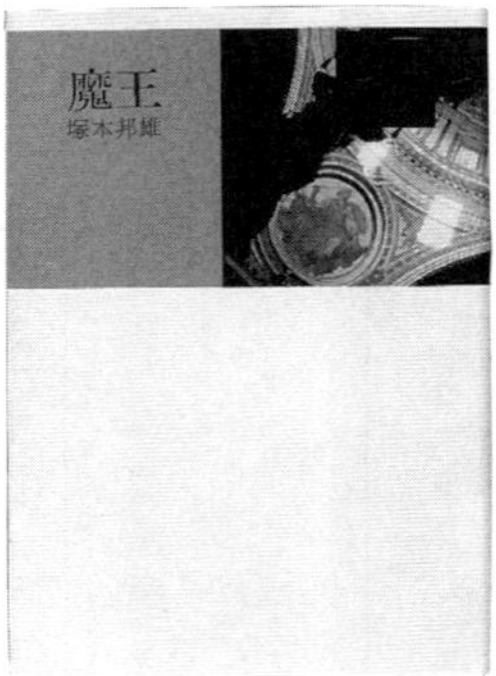


一九九三年三月一日
書肆季節社　刊
菊判變型　カバー附
丸背　二百八十頁
装幀　政田岑生

# くれなゐの朴

黒葡萄しづくやみたり敗戰のかの日より幾億のしらつゆ

秋風《しうふう》に壓《お》さるる鐵扉《てつぴ》ぢりぢりと晩年の父がわれにちかづく

杏林醫院三階に燈《ひ》がまたたきてあそこに死後三箇月の生者

わすれぐさ、わすれなぐさにまじり咲くヴェトナム以後の時間《とき》の斷崖《きりぎし》

まれまれに會ふ核家族　林檎より林檎に腐敗うつりつつあり

建つるなら不忠魂碑を百あまりくれなゐの朴ひらく峠に

山川呉服店未亡人ほろびずて生甲斐の草《くさ》木《き》染《ぞめ》教室

# 廢墟

「十月」の十の字怖《こは》し正餐の帆立貝《サン・ジャック》どこかまだなまのまま

亭主關白豚兒攝政秋ふけて一刷毛の血の雁來紅《かまつか》刈らる

洗禮をするならうけむ霜月の消火ホースのにぶき筒先

こよひ百合根を食ひちらしたり核家族三《み》つ併せたるこの大家族

痨咳《らうがい》の父の晩年　愕然と冬麗の護國神社の前！
犯跡に似たる歌歴をしたためむ雪したたかに降つたりければ
あたり見まはしたり　酷寒の古書市にガルシン追悼號の「前衛」
下剋上の下の沍えざえとわがめぐり寒明けて寒卵ぞゆらぐ
生きたりずして生きいそぐ春晝を北極熊のうしろすがた
スワッピングの意味知らざりしその春も雉子のこゑほのかに紅かりき
生前のわれの書齋を訪れきたしか猩猩緋の初蝶が

春祭満艦飾の巷にてすがすがし休業中墓石店

蜜月のひるの日覆ひうすあをしこころもち死の側にかたぶき

なまぬるき平安の日日《ひび》蠅叩く一刹那「必殺」とつぶやき

殷殷と鬱金櫻は咲きしづみ今生の歌一首にて足る

彼奴《きやつ》を密告《さ》したるのちのある日をおもひをり曇天ほのかなる柿の花

白紫陽花咲きおもるべき宵あさくわからぬやうに殺してくれ

黴雨《つゆ》のラガーたまゆらみだら夕映に無言のからだうちかさなりて

青嵐　その眼《め》たしかにわれを逐ふ五百羅漢のなか一羅漢

末期《まつき》・末期《まつご》のいづれか知らねわがために麥酒《ビール》「夕星《ゆふづつ》」あらばためさむ

幼稚園塗繪の時間百人が必死に瀕死のライオンを塗る

有能多才にてこのひとすぢにつながらず水中にみのりつつあらむ菱

# 華のあたりの

父と呼ぶ不可思議のひとありしとか桐の花咲きしぶれる五月
翌檜《あすならう》あすはかならず國賊にならうとおもひ　たるのみの過去
モネの僞《にせ》「睡蓮《すいれん》」のうしろがぼくんちの後架《こうか》ですそこをのいてください
そのためにだけでも死ねた友情のあひて、倶梨伽羅《くりから》組長次男

戰争が廊下の奥に立つてゐたころのわすれがたみなに殺す

# 還城樂

## I

寒まひるひらく銀扇　日本をそのむかし神國と呼びゐき
冬旱こゑほがらなるますらをのごとしまつぱだかの桂の木

寸斷の寸のこりたるこころざししかすがに蛇《じや》の髭《ひげ》の實碧《あを》し

不法駐車のロメオに爪を立ててゐる婦人警官のあはれ快感

教養が邪魔しつづけて祝宴のこゑきれぎれに「夕星《ゆふづつ》の歌」

有刺鐵線張らるる前の刺《とげ》の束しづかなり　さて何を刺さむ

うつつには見《まみ》えざりしがつきかげにうつうつとして眞紅の茂吉

紅梅の何たる紅《あか》さ寒葬《かんはふ》り終始一人として哭かざりき

男三つにかさねて⿱男⿰男男《すさまじ》と讀まむまたうつくしき戰《いくさ》夢みよ

桃夭《たうえう》桃夭たれかが野の沖に謳ひつつあり大寒きはまりにけり

サッカー部員點乎、露崎・喜多・玉城・花井・井伊・一柳　驅足！

累卵のやすらけきかなわが上に數千の天才の言靈

ヴェトナム料理の緋の蕃椒《たうがらし》けさはけさ食卓がいつ爆發するか

歌を量產して今日もまた夕茜さすむらさきの病鉢卷

夕陽金色《こんじき》をおびつつ日本はみにくし五十年前もその後も

奴隷海岸・象牙海岸明記せる古地圖ながめてゐて須臾《しゆゆ》たぬし

かつとみひらく南方熊楠そのむかし杉村楚人冠への艶書

妻のスカーフおそろしき罌粟色に映えモスクワにうすぐらき空港

藍の辨慶格子の浴衣袖だたみ冬のホテルに別るるわれら

木星莊百階に來よ千メートル下に世界の亡ぶるが見ゆ

戀永くながくつづきて浴室のすみに屑石鹼の七彩

# Ⅱ

闇にやまざくら　たとへば一夜寝てめざむれば世界とうに終り…

花曇りつづく或る日にさそはれて「君が代」を思ひつ切り歌ふ會

ひつぎのみこを柩の御子と思ひゐしわが白珠の幼年時代

一つ知り十を忘るる春盡の界隈にモーツァルティアン十人

淡路島緋のくらげなしただよへり昨日日本は雲散霧消

夢さめて睡りさめざる春晝を立ちはだかれり燈明ケ岳

逝きしもの逝きたる逝ける逝かむもの疾風《はやて》ののちの暗き葉ざくら

移轉先は壹岐の南《みんなみ》　ネクタイもてくるラシーヌ全集その他

行幸《みゆき》とふことばありけりありつつを百千鳥《ももちどり》はたとさへづりやむ

ながらへて今日の夕食《ゆふけ》にしろたへの眞烏賊《まいか》の甲府四十九聯隊

溫室のヒエラルキーの中以下にうなだれゐたり敦盛草は

死を中心にこと運びしつつありしかど桐咲いて何もかもうやむや

「山風蠱《さんぷうこ》」なる卦は知らず文弱のわれが溺るる詞華數十萬《すじふまん》

大盞木　われの及ばぬ天才が上手がつぎつぎに世を去つて

われを撃て麥秋のその麥の間を兵士のわれがおよげるを撃て

鳥獸戯畫さういへば動物園に動物のままの鳥獸あはれ

父の日の空の錫色父にしろ望んで生れて來たのではない

姦通ののちにはふれず隣家《となりや》に桑熟るるてふ葉書一ひら

「死して護國の鬼となる」その鬼一匹われならず　綠金の空梅雨《からつゆ》

ちよろづのいくさのわれら戰中派微笑もてにくしみをあらはす

皿の鮎一尾の胸にいざよひの月の色　老いを言ふべからず

## Ⅲ

夜まで咲きのこれる朝顔わが家が廢屋となる豫兆しづけし

出雲にて梨賣りゐるを見しと言ふ聞かずともよきことまたひとつ

狂氣透明無比の一瞬硝子戸に敗戰の日の雞頭映る

桔梗一束提げてうつしみむらむらと六角本能寺油小路

晩夏アンティックの暗がりが波立ちて「見よ東海の空明け」にける

殺せし者殺されし者死にし者死なしめられし者　萩蒼し

秋扇の紺青叢濃ゆくすゑのいつの日か今日をなつかしむべし

國體のひはひはとして秋風に屛風繪の花芒吹かれつ

銀木犀こぼるるあたり君がゆき彼がゆきわれは行かぬ戰争《いくさ》が

心奥《しんあう》に枯れざる山河あるわれとおもへばあはれなる霜柱

どこか病みつつ秋ふかきかなあかときを廚に絖《ぬめ》のごとき白粥

この世は修羅以上か以下かうつつには宇都宮第五十九聯隊

初霞衿より入つてその一瞬「爾臣民《なんぢしんみん》」てふこゑきこゆ

いくらかはイラクに壓されつつあれど霜月猩猩緋の唐芥子《たうがらし》

白秋忌歌會午後五時ぬばたまの烏丸《からすま》四條澁滯はげし

花柊　孝行息子わがために父夭折す母早世す

秋雷《しうらい》避けて驅けこんだるはあさもよし紀淡銀行犬ノ墓支店

飛鳥路に霰　あられもなき戀のなごりのうつしみをうちたたき

此花區忘年會の福引に箒引きあてさびしき父は

林檎齧つて齒齦《はぐき》ににじむうすき血の夕映　かつてシベリアに見し

煤掃きの押入れに朱の入日さし古新聞の絞首刑報

# あらがねの

露のうへにつゆおくここち堺市《さかひし》百舌鳥《もず》夕雲町《ゆふぐもちやう》におほちちの塋《はか》

扇もて指す耳成山《みみなし》のおぼろなる肩　言の葉をいつくしまむ

朝食食堂「利薄《りはく》」開店店頭に春蘭の一鉢を飾つて

虚子句集より屑ばかり選り出してそらおそろしきマロニエ吹雪

惨劇つづるべき原稿紙八百字詰《づめ》まづわれの姓名をしるす

朝顔の紺のかなたに嚠喨たり進軍喇叭「ミナミナコロセ」

天金辭書三千頁すゑちかく雨冠《あめかむり》はなやかにうすぐらし

「春晝」が「春畫」と誤植されたるを嘉《よみ》しつつ讀むこの處女詩集

傾ける齡《よはひ》もたのししろたへの木槿が馬に食はすほど咲き

三人がかりで一人殺さばその罪は三等分か　底冷えの夏

鷓鴣《しやこ》のスープ腥きかな日本人たらざることをのぞまぬにあらず

吃り吃つて手あたり次第茴香《ういきやう》の實をしごきしが戀の發端

亡命の時機を逸して四十年經たり蘆薈《アロエ》に洗朱《あらひしゆ》の花

吾亦紅血のいろすでにうすれつつ露の篠山第七十聯隊

天才と亞天才の差それのみかああ言へばかう夕陽のもみぢ

冬空はシベリア色にたれこめて英靈がまた還りつつある

亂世のむしろたのしく下駄穿いてエリック・サティの夕べに參ず

カーペンターズ・パンツの尻が一刹那決死隊員めく寒旱

薄氷刻一刻と無にかへりつつありわが胸中の戰前

茂吉が見たる子守の背《せな》の「にんげんの赤子《あかご》」果して何になりしか

一月曖昧二月朦朧三月はガザへいくさを見に行くとせむ

大丈夫《だいじやうふ》あと絶つたれば群青のそらみつやまとやまひあつし

つひに會はざりけるを至福と憶ひつつかなしあらがねの土屋文明

供華《くげ》の椿がころがつて行方《ゆきがた》知れず多分とどいてゐるのであらう

蕪村書狀見つつし怡《たぬ》し「五月已來とかく疎懶《そらん》にくらし候」

# 國のつゆ

父よあなたは弱かつたから生きのびて昭和二十年春の侘助

鳳仙花朱の鳳仙花さむざむと茂吉はシュペルヴィエルに逅はず

花石榴ふみにじりつつ慄然たり戰中派死ののちも戰中派

ロシアを露の國と書きしはおほちちの時代　なつかしすぎて忘れつ

國民年金番號四一七〇ノ二三二六　枇杷くされ果つ

冬のダリアの吐血の眞紅　おほきみの邊《へ》にこそ死なざらめ死なざらめ

初夢は旅の若狹のホテルにて幟はためき「祝入營」

# バビロンまで何哩？

殘雪の那須野過ぎつつ蹉跎として〳〵ここはいづこぞみな敵の國

娶る前はそらおそろしく娶らるる前さびしくて瑠璃の蛇の髭

金の折鶴踏みつぶしつつ「幼稚園々兒のための詩」に出講す

裏富士を見つつ殘生すぐすてふ追伸にうすき文字《もんじ》の戀句

冬麗の街湯硝子戸はづみつつうすべにの青年がまろびいづ
「わがうちなる敵」など言葉遊びにて敵國には糜爛性瓦斯もある
虹彩航空會社單身赴任する亭主「バビロンまで何哩？」
ああ四月貧兒のおごりぱさぱさとサクラクレパス二十四色
四月一日の底冷え道化たる端役の道化師が馘《くびき》らる
ニトログリセリン舌下に「あるいは太陽の美しく輝くことを希ひ」
いつの日か一度は見たし石榴《グラナダ》の爆走族がはじけとぶさま

菖蒲湯ぬるし五分沈まば死に得むにそのたのしみは先にのばす

射干《ひあふぎ》のみのるまひるまひらかるる全國徵兵忌避者大會

百合の木の彼方月映　西方《さいはう》にたのしきたたかひがあるならむ

鬼籍に入るは水に入るより易からむわが身五尺の濡れたる影

蠛蠓《まくなぎ》の陣にさからひつつ歩む生きてなすべきこと殘れれば

朴の花殘んの一つ果ててけりわが全身が老いを拒む

牡蠣がほんのすこし口あくあかときに何をフランス革命記念日

實朝が知命まで生きのびたとて　鎌倉の海の縮緬皺
國体も國體もひよわなるままに霜月するゑの菊の懸崖

# 人に非ざる

## I

一九四五年八月を忘れて啖《くら》へ苺の氷菓《ソルベ》

嬰兒《ベビー》大學開校の日の蟬しぐれしぐれしぐれしぐれて夕暮となる

さもあらば荒模様なる金婚式前夜の山川のさくらいろ

「木犀家」國籍不明料理店オーナーが人を食つてゐるとか

徹夜音樂祭八月の草原をチェロ引かれゆく硬直屍體

六等親てふは無縁の通夜の座に思へりわれはわれの何なる

世紀末までにこの戀終るべしプールに搖れて千々の太陽

夏の白萩みだれふたたび戰争が今日しも勃らざりける不思議

この世のほかの想ひ出くらき日の丸の餘白の署名百數十人《ひやくすじふにん》

石榴炸裂一時間後も三千日先も未來と言ふなら未來

好奇辭典と洒落て通ずる彼奴《きやつ》ならず眞水鯨飲して宿酔《ふつかゑひ》

肝腎の肝はともあれ腎さむし梅が枝觸るる後架の廂

露の芒踏みつつ今日も「滅ビタリ、滅ビタリ、敵東洋艦隊」

白衣の人二、三突立ち霜月の枯原にあらがねの地鎭祭

霜月をとほく持て來し束脩《そくしう》のあはび活きをり佳き弟子ならむ

凍蝶骨の髓まで凍ててたまかぎる世紀末まで三千餘日

はつかなる霜をまとひて路肩《ろかた》なる鵜の轢屍體が燦爛
那須海軍大尉享年二十七墓碑に大寒の水沁みわたれ
アルマ教教祖七十そのむかし「神軍」の軍曹なりしとか
進學塾シオン前バス停留所ここで永遠にとどまるならば
餓死したる邯鄲二匹火にはじきその時よみがへる「逃匿行」

# Ⅱ

新年の何に疲れて八疊にどうとくづるる緋の奴凧

熱湯さましつつふと口をつく「世界ほろぶる日に風邪を引くな」

あけぼのの白魚二寸今日一日《ひとひ》人に非ざる俳にとらはる

春雪はたとやみつつ角《かど》の魚辰が忌中の井伊家顎もて示す

文部大臣オペラグラスで芒野に突撃のまぼろしを見てゐた

喫泉のまひる眞處女《まをとめ》眞清水が食道を奔りおつるところ

幼兒に大嘘を教へをりそのむかし鉛筆にもB29があつた

咲かぬまま三日を經たる未開紅《みかいこう》その紅梅の傍若無人

簗にひしめく若鮎數百《すひやく》かつて「わがおほきみに召されたる」は誰か

やつと枯れてくれたり結婚記念日に買ひし苗木のたちばなもどき

姉の忌に參ぜむ雨の姫新線《きしんせん》松花堂辨當の菜の花

沖つ波高井長谷雄が幼稚園卒《を》へて驅けゆくゆふべの渚

泪ながらに二人は「オテロ」見畢りき同病にくみあふ花粉症

筆墨店射干《ひあふぎ》そよぐ庭前に水打つと喪の備へに似たり

櫻に錨印の燈油一ガロンあるいはわが家焼き拂ひ得む

明日のわれもわれに過ぎねば金雀枝《えにしだ》の金かすかなる錆を帯びたる

櫻うすずみいろにみだれつわが嗜好いささかナツィズムに傾きて

椿「酒中花」一枝を賜ふ片戀のかたみ頂戴仕らうか

生きざまとは何たる言ひざまぞ朝のさくらくろずみつつ春逝かむ

五百羅漢斜より見れば好漢の三つ四つゐつつ胡蝶花《しやが》に夕風

過去といふにはなまなましくて目《ま》の邊《あたり》春泥生乾《なまがわ》きのヴェトナム

## Ⅲ

いくさいささか戀しくなりつわが父と同忌の伯父の鬱金櫻

ヘルシンキ宛の荷物にあによめが容るる葛根湯　春深し

目刺燒いて割箸焦がす日々《にちにち》のきのふのさくら明日の葉ざくら

マラッカ海峡泳ぎ泳いで還り來し昔　菖蒲湯に搖れゐるきさま

花茴香それはともかく近づきてすぐに過ぎたるボッティチェッリ忌

夜の十藥　讀みたどりつつセザンヌの耄碌をあはれとも思はず

青棗さかんに風に打ちあへば三粁北の機銃掃射

天下異變つづきといへどあやまたず花咲けり馬鈴薯の男爵

黴雨《つゆ》ふかくなるサーカスの奥ふかく象に使はれゐる象使ひ

梢上に他界はあらむ夕空の一隅朴の花明りして

新綠の十二神將ひとりづつ何か強奪されたる目つき

老いざることとげにおそろしき九十の母が濱木綿髻華《うず》に挿したる

梅雨《ばいう》上つてなほうすぐらき空鞘《そらさや》町《ちやう》二丁目に在鄕軍人會がある

うろおぼえの經文殊に忝し極重惡人に合歡《ねむ》咲けり

火蛾によぎられたる映寫幕天變のごとしフランケンシュタイン復活

たたみいわし無慮數千の燒死體戰死といささかの差はあれど

ブティック街硝子の崖に阻まるる時くるしくも降りくる雨

日章旗百のよせがきくれなゐがのこりてそこに死者の無署名

シチリア、シリア、シベリア徐々に流刑地めきて地球儀半回轉

黑血病病院前にひるがへるポスター「水星が賣りに出た」

酸性雨アルカリ性雨に變るまで眠れ眠れ母の胸に

# 戀ひわたるなり

ゆく春をともにをしまむ一人無し近江洪水伊賀崖くづれ

毀譽《きよ》褒貶《ほうへん》の毀と貶われを勃《た》たしめき風中の山査子《さんざし》がさやさや

幼稚園青葉祭の園兒百　なぜみな遺兒に見えるのだらう

中學生制服小倉霜降りの霜のにほひを戀ひわたるなり

母の晩年縱横無盡風の日は蚊絣を著て風見に行けり

南無三寶とりおとしたる寒卵つるりとバイカル湖の凍解《いてどけ》

海石榴《つばき》白し一生《ひとよ》を死もてしめくくるその覺悟爪の垢ほどもない

# 墨南風嬉遊曲

一九九一年五月歌暦

1日　水　ダニエル・ダリュー誕生

胸中の日本革命必至論どこかで白南風《しらはえ》が吹きやんで

2日　木　八十八夜

不發彈處理班班長胡蝶花《しやが》をふみにじる　あたりちらしてゐるのか

3日　金　「抒情組曲」ＦＭにて

アルバン・ベルク四重奏團ゲルハルト・シュルツ第二ヴァイオリン　凛！

4日　土　佛滅　喜連川フユ刀自

窈窕たる老女なりしがおほちちが未練の鬱金櫻　散り果つ

5日　日　大安　舊3月21日　御影供《みえいく》

空海に妻はありしか　飛《ひ》白體《はくたい》かするるあたりかすかくれなゐ

6日　月　赤口　立夏

大安吉日をえらびてうつせみをあらはしき春蟬が八匹

7日　火　下弦

憲法もさることながら健吉の名を言ふこともなき蓬餅

8日　水　ディートリッヒ＝フィッシャー・ディースカウ誕生

わが歌の鮮度三日は保てよと遠方《をちかた》の氷屋を呼び返す

9日　木　不成就日

日本に休息の季《とき》いたりつつ白梅紅梅の幹の疥癬

10日　金　佛滅

新娶り以來四十五年目の朝食《あさけ》　白雲《しらくも》の香の甘藍

11日　土　大安

ダリ誕生日はわれら結婚記念日のあくる日　くたくたの白牡丹

12日　日　赤口　花外樓にて

戀の至極は死ののちにあらはるる戀　鯉の洗ひが舌にさからふ

13日　月　マリア・テレジア誕生

しらたまの飯《いひ》饐《す》えかけて貧廚におそろしきかな深淵の香が

14日　火　佛滅　通説茂吉誕生日

わけのわからぬ茂吉秀吟百首選りいざ食はむ金色《こんじき》の牡蠣フライ

15日　水　大安

馬上ゆたかなる美少年絶えて見ず見ざるまたちまちに世紀末

16日　木　赤口

わが花眼《くわがん》いよいよ曇りかつ冱えて『共産黨宣言』が讀みづらし

17日　金　三隣亡

野萱草《のくわんざう》わつとひらきてみのらむとする塋域の死者のちから

18日　土　國際善意デー

近くまで來たので寄つたことわりのあとつづかねば枇杷の實蒼し

19日　日　フィヒテ生誕

植物園ベンチに眠る青二才二メートル遺棄屍體のごとし

20日　月　佛滅

氷挽くその實景をひさびさにわれら視てをり　挽き了りたり

21日　火　大安　上弦

殺蟲劑そそぐ百合の木ざわざわと心にはアメリカを空襲せり

22日　水　赤口

金魚みひらくヴィニール袋爪はじきしていざ金魚ほほゑましめむ

23日　木　天一天上

古稀古稀となな告げそ若き怒りもて夜半《よは》の夢前川を見おろす

24日　金　納曾利唐樂研究所前にて

鼓膜銀箔張つたるごとしはるかなる雅樂軍樂の音して迫り

25日　土　湊川神社楠公祭

孔子より草子を韮よりも伊貨《リラ》をいくさよりいらくさを愛して

26日　日　佛滅

五月下浣日々《ひび》の曇天みづからのうちに亡命して枇杷くらふ

27日　月　大安　舊海軍記念日

海征かばかばかばかば夜の獸園に大臣《おとど》の貌の河馬が浮ばば

28日　火　望

鳥羽後鳥羽醍醐後醍醐のちにくるものをたのまば水の底の月

29日　水　三隣亡

八紘一宇と言ひし彼奴《きやつ》らのそのするゐに忘られてうはのそらみつ大和

30日　木　慶子退院して一週間

妻は水より素湯《さゆ》をこのみて夏もはやＴＶに「梅雨小袖昔八丈」

31日　金　二代目衣更へ開業

先代の背後靈レジ引受けてブティック山川のみせびらき

# 忘るればこそ

漆黑の揚翅蝶《あげは》脈搏つ大寒の夜の展翅板發火寸前

爪立ちて人の死を見る二月盡きのふか幣辛夷《しでこぶし》咲きそめし

「東北《とうぼく》」の梅は紅梅春寒に謠ひつつさしぐみ申候

金米糖、「ヹネツィア客死」、六十年前の日光寫眞の硝子

たれが何をこころざしけむ新緑に肩怒らせて百の墓群《はかむら》

大盞木のつぼみのごとき男子得て不惑わくわく越えし想ひ出

反社界、否《いな》反射界かなしみが亂反射する葉櫻のそら

白ダリアのごとき灯《ひ》ともりざわざわと北河内夜間救急センター

原爆忌忘るればこそ秋茄子の鴫焼のまだ生《なま》の部分

十年見《まみ》えざれば敵《かたき》の女童《めわらは》があなあはれなり紫苑《しをん》の丈

晩春の罌粟のしろたへ時ありてわれはよろこびに沈むといはむ

海膽《うに》水中に刺《とげ》の花咲きしかうして突如慄然とこの既觸感

忘れ忘れて死ぬかも知れぬかも知れぬ秋の愁ひの杏仁豆腐

微力にて敗戰以後も年々に咲きいでつ血紅の山茶花

死のにほひまつたくあらぬ戀愛劇見飽きて神無月の葛切

歌はざれ歌はざれ　わがひつさぐる二瓩《にキログラム》の海鼠《なまこ》のかるみ

緋目高百匹捨つる暗渠に一刹那あれはあるいは吶喊のこゑ

# 風香調

無爲と呼ぶ時間の珠玉「未完成交響曲」逆回轉で聽く

朝顔の貌かさなれり一人一人死してそのこころをのこすのみ

帽子かむりなほして出づる詩《しい》歌《か》街《がい》風はおのがにくむところに吹く

まだたれも哭かぬ戰友會九人春歌アレグロでうたへよ、黑木！

どこかで國がひとつつぶるる流言に七月の雨うつくしきかな

天の川地上にあらばはうへがちちうへの邊《へ》に解きし夏帯

「火の鳥」の指揮者メータが目を据ゑて崑崙驅けくだりしかんばせ

# 悍馬樂

## I

紅葉《こうえふ》の中に欲るもの一盞《いつさん》の酒そのほかにたとふれば首級《くび》

野の沖にさせる薄ら陽　玉藻刈る隱岐へ行かむと思ひつつ赴《ゆ》かず

國家總動員法　遁げよわたくしの分身の霧隱才藏

風は甘露の香りもて過ぐすはだかのわれと群青の秋空の間《かん》

聖母マリアの離婚成立　天涯にあたふたと扉とざせる音す

大將軍、地名なれどもまぼろしの吶喊のこゑこの夕霰

操舵室におもたき帽子おかれゐておそろしく性的なり　海は

豪放磊落のますらをが晩餐の卓の醬油を指して、むらさき！

尾花、花のごとくはあらね飛び散つて立川飛行第五聯隊

使ひ走りの乙女が寒の井戸水の鐵氣《かなけ》を言へり　みごもりけりな

敗戰直前の記憶の夜々に散る紅梅　鬼畜英米を撃て

春雷みごもりたる夕雲がすみやかに頭上に近づけり　バイロン忌

われら何をなさざるべきか桐咲いて天の一隅がここからは見えぬ

春夜露地裏うらうらとして蛞蝓《なめくぢ》が這ふポスターのシュワルツェネッガー

妻は亡き母に似つつをたそがれの獨活《うど》に鹽ふる忘れ霜ほど

書き殘すこと大方はヰタ・セクスアリスならむか合歡けぶりをり

水馬《みづすまし》われを感じて菱の花飛び越せりこの三糎の悍馬

精神のゆくへぞ知らぬおほむかし伯父が吸ひゐし刻煙草《きざみ》「撫子」

ラムネ喇叭飲みして馬に見られをり調教師水木啓作二十歳《はたち》

銀漢の腿のあたりに星飛べり來年の夏もいくさつづきか

帷子《かたびら》のただよふ盥亡き父と在りし母とのさかひおぼろ

## Ⅱ

たづぬれば遺族ちりぢり天王寺伶人町の明るき日暮

人のはたらく日に手をつかねゐることもさびし生簀《いけす》に斜《ななめ》にさす陽

野分にほろぶ花杜鵑《はなほととぎす》草男らは寂しさのきはみに怒るべし

七人の敵の一人のまがなしく艇庫の閂も露しとど

霜月わがこころ鏘然すでにしてアメリカ朝鮮朝顔も朽つ

金蓮花縷《る》のごとく枯れぬばたまの黑田長政とはたれなりし

秋の沒陽をみぞおちにうけ讀みとばす殘俠篇のごとき遺句集

家をゆづらむわれと吾妹と本二萬冊鴨一羽、匕首添へて

シートベルトをお締め下さい春愁樂シューベルト夢うつつに聴いて

星月夜四月しんしんとそらみつやまとに飼殺しの歌人《うたびと》

春闘てふ季語ありとかや芥子畑《けしばた》にかくるる蛇の丈二、三尺

斑猫の交通事故死 緑金《りよくこん》の頭わが方ふりむくあはれ

萱草色《わすれぐさいろ》の夕雲・裂目《さけめ》よりカンガルー便配達人が

底紅木槿　寓話の愚者は事濟んでのちに悟れりわれはさとらぬ

公侯伯子男《こうこうはくしだん》とつらなる爵のたね蕺草《どくだみ》の花吹きちぎられつ

「わが大君に召されたる」てふ血紅の昧爽《よあけ》、黄昏《たそがれ》、のちのくらやみ

忙中の閑、房中の姦、よろこびはいづれまされる夜の百日紅《さるすべり》

冷房にふるへつつ観る極彩の悲劇「妹背山婦庭訓《いもせやまをんなていきん》」

啄木の舊さ極めてあたらしく地圖の某國に墨塗りつぶす

わつとばかり曼珠沙華　われ一人だに殺せぬ論敵をあはれまむ

ちちうへの醉餘の唄は「君が代」のさざれ石、なぜ巖《いは》になるのか

## Ⅲ

銀漢を仰ぐ好漢、翼得て虚空に三夜流連《ゐつづけ》すべし

フリオ料理長四十肩ナプキンを廢船の帆のごとくならべつ

誕生日とて一束買へり三百圓白髪なびく花野乃爲酢寸《はなののすすき》

むかし「踏切」てふものありてうつし世に踏み切り得ざる者を誘ひき

つるうめもどきどきつとせしは敗戰のその冬の火の檻の丹頂

好色の極みについて借問《しやもん》さる大根膾供されてのち

枯蘆が一瞬しろがねに輝《て》れり名を成すがそれほど尊きか

霜月の霜、臘月の臘梅と月々にわがよろこび哀し

明日はすぐ昨日になつて銀箔のみぞれ　唐犬權兵衞の墓

筑紫武雄の若木町、今日きさらぎの花嫁を町ぐるみ見に出て

ざわざわと蝶おしうつる氣配して華燭前夜の青木家無人《ぶにん》

春蘭琥珀色にしをれてたまゆらの腐臭　皇太子殿下さよなら

茴香畠に春の夕霜曰く言ひがたき歌境にわれさしかかる

しかし核爆發はかならずあの白椿の根もとである　百年後

何が寂しからう大盞木ひらき友の爿の バッソ・プロフォンド

紅生姜酢にひたりつつひたすらに紅しわれにもなすべき何か

空木植ゑてさて二十年、七千回朝々醒むるのみなりしかど

黴雨空の濃きねずみ色「文部省」これが現代人の呼ぶ名か

神、天《そら》にしろしめさざる一瞬か早少女《さをとめ》が藍の衣ぬぎすつ

沙羅の木に沙羅の念力　あさがれひくらへるわれの欲あはあはし

百合百莖　ミケランジェロの醜貌がとどのつまりは宥せぬわれか

# 火傳書

風の芒全身以て一切を拒むといへどただなびくのみ
戀すてふわが名立たずて秋もすゑ祕すれば鼻風邪の引きどほし
それはしばらくおき絶唱の條件は反アララギの秋のあけぼの
山川にこゑ澄みとほる神無月《かみなづき》われひとり生きのこりたるかに

父と呼ばれてはや四十年あははと飛龍豆《ひりようづ》の銀杏《ぎんなん》を嚙みをり

千手觀音一萬本のゆびさきの瘭疽《へうそ》をおもふこの寒旱

雪は鵞毛に似る夕暮をカシュミール料理店にて口腔《こうかう》の火事

フラメンコ調に君が代歌ひ了へ彼奴端倪《きやつたんげい》をゆるさぬ道化

科白《せりふ》相手をおほせつかつてわれこそは春宵一刻のホレーシオ

遠國《をんごく》のいくさこなたへ炎えうつるきさらぎさくらだらけの日本

あまねき忘れ霜の罌粟畑《けしばた》　一世紀のちの空襲こそ想はざれ

世界觀といへど眞紅のジャケツより首出す刹那見えたる世界

# 千一夜

仰角《ぎやうかく》の空百日紅《さるすべり》蒼白に本家共産黨解體告知

老麗《らうれい》てふことば有らずば創るべし琥珀《こはく》のカフス釦《ボタン》進上

石榴《ざくろ》捧げて童子奔《はし》れりアラビアに千一夜　蘇《よみがへ》るまで奔れ

四條畷なはてわづかにのこれるを突然はしきやし秋の蛇

玉藻刈る沖みはるかすこと絶えてなし父上の七十回忌

# 惡友奏鳴曲

## I

サムソン氏ここを故郷とゆびさすや地圖のガザ猛烈にうつくし

霜月の電柱霜をよろひつつ獨立守備隊高木軍曹

ロールスロイスの屋根に殘雪きらめきつああこの斬新無比の屍《しかばね》

萬葉偏重症候群にかすかなる火薬のにほひ　冬ふかきかな

光陰の陰かさなれる半生もおもしろ寒のしらうを膾

追伸に花のガルシア・マルケスを貶して惡友のまけをしみ

風邪の神にすれ違ひたり四月なほさむきひさかたの霞ヶ關

鬱金櫻うつうつとあらひとかみが13チャンネルをよこぎりたまふ

國に殺されかけたる二十三歳の初夏《はつなつ》勿忘草《わすれなぐさ》のそらいろ

棕櫚に花新設ポリス・ボックスに著任すアル・パチーノもどき

蚰蜒《げぢげぢ》を打つたる藍のスリッパーうらがへり今日梅雨明けにけり

明日來むと債鬼言へりき明日あらば百日紅《ひやくじつこう》の上枝《ほつえ》の微風

天使魚が龍宮城の上空をひらり　夜店の水槽なれど

麥とろの鉢の底なる麥三粒死ぬ氣なら今すぐにでも、でも

被爆直後のごとき野分のキオスクのビラ、口歪めイザベル・アジャーニ

浄め鹽頭《づ》よりあびつつ舊友の思ひ出もなしくづしに忘れむ

けさは亡き父こよひは亡き母のこゑをうつつに縹色のつゆじも

金色《こんじき》の芒一束おくるとふうるはしき大語壮語を友は

婚姻と葬儀にそなへモーニングコート黑白の縞の直線

花薄天を掃きをりわが死後に買ひ手ひしめく歌一萬首

こころざし遂げなばあとは何遂げむ朱の海鞘《ほや》嚙むは舌嚙むごとし

## Ⅱ

ああ汨羅われを沈めむ浴槽の群青は妻が撒きし浴劑

地下三階畫廊山川二十坪贋ギュスターヴ・ドレ二十點

ヴェトナムを日本が攻めし可能性ありや金魚の鰭四分五裂

さらしくぢらきりくち海綿狀に濡れわれら日々《ひび》たそがれの生前

寒雷枯野をおしうつりつつ祝婚の書簡二通を書き了りけり

初暦厄日《やくび》惡日《あくじつ》くれなゐの印を入れて再《ま》たひらかざる

囘轉扉《くわいてんドア》に踵嚙まれて入るホテル薔薇宮赤の他人の華燭

甘美なる教育勅語朋友相信ずることを信じゐしとは

復活祭誰をあやめてよみがへるのか葵外科醫院夕闇

銃後十年かの一群をぼくたちは罪業軍人會《ざいごふぐんじんくわい》と呼びゐき

綸言《りんげん》も寝言の二十世紀末それでも桐の花は五月に

罌粟壺に億の罌粟粒ふつふつと憂國のこころざしひるがへす

わが庭に越境したる忍冬の蔓切り刻みつつ大暑なり

黄昏の時代この後も終るなししかおもへれど底紅木槿

離騷《りさう》一篇われもものせむ別れなば文藝のうつり香のかたびら

たとへばロルカたとへばリルケ、李賀、メリメ晩秋の井戸水を呷つて

カメラがとらへたる蟷螂《たうらう》の大寫し東條英機忌は一昨日《をとつひ》か

つゆしらぬ間に露しとどあからひく露國がずたずたの神無月

藍の秋袷が似合ふ知命にて命《めい》わすれたるをとこいつぴき

消火器をうすべににぬりなほさむと思ひゐき　秋たちまち過ぎつ

百合鷗には百合の香のあらざればその寂しさをさびしみて死ね

## Ⅲ

レオナルド・ダ・ヴィンチの咎に算へむは水仙の香を描き得ざりし事

霰燦燦たる夕街《ゆふまち》をさまよへるこの酔漢の二分の正氣

海鼠《なまこ》一刀兩斷にしてわが才のかぎりを識らむ　知られざらむ

ぬばたまの苦勞すぎたる母の墓に散りくる千萬無量の紅梅

素戔嗚神社神籤《みくじ》の函に私製《わたくしせい》大凶の籤混ぜて歸り來

他人の死歎かむほどの閑《ひま》もなく市長告別式餘花の空

祝電百字そらぞらしくて眼前を緋の羽蟻舞ひ去つたるごとし

花棗いとこはとこにまたいとこみな死にたえてけぶるふるさと

春の終りのあはれつくして米櫃の中を穀象蟲の吶喊

ふるさとは太刀洗とか戰前の一切口を割らず死にたる

銀屛風はたと倒れて醉客のその中に論敵のをさながほ

緑蔭のきらめく闇にめつむれり一死もてむくゆべき國有《も》たず

まみどりの頭《づ》の釘無きや鮮黄の鐵槌《かなづち》無きや朱夏工具店

平和斷念公園のその中央の心字池それなりにゆがみて

われはわれにおくれつつあり麪麭《パン》竈《がま》に電流奔る夏のあけぼの

銀杏《ぎんなん》は屋根越しに飛び發心集「玄敏僧都逐電ノ事」

水引《みづひき》草の微粒血痕殺されし友らしづかに覓む墓原

山鳩一羽花そへておくりきたりけりダビ神父殺生をなさるか

秋草のほかなる藜《あかざ》もみぢせりたしか山川呉服店跡

黄落の一日《ひとひ》の暈《かさ》が水の上おほひ　逢はねば逢はぬで濟む

身體髮膚は父母より享けてその他《ほか》の一切は世界からかすめとる

# 六菖十菊

管弦樂組曲二番ロ短調薔薇なき日々をバッハに溺る

かるがると死におもむきしたれかれのことも忘れてやらむ初雪

吟誦す「蘭陵美酒鬱金香《らんりようのびしゆうつこんかう》」すきまかぜ縷のごとき書齋に

西部劇久闊敍すと男らが相擁す電流のごとき香

瞬發力われのちひさき怒りなどそのたぐひにて辛夷ひらけり

さきむだちや今朝夢《こんてう》のいやはてに菖蒲《しやうぶ》百本剪つて候

薔薇酒《しやうびしゆ》澱みつつ黴雨《つゆ》明けぬ歴代の羅馬法王すべて醜男《ぶをとこ》

あはれともいふべき人は鼻唄に「金剛石」をみがきはじめつ

友の友の友の初子《うひご》に名づけしは「朴《すなほ》」、花咲くころとおもへど

榮螺《さざえ》のはらわたの濃むらさきとことはに日本の敗《まけ》戰《いくさ》を祝はむ

無敵艦隊沈沒のさまこまごまと幼稚園箱庭のわたつみ

核シェルター用地百坪菊畑なれば十日の菊がつゆけし

ニルアドミラリとしいへどわがために一つかみ煤色の冬紅葉

しぐれしぐるる元祿七年神無月《かんなづき》日記の花屋花なかりけむ

# 春夜なり

二十世紀と言ひしはきのふゆく秋の卓上に梨が腐りつつある

うちつけに戀しきは生　錫色の寒の暇を玻璃越しに見て

若水が食道をすべりおつる音たしかに聴きて今年おそろし

アディスアベバ出身の頸秀でたる麒麟が啖《くら》ひをり茜雲

全紙三回折つてオクターヴォを成すと童女に訓へをり春夜なり

# 世紀末ゼーロン

玉花驄《ぎよくくわそう》・昭夜白《せうやはく》てふ馬の名を反芻すあたたけき寒夜に

爛れたる焼林檎食《を》す二月盡　他界にはまた他界あるべし

蜘蛛膜のうすべにの蜘蛛しのぶればいろにいでざりけりわが憎惡

誕辰とこころひらめきたちきるは鎭西八郎爲朝百合

ヴァイオリン鋸引きに軍歌《いくさうた》うたひゐし癈兵がいづれは

# 惑星ありて

空虚なる年のはじめにそのむかしくれなゐの獅子舞がおとづれた

若僧《にやくそう》二人ＴＶ畫面の朝光《あさかげ》にうつぶけり何を犯せしか

テラと呼ぶ惑星ありてイエズスを殺しうたびと吾《あ》を歌はしむ

精靈飛蝗《しやうりやうばつた》群なしうつる芒野《すすきの》に歌ふ「散兵線の花と散れ」

婚後ふたつきまぶたかげりて横轉のさま愛《は》しきやし響灘關《ひびきなだぜき》

人の下に人を作つて霞ヶ關地下の花屋の常磐君《ときはきみ》が代蘭《よらん》

緋縅《ひをどし》の鎧ひきずるわがこころこの心ふりかへらないでくれ

# 橘花驒

## I

花ふふむ寸前にして左肩ややまばらなる斷崖《きりぎし》の朴

九頭龍川天より瞰《み》ればのがるべきすべなくて北方へ落つるなり

不破の關に吹くはずもなき白南風《しらはえ》が　後京極攝政良經忌日

白牡丹ばさとくづれてわがこころかへらざるかなかへらざるかな

三十階下の花屋の薔薇見むのみ苦しいからえりくびを摑むな

綠蔭に漆黑の影香具師《やし》が賣るにせものの銀細工うつくし

青水無月萩の若枝をばつさりと伐つて殺人の旅に出よう

どくだみ一莖わが枕頭に　吹きかよふ他界の風を愉しまむとす

萬綠の光うするるひとところ墓ありてわれのきのふをうづむ

廂の葉形の座蒲團を出せ五十年前の戰死者がそこにすわる

朝の虹うすれてかなしなにゆゑに衣嚢《かくし》に茗荷谷行き切符

わが誕辰あはれまむとて鱗雲うろこ數萬枚ざわめけり

白雨奔りすぎたるあとに電線が放つあざらけき夜の電流

大前提の戀もあやふしこのときに鳴立てばすべて御破算になる

銀木犀燦燦と零《ふ》り不惑より九十まで四十三萬時間

秋果つる藍の袷の襟立ててこの夜はひとり朗々とあらむ

風の日の「國寶曜變天目展」水洟《みづばな》きりもなくながるるに

かなしめばかなしむほどに花瓣《はなびら》のごとし千町田《ちまちだ》雪の夕映

佛手柑一顆神棚におく佛前に供へなばあやにかなしからむ

甲比丹《カピタン》のカイゼル髭の看板がかたぶきて萱振町の寒風

十二月二十三日祝日の往還にして凍てたる蜱《いとど》

## Ⅱ

還らば閻浮提のひんがし戰死者用高層住居ひしめける海

「不待戀《またざるこひ》」の左、拙劣　右、剽竊《へうせつ》　沙汰のかぎりの持《ぢ》と申すべし

カッフェ「維新」店主に「昨日より行方知れず」と傳言願上候

梨花雪白　忌日過ぎつつ殘りたる巨漢哭かむとして怺へをる

芥子の花　眞夜中にメル・ギブソンが赤裸《せきら》でころげまはるTV《テレヴィ》に

泪乏しくなつたりければ母の忌に供ふさくらんぼを露ながら

五月闇ゆゑにわれありわれおもふ馬飼はばその名「金環蝕」

みじかき夏の記憶の底にうつむきて力士高千穂氷菓《ソルベ》啖へり

誕生日なり立秋の寝室を這ひ廻るヴァキューム・クリーナー

緑青の眞夏や左手《ゆんで》もてひらくリルケにラムネほどのすずしさ

大家族和氣靄々の靄の字の本日不快指數百超ゆ

瑠璃色にきらめく朝がきつと來るこころみに歌を斷つてみたまへ

エルサレム陷落に思ひ及ばねど炭と化したる鴫燒の茄子

秋風を左手《ゆんで》の剃刀に受けつつ何ぞつきくる花のごときもの

黃蜀葵しづかに炎えてわれのみのかなしみもある釋迢空忌

蠛蠓《まくなぎ》にまばたき百度　日本といふうたかたの國に秋逝く

わが旅のいかにか果てむ汽車にして美濃靑墓《あをばか》のあたりを過ぎつ

海苔もておほふしらたまの飯《いひ》明日さへや殘生の何うるはしからむ

橘花驒《きつくわだん》てふ馬ありけらしわが生とその名一つの美こそつりあへ

鸚鵡も耄碌したるかあはれ後朝《きぬぎぬ》のわれらに「今晩は」などとぬかす

一切關せず焉と白孔雀が砂をついばめり父七十回忌

## Ⅲ

蘆の芽のサラダ一皿ともしびの明石水族館々長に

たまきはる命を愛《を》しめ空征かば星なす屍《かばね》などと言ふなゆめ

うつくしきこの世の涯へ啓蟄の蜥蜴くはへて飛び去る雉子《きぎす》

鎖骨胸骨肋骨つばらかに顯てる男はや棲み手あらぬ鳥籠

散りつつをひたと夜空にとどまりて他生《たしやう》に肖たる今生の花

きつとたれかが墜ちて死ぬからさみどりの草競馬見にゆかむ吾妹子

ボヘミアの巨き玻璃器に亡き父が名づけしよ「シンデレラの溲瓶《しびん》」

花婿候補の辯舌に耳かたむけつ烏龍茶の胡亂《うろん》なるあとあぢ

結婚したいならしてしまへふところにがさりと紙袋《かんぶくろ》のさくらえび

春晝のはらだたしさは砂の上にげに淡淡と紙炎ゆるかな

鵲が腐肉くはへて翔《かけ》り去る遂げざりし惡餘光のごとし

ほととぎす聞きぬぎぬの騎乘位の最後のかなしみがほとばしる

蕗一把提げてよろめくわれはもや身邊の些事絶えて歌はね

世紀末までの十年沙羅の花落ちつづくその數百のかるみ

おのれをにくむこと二十年ゆがみつつ聳《た》てり青水無月の青富士

花もろともに沈《しづ》く百合の木　大梅雨のゆきつく處までは行かねば

この世を夢とおもはずなどとうそぶきて櫻桃《あうたう》熟るる季《とき》を待ちゐき

流連のおもひしきりに飯くらふ朝顏がたそがれまで咲いて

さるすべりわが眩暈《げんうん》のみなもとに機銃掃射の記憶の火花

夏うすらさむき教育委員會幼兒虐殺の案すすまねば
原爆記念日を鳴きとほす寢室の鳩時計狂ふよりほかなくて

# 貴腐的私生活論

未明沐浴耳まで浸《つか》りみちのくに咲くらむ花をおもふきさらぎ

血紅の燐寸《マッチ》ならべる一箱がころがれり　はたと野戰病院

広辞苑に「絨毯爆撃」生殘りゐたりけり　さて、さはさりながら

平和論たたかはすこと絶えてなし枯山水に舞ひこむ緋桃

ゴママヨネーズをオマール海老にぬたくつて憲法の日の夕食《ゆふげ》はじまる

烈風にひしめく朴の殘んの花歌は調べのみにはあらず

死場所がいたるところにありしかな退紅の血溜りの二十代

塔頭《たつちゆう》からなまのピアノの音がこぼれ來て紫野大徳寺、夏

廢園の大噴水が氣まぐれにしろがねの絶頂感を吐き出す

一茶は「歩いて逃げる螢」を吟じたりわれ憶ふ逃ぐるすべなき螢

茗荷汁さざなみだちて金婚の日は近みつつはるかなるかな

貴腐葡萄酒の香おもたし「私生活」といふ全くの虚構を生きて

鈍才の鈍の彈力じりじりと美男葛を伐りおほせたり

はじかみ香走《かばし》れりわが國の軍隊は代々《よよ》天災のひとつに過ぎず

笹枕旅ゆくときも出奔の足どりとなり　露の木犀

調律師つひにピアノを解體しはじむ　餘命の餘の照り翳り

戰ふべき敵國もなき霜月を寒天色に蘆なびきをり

銀漢とは白髮なびくもののふとおもひて昨日《きそ》をふりさけにけり

四十にしてはじめて惑ふよろこびのエアロビクスの五列目の彼奴《きやつ》

折れ伏して雪をかがふる一群の木賊《とくさ》　知命ののちは手さぐり

# 敵艦見ユ

喇叭水仙兵士のごとく一列に剪りそろへ　なつかしや鷗外！

辭世にはとほき歌三つ四つ生《あ》れつ晩餐の雉子むしつておかう

春星を百までかぞへつつわれの齢《よはひ》をおもふ　暗しこの星

蟻を潦《にはたづみ》に逐ひつめひらめきし短詩一片「敵艦見ユ」

蓄財は他人事として空腹《すきばら》に胡椒の香する推理小説

夕映が緋の氷《ひ》のごとくにじみ入る寝室なれど子を三人《みたり》生《な》す

五十回忌を修する不幸　瞿麥《なでしこ》のくれなゐ薄れうすれうすれつ

# 赤銅律

## I

三十階空中樓閣より甘き聲す「モスクワが炎えてゐるよ」

一年の冒頭あやふやに消えて海石榴《つばき》ぞ落つるあらがねの土

冷凍庫の宿 氷《しゆくひよう》捨てて立春の地よりいささかの春を減ず

すべての妻はマクベスの妻さながらとおもふきさらぎ淸しきさらぎ

初蝶《はつてふ》とそれがどうしてわかるのか童貞破らるること三度

珈琲茶碗ロイヤルコペンハーゲンの白骨の冱え　春窮まれり

樗《あふち》の下のきみの屍體を掘りおこし聽かさう「後宮よりの遁走」

逢引のつひに襟飾《ネクタイ》解かずして萬綠の中の一抹の藍

芥子《からし》蒔いてそののち何を待つとなき初夏茫々とボッティチェッリ忌

女體きらり男體ぎらり六月の身の影五尺　この世うるはし

われを注視せり深瞼やや伏せて有鱗目蜥蜴科昔蜥蜴

J二つ耶蘇《ヘスス》と日本《ハポン》おそろしきへだたりに花水木散りはてつ

蘆薈《アロエ》など知らぬと言ひし青二才今は大審院にゐるとか

かつて憲兵、さう生きるより他知らず縁日の火の色の金魚屋

ジョゼフ・コスマ忌われの誕辰　立秋の初花桔梗弓なりに咲き

銀漢のせせらぎきこゆ人われのありのすさびのゆゆしき昧爽《よあけ》

われにしたがふ稀なる伴侶《とも》の一つにて十月のこゑ細る邯鄲
老殘の雞頭十四、五本刈つて未知のたれかの死期を早めつ
紅葉《こうえふ》のもと霜月にわれ去《い》なむ反歌さわだち奔りいださば
霜柱七分にして無に歸せり神國大日本はちよろづ
屑屋の荷の隙に見えたるフィリップ短篇集『小さき町にて』待つて！

## Ⅱ

日露戰爭再燃、ならば出で立たむ萌黄縅の揚翅蝶《あげは》を連れて

碇町《アンカレッジ》の曇天を背に撮られをりあるいはわが前世が映らむ

カメレオンの舌切りたしとかねてより思ひゐき　昭和、平成となる

二月には二月の光　篁の奥にさし入る　われに戀あれ

朝酒にまぶた染めつつあゆみをりたしかにわれの祖先に女衒《ぜげん》

薇《ぜんまい》の？《疑問符》ばかり寂光院界隈も摩天樓生えはじむ

眠るべからざる黑南風《くろはえ》の夜のくだちひさかたのアメリカン珈琲

茄子紺のケープさやさやわがひとが與へられたるみどりごふたり

屋上苑排水孔に夕映は及ぶ　健康と呼ばるる宿痾

晩花一輪朴は知命のますらをのごとし今年の黴雨《つゆ》ながからむ

風蘭市《ふうらんいち》懸値の婧も七年目値切られつづけつつ不惑なり

汚し來しか汚され來しかくらやみにわかものの胸螢のにほひ

劇畫ゑがかむ白描金彩外濠を快盜ほととぎす小僧翔る圖

夕菅の深夜のかをり今にしておもへば妻のちちはは知らず

ジョバンニとドン・ジョヴァンニが擦れ違ふ水惑星の砂漠の眞央《まなか》

國亡びたりと聞きしはそらみみにあらず雁來紅《かまつか》折れ伏しゐたり

霜月の深夜に聞けば殉國てふことばこそ酢を呷るに似たれ

反轉橫轉しつつ筵にひしめけるちりめんざこのこの遺棄屍體

夜半《よは》ぞぬばたまの花なる　その花をうすゆきが限もなく汚す

ホテル八幡《やはた》のやぶの廊下に火の匂ひこの先に結婚式場がある

織部蕨手の大皿に強飯《こはめし》を盛つてひとりの翡翠婚式

## Ⅲ

百貨店家具展示場流刑地のごとし寢椅子《ディヴァン》におのれ沈めて

幾何學的に眞向幹竹割を說くこの靑二才愛すべきかな

ぬるま湯に寒天溶くる　百舌鳥耳原中陵《もずみみはらなかのみささぎ》のうへのうきぐも

昭和十九年大寒或る眞晝乾電池かじらむとせしこと

豹は食用ならぬか否か　白桃の罐詰のジャガー印とろりと

銘酒「美少年」横抱きに奔り來る朋ありひりひりと春霰

何年前いづれの國のどの野邊に戰病死せしわれか　花の夜

綠蔭の詩碑三行の一行も讀み得ざるゆゑうるはしきかな

闇中にゐがきて消すは往かざらむ故鄕さかりの鬱金櫻

大盞木地中の枝根からみあひ惡筆はもののふのあかしぞ

文學の何にかかはり今日一日《ひとひ》ぬかるみに漬かりゐし忍冬《すひかづら》

恕を怒と誤植されたり梅雨の起きぬけの怒髪天を衝くにもあらず

那須百合子刀自の句日記夏に入り亡靈といふ季語に執《しふ》せる

鹽辛蜻蛉すなはち處女に近づけり阿耨多羅三藐三菩提心

秋潮のごとくこころを脱《ぬ》けゆくは征服欲、いな被凌辱欲

アンゴラの外套の裾兩脚に卷きついて知命過ぎの失脚

墓石百基てんでばらばらあきらかに彼らも意思疎通を缺きゐる

餘命はかれるかに屈伸を繰返す白緑《びやくろく》の尺蠖《しやくとり》蟲を誅《ちゆう》せり
自衛艦厨房公開あの紅き腸詰は腐敗寸前である
肝・腎・肺・膵・脾・膀胱、にくづきの月滿ちみちてうつそみ寒し
人に告げざることもおほかた虚構にて鱗《いろこ》きらきら生鰯雲

# 碧軍派備忘錄三十章

死なねばならぬそのねばねばの蜘蛛手《くもで》なす敗戰近き日の燕子花《かきつばた》

戰爭の入りこむ餘地は百合の木とわれの間《かん》二十米にもある

天竺葵《ゼラニウム》糜爛性毒瓦斯臭の夏、今日まではともかく生きた

犬と殺人者《キラー》は外にゐよてふヨハネ默示錄第二十二章を愛す

廚房は神聖にして蛇口《コック》なるおそろしき凶器が濡れつぱなし

花空木《はなうつぎ》一切に賭けことごとくやぶれて十三階に居直る

根來精神科外來待合室何を待ち何に待たるるわれか

仁王門の仁王三十二、三にて綠蔭の蔭《いん》臍のあたりに

朝顏は紺青《こんじやう》しぼり反政府運動者反省の色無し

虹に謝す妻纏《ま》くときも胸中に七彩の氷菓《ソルベ》戀ひゐしわれを

青田刈すすむ大學キャンパスにたらたらと薔薇色の夕陽が

花描いて一生《ひとよ》娶らず青物商若狹屋仲兵衞長男若冲

智慧熱のそれも廿歳《はたち》を二つ三つ越えたる餓鬼の花柄パジャマ

いつみきとてか戀しかるらむ瑠璃懸巣座の座長醜貌の道化師

われにまさるわれの刺客はあらざるを今朝桔梗《きちかう》のするどき露

戀に落ちるとはどのやうな高みから墮ちるのか　水の上の空蟬

がばと起き出て二十數年前のわが遺書さがしをり奔馬忌近し

茶房「ポチョムキン」裏口に憲兵のひまごとかいふ牛乳屋さん

夕霞千早赤坂わが母の遠縁《とほえん》二、三死に絶ゆるころ

「神の兵士に銃殺される！」ラディゲの末期《まつご》の聲二十歳六箇月

寒牡丹白きはまつてをののけるたまゆらや遠天の雪催ひ

霰溜めてシャーレに溶かす歌人《うたびと》のたれかの死水《しにみづ》に獻ずべく

カフェオーレ啜りレオ・フェレ聴く夏の間歇性平和症候群

幼兒七歳地球儀を朱にぬりつぶしああ世界中日本だらけ

かなしみのきはみにありて鹿煎餅鹿よりかすめくらへり睦月

素戔嗚神社春季例祭香具師十人赤裸の青年が競《せ》られをる

晩年のヴィスコンティのつらがまへ蟷螂に肖て春淺し淺し

鶯宿へむかふ滿月旅行にて伊達の薄著の春風邪あはれ

柿の花落ちつくしたれ右往して左往してわれ定型詩人

私生活直敍體風絕唱を生み得ずて　ひるがへるかきつばた

# 世紀末美食暦

蠶豆《そらまめ》百莢あすがなければないままにさつと茹であげてくれよ　吾妹

藍の繪皿に虹鱒一尾のけぞれり大東亞戰爭つて何世紀前？

蟷螂《たうらう》の卵の泡のふるふると國民不健康保険更新

吾妻鏡「六月乙酉《みなづきいついう》、相模川その流れ血の如し」と注す

ニーチェ忌はわれの母の忌こととしまた熱風が佛壇に吹き入る

除外例ばかりの生に倦み果てて深山薄雪草《エーデルワイス》の黴びたる栞

初霰・初日・初蝶・初陣《はついくさ》・初捕虜・初處刑・初笑

# 露の國

## I

タルタルソースかけてくらはば玉蜻蜓《たまかぎる》髣髴《ほのか》ににがからむ君が肝

二十世紀なかばに娶り金婚のその金に一抹の銹あはれ

緋文字スプレー落書「紅蓮隊《ぐれんたい》」褪せて今は三人姉妹のパパ

戰後戰後戰後、戰前また戰前、をののきて風中《かざなか》の曼珠沙華

ぬばたまの玄人はだし歌仙巻く第三は「けさ女を捨てて」

侘助の一樹は太郎冠者《たらうくわじや》と呼ばれまつさきに咲きころげおちたり

世紀末まなかひにある花の夜をいくさいくさいくさいくさい

半世紀後にわれあらずきみもなし花のあたりにかすむ翌檜《あすなろ》

夏あさき今日沓脱《くつぬぎ》石に口あいて破落戸《ならずもの》めくあのスニーカー

拝啓時下煉獄の候　わかくさの苦艾《チエルノブイリ》も炎えあがるべく

日清日露日支日獨日日に久米の子らはじかみをくひあきつ

唐招提寺菩提樹の花散るころにとほくとほく來て東司の前

百合刈つて火を放つべし永遠にくすぶりとほす平和のために

われは尸位素餐《しいそさん》教師にあらざるか白雲木も咲きくたびれつ

さみだれにみだるるみどり原子力發電所は首都の中心に置け

夜顔のひらききつたるたまゆらに見ゆ灰色のそのたたみじわ

にんげんの男子《をのこ》くらひしことなきを憾《うら》みつつけさのあさつき旨し

「聖戰」の記憶は蚤と油蟬、曖昧なる敗北のメッセージ

颱風の耳のあたりがわが家の上空、非短歌的空間戀《こほ》し

聲を殺しおのれを殺しこの秋の果てには論敵を殺さむず

猩猩緋のくるま黑焦げさてここはうちひさす都島消防署

## Ⅱ

非國民として吊されうることもあつた紺青の空睨みをり

「紅粉を懐中せよ」と訓へて葉隱はかなし　もののふの淡き頬紅

征露丸　露のロシアの一粒は漆黒にして明日がおそろし

折鶴を水に放てりしんがりの溺死するあの一羽こそわれ

漢和辭典に「荒墟」ありつつ「皇居」無し吾亦紅煤色になびける

白玉の飯に突立てたる箸に刹那寒林の杉の匂ひ

放蕩のするゐの松山、　母ひとり待つとし聞けば今から逃《ふ》けむ

熟睡のわれきりきざみ酢で洗ひ寒月光の蜜したたらせ

空港伊丹キオスク脇の屑籠に正體もなきイズベスチア

朱欒《ザボン》割《さ》いてひとふさごとに腑分けして塵芥箱《ごみばこ》に棄つ　ゆふぐれの春

爆撃といふことばさへさくらさく遠山鳥のしだり尾のかげ

やがて死ぬけしきありあり山川《やまがは》をうきつしづみつゆく春の蟬

ポルノ映畫のビラの極彩あめつちのはじめの時の焦げくさきかな

櫻桃を百度《ももたび》うたひおのづから轉生《てんしやう》の機にちかづくらしも

絶交せし男三人《みたり》のそれぞれの名を消し　虎耳草《ゆきのした》散つて夏

七割は蟻がむしばみたる蝶の翅《はね》なほ燦と淨瑠璃寺道

日本死の國　葬《はふ》りの夜半《よは》に黄白の干菓子くひちらして哄笑す

茄子の馬の右に胡瓜の鹿をおく鹿に乘りたまへははそはの母

秋の河ひとすぢの緋の奔れるを見たりき死後こそはわが餘生

鍵四種、書齋・書庫・車庫・私書函と入りみだれ何一つ開きえず

寒卯うすみどり帯び今生に知らさざる戀われにも一つ

## Ⅲ

月光しろがねの縷《る》のごとし結婚を墓場と言ひてより四十年

山繭ひそみゐる一枝《ひとえだ》を家苞《いへづと》にくだる金剛山のきさらぎ

玉葉・風雅輪讀會にまからむと辻わたる遠里小野町《をりをのちやう》の旋風《つじかぜ》

半世紀のちも日本は敗戰國ならむ灰色のさくらさきみち

ダリのリトグラフもとめつ物慾にいささかのこころざしを添へて

ほほゑみおのづから湧く姉の愛人の一人こそおとうとの戀人

桐の花いまだ夭《わか》きをよろこびて行かずにすます尿前《しとまへ》の關

父となどなるなゆめゆめ綠蔭に大工ヨセフが肩で息する

亡き父母《ふも》の歌詠みちらすこの不孝《ふけう》あまつかぜ羽曳野のさみだれ

媒酌の恩義にむくゆべく枇杷の一籠獻ずすみやかに腐れ

實母散服みて大僧正殿が誦《ず》したまふ「佛、常にはいまさず」

かみかぜの伊勢撫子をわが家の後架の西に植ゑて七年

柿の花ことごとく朽つラスコーリニコフの刑期幾年なりし

峻下劑として牽牛子《けんごし》用ひゐし昔ああああをあさきあさがほ

紺青の褌《こん》に緊《し》めつけられつつつを青春の切なさのわたつみ

枯山水《こせんずい》のごときわが家か八月は母のしらすな父のとびいし

秋風はさわさわさわと赤貧の赤一すくひたましひの底

二十世紀すでに了りし錯覺に梨畠均《なら》さるるを見てをり

髭面の伯父貴健在支那事變散兵線の花の一片《ひとひら》

なほ生きば死後も記憶にうすべにの旭川第二十七聯隊長

おしてるやなにはともあれ「月光の曲」を聽きつつ青色申告

# 跋　世紀末の饗宴《ガラ》

第十九歌集を『魔王』と呼ぶ。ゲーテ：シューベルトの歌曲 Der Erlkönig と必ずしも關聯はない。二十一世紀を目前にして、まさに怪・力・亂・神を謳ふべき季の到來と觀《くわん》じて、ひそかに平仄をあはせたまでである。前歌集『黃金律』の跋に私は、短歌、それは負數の自乘によつて創られる鬱然たる「正」のシンボルであると記した。單なる正數的宇宙に浮遊してゐたのは、前衛短歌以前の定型詩であつた。そして負：正逆轉の祕を司る三十一音律詩型こそ、まさに〈魔王〉と呼ぶべきであらう。

所收作品は一九九一年一月から一九九二年十二月までに發表の七百五十餘首中、七百首を選んだ。除外したのは九二年十二月發行「アサヒグラフ」別冊「昭和俳壇・歌壇」掲載の「イタリア紀行」三十首その他である。この二年間も八七年以降の信條は變ることなく一日十首制作を嚴守、七千三百首を歌帖に記しとどめてゐる。

發表誌は私の砦にして宮殿《シャトー》たる「玲瓏」、毎季必ず二十一首三聯の六十三首を掲げ、これだけで八回五百首となる。主題は短歌なる不可解極まる詩型の探求であり、謎の巣窟たる人生と世界への問ひかけであつた。その核に〈戰爭《ラ・ゲール》〉のあることは論をまたない。今日もなほ記憶になまなましい軍國主義と侵略戰爭、今日も世界の到るところに勃り、かつ潛在する殺戮と弑逆。明日以後のいつか必ず、地球は滅びるといふ豫感、その絶望が常に、私の奏でる歌の通奏低音となつて來た。今後もそれは續くだらう。

●翌檜《あすならう》あすはかならず國賊にならうとおもひ　たるのみの過去　「華のあたりの」
●罌粟壺に憶の罌粟粒ふつふつと憂國のこころざしひるがえす　「惡友奏鳴曲」
●人の下に人を作つて霞ヶ關地下の花屋の常磐君が代蘭　「惑星ありて」
●建つるなら不忠魂碑を百あまりくれなゐの朴ひらく峠に　「くれなゐの朴」
●血紅の燐寸《マッチ》ならべる一箱がころがれり　はたと野戰病院　「貴腐的私生活論」
●薄氷刻一刻と無にかへりつつありわが胸中の戰前　「あらがねの」
●緋目高百匹捨つる暗渠に一刹那あれはあるいは吶喊のこゑ　「忘るればこそ」
●どこかで國がひとつつぶるる流言に七月の雨うつくしきかな　「風香調」
＊大丈夫《だいじやうふ》あと絶つたれば群青のそらみつやまとやまひあつし　「あらがねの」
＊朴の花殘んの一つ果ててけりわが全身が老いを拒む　「バビロンまで何哩？」
＊わけのわからぬ茂吉秀吟百首選りいざ食はむ金色《こんじき》の牡蠣フライ　「黑南風嬉遊曲」
＊われら何をなさざるべきか桐咲いて天の一隅がここからは見えぬ　「悍馬樂」
＊風の芒全身以て一切を拒むといへどただなびくのみ　「火傳書」
＊管弦樂組曲二番ロ短調薔薇なき日々をバッハに溺る　「六菖十菊」
＊銀木犀燦燦と零《ふ》り不惑より九十まで四十三萬時間　「橘花驛」
＊半世紀後にわれあらずきみもなし花のあたりにかすむ翌檜《あすなろ》　「露の國」

自作引用の前半は前記〈ラ・ゲール〉を、後半は〈人生と世界〉をテーマとし、それら兩者が追覆曲風に各章を構成してゐる。年間制作三千六百餘首、採用はその一割、殘るところ九割の三千三百首を闇に葬らうとする時の快感は、時として充實感そのものである。つくり作り創つて後にしか、この法悦に近い自足の念はあるまい。

跋文をしたためつつある臘月下浣、習慣となつた拂曉の散策は、午前四時出發の時も、五時歸著の刻も、まだぬばたまの闇に鎖されてゐる。頰を刺す寒氣は凛乎として芳醇、曉暗の彼方には屹立する〈魔王〉の姿が髣髴、來るべき日の對決を唆すものあり。たとへば「音樂を斷ち睡りを斷つて天來の怒りの言葉冱えつつあり」とは、かかる一瞬一刻に生れる調べである。フランシスコ・カナーロからリヒャルト・ワーグナーまで、私を魅了し續けて來た音樂も、歸宅後の明窓淨机的環境においては、この二年、いつしかバッハに傾くやうになつた。學校からも制作からも解放される〈休暇〉の、黃金の刻々には、時としてバッハに溺れることもある。それは或る時、ふと退嬰に繫る危險な時間でもある。

一九九二年五月十四日木曜日、折からの雨を衝いて、山形縣上山市へ空路罷り越した。第三回「齋藤茂吉短歌文學賞」授與式に列席のためである。第一回は岡井隆氏、第二回は本林勝夫氏、この二回は詮衡委員として、大岡信・扇畑忠雄・近藤芳美・馬場あき子氏らに連なつたが、第十八歌集『黃金律』がこの榮譽の對象となつたことを本懷とする。

殊に同日、北杜夫氏竝びに芳賀徹氏の謦咳に接し得たことは望外の歡びであつた。壇上で北氏から、例外的な推擧の辭を、ねんごろに述べていただいたことも永く記念したい。受賞の因は、『黃金律』もさることながら、文藝春秋版『茂吉秀歌』五卷、五百首三千枚の刊行も與つて力があつたことと推察する。これの執筆を慫慂して下さつた、當時の御擔當、箱根裕泰氏にも、改めて感謝したい。授賞式翌日は、折しも翁草の花ひらく茂吉生家跡から墳墓を巡り、次に最上川を左に見つつ北上、尾花澤から大石田まで、この眼で見る機を得た。ひるがへつて思へば、この經驗を拔きにしてさまざまに茂吉作品を論じたことに忸怩たるものあり、『遠遊』『遍歷』註釋のため西歐を奔走したことは一方におきつつ、藏王山に向つて深く頭を垂れた。雨は半日で霽れ青葉燦然たる日々であつた。

一九九一年八月號から「文學界」に「世紀末花傳書」と題して、創作的評論の連載を始めた。編輯長、重松卓氏の激勵による一種の冒險である。積年蒐集につとめ、執著し續けた主題を披露すべく、東は中・近世の日本の詩歌に關し、西は近・現代の西歐の音樂と映畫に的をおき、舞文曲筆中である。泰西はまづカルメン論から始め三文オペラ＝クルト・ヴァイル論・ジャック・プレヴェール論・家なき子論・バスク地方論・ジャン・ヴィゴ論と續き、本邦は六百番歌合・後鳥羽院隱岐本新古今・西行御裳濯河歌合・式子内親王・右大臣實朝・源三位賴政・千五百番歌合と、自家藥籠の曝涼を試みてゐる。

一九九二年度の歐洲旅行はシエナを南限とする北イタリアと決めて、前年から種々案を練つた。さまざまのテーマ犇く中で、ジェノヴァのパラーツォ・ロッソ、『假面の告白』のモティーフとして聞えたグイド・レニの「サン・セバスティアン殉教圖」を確め、二度目のパドヴァでは、スクロヴェーニ禮拜堂の變貌に驚いた。八七年に來た時は文字通り、「圓形鬪技場《アレーナ》」跡にぽつりと建つた貧寺の趣であつたが、その翌年から工事が進められてゐるらしく、壯麗な伽藍擬きの寺院にさまがはりしつつあり、足場の隙間から、ふたたび「紅の衣を著たる」マグダラのマリアに拜眉。隣りにはジォットー記念館が店開きし、この界隈の入口にはゲーテ植物園が控へ、刮目瞠目仰天を強ひられた。

フェッラーラのスキファノイア宮殿ではフランチェスコ・デル・コッサの十二個月の間壁畫に邂逅、七年前とある誌の圖版に據つて作つた私のテレフォン・カードの、四月競馬の繪に對面した。二度目のシエナでは、第十三歌集『歌人』の裝訂に用ひられたローレンツェッティの秀作「海邊の都市」のタブローも目のあたりにした。

八月盡に近く、紺碧のマッジョーレ湖畔ストレーザのホテル、デ・ジル・ボロメに陣取つてイゾラ・ベッラ等の島々に遊び、一日《いちじつ》はスイス國境アスコーナのモンテ・ヴェリータを訪ねた。二十世紀初頭から、世界の舞踊家・畫家・詩人・哲學者らが、いはゆる藝術家コロニーを形成した〈聖地〉である。森の中に記念館があり、最盛期を再現してゐた。

ヴェネツィアではリド島のオテル・デ・パンに四泊、ヴィスコンティが映畫「ベニスに死す」の舞臺に使つた場所だが、あの映畫を彩つた紫陽花は消え失せ、ヴェネツィア映畫祭と搗ち合つて、ロビーにはジャンヌ・モローが控へ、J・P・ベルモンドがのし歩き、シャーロット・ランプリングが通り過ぎ、騒々しさの極みで興冷めであつた。

むしろ「寒の夜はいまだあさきに洟《はなみづ》はWinckelmann《ヴィンケルマン》のうへにおちたり」（『寒雲』）の、件《くだん》のヴィンケルマン最期の地トリエステと、リルケ『ドゥイノの悲歌』のその歌枕を探してユーゴースラヴィアの國境近くまで赴いたことを收穫に數へたい。また一九八一年七月訪れた際は他出中で觀られなかつたフィレンツェ、ウフィッツィ美術館の象徴とも言ふべきボッティチェッリの『春』とやつと對峙し得たことを特記しておかう。

さまざまのカルチャー・ショックとも呼ぶべき經驗が、私を蘇らせ、かつ生れ變らせてくれる。前衛短歌運動創世記時代からの盟友、その推進者たる諸賢は皆健在であり、常に私を高め、導いてくれる。至福と言ふべきか。七百首といふ既往歌集中の最多數を含むこの一巻は、四半世紀にわたる腹心の友、政田岑生氏が一切を宰領した。深謝する。

一九九二年降誕祭に　　著者

# 獻身

＊第二十歌集

一九九四年十一月二十六日
湯川書房　刊
A五判　カバー附
丸背　三百十二頁

# そのかみやまの

音樂を斷ち睡りを斷つて天來の怒りの言葉冱えつつあり

圖面の別莊指であるいて扉《ドア》あけてさてここで「木賊」一さし舞はう

逢はでこの世を過《すぐ》すすがしささはれ戀敵、繪敵、はた歌がたき

海石榴市《つばいち》市《し》など創るなら二十二世紀にでも一度よみがへりたい

冬霞かく平凡に日々を生きてそれゆゑに人はひとを殺す

城砦はすなはち書齋、鷗外とサント・ブーヴが肩觸れて立つ

陸軍記念日！とおほちちはどなつても蜜室の兒ら春風邪の洟《はな》

ほととぎす高音《かうおん》もややかすれつつ式子内親王八百餘歳

白雲木《はくうんぼく》のこずゑかすかに紅を帶び晩年の晩綺羅をつくす

くろがねの香のますらをとしろがねの香の眞處女《まをとめ》と夏いたるべし

掟あまたありける舊き惡しき世がふと戀し　額《がく》の花鉛色

荒星とはいかなる星ぞ梅雨あけてわが官能はせせらぐごとし

而《しか》して再《ま》た日本のほろぶるを視む　曼珠沙華畷の火の手

たしかならねば明日は鮮《あたら》し過激派がたむろしてすすりをり氷菓《ソルベ》を

# 必殺奏鳴曲

## I

啓蟄のわれも書齋を出づべくはこのボードレール全集が邪魔

安見兒《やすみこ》を捨てたる歡喜《くわんぎ》ロープもて一塊の氷縛り上げたれ

隙間だらけの寝室に立ち月光のしろがねの縷を身にかがふれり

神國にいくさ百たびますらをは死に死に死んで死後はうたかた

抜歯痲酔高頬《たかほ》におよび五十年前の殺人を口走りさう

風邪の神を愛人としておほははははなのさかりの八十八歳

おきなぐさ雨になまめき茂吉賞賞金あはれ壹百萬圓

ウッディ・アレンと彼奴《きやつ》が少々肖つつあることも不吉にこの五月晴

手斧《てうな》もて大蓋木の頸刎ぬるその羞《やさ》しさを　藤田敏八

そしてたれもゐなくなつてもなほ勃る無人戰爭　向日葵蒼し

久闊敍するトムがジェリーとひしと擁《だ》き合へり疾風《はやて》の痲畠の香

夏風邪三日水洟《みづばな》たらすをりをりもひらめけりヴィンケルマンの最期

萩繚亂ふみしだきつつのちの日のおもひでのためにのみけふを生き

かそかなれども晩夏のけはいデリカテッセンの玻璃戸の蠅縹いろ

白露けふ咽喉《のみど》しきりに痒ければ誦《ず》する軍人敕諭アレグロ

憂國忌いな奔馬忌を修したりつひにもみづることなき海石榴《つばき》

四條烏丸霙に佇ちてランボーの「鴉群《コルボー》」おもふ　氣障《きざ》のきはみ

ありあまるもの冬の茄子、母擬き、猅猅親爺、大義名分戰爭

胃の腑なみうつごときにくしみ　いつの日の戰《いくさ》にも醜《しこ》の御楯になんか

つつしみて四十四年前のわが艷書の草稿を添削す

ハイネの『ハルツ紀行』中斷　肺切つておとうとは廿歳《はたち》未滿の一期《いちご》

# Ⅱ

海鼠《なまこ》のみこまむとしてわが終焉のかなたのぞめば冬の霞

雨霞《うか》雨霞《うか》と書きて萬葉假名ならぬ　蝙蝠傘《かうもり》をまたおきわすれ來つ

東京大空襲　鸚鵡二羽爆死してそののちの日誌空白

春霖の印南野《いなみの》あたりこゑもなき一羽一羽のその百千鳥《ももちどり》

若葉の帚草《ははきぐさ》一束は森林太郎への供華《くげ》　匿名の少女らが

ポスターは緋の鯉幟血まみれになつて他界にひるがへれとか

昨日《さくじつ》の花紅かりき志學とふ齢《よはひ》より半世紀ののちも

ヴィスコンティ論半ばにて蠶豆が茹であがり　半死半生の青

碧軍派よりの檄文さみだれの中をとどけり　死後にも死ある

鴨跖草《つきくさ》の縹冱えつつ故山川將八死後も「敵前逃亡」

軍歌みだりがはしそのかみセレベスの闇に抱きし中尉の項《うなじ》

雁來紅《かまつか》に急雨　身をもちくづしつついつしかも絽の喪服が似合ひ

菊膾やけに酸つぱし愛人が飼へるサラーブレッドも退陣
寒雷うるはしきかな銀の閃光に倒さるべきはまづ歌人《うたびと》か
遠來の莫逆の友　まづはとて井水を呷る眞鯉のごとく
たましひ一抹はのこれる蘭鑄を埋葬す　平成やがて傾城
月下の宿帳「アルカンジェリ」と署名してわれは眞珠母色の痰喀く
無疵のたましひここに、在郷軍人會會長長女ヨーガ道場
霰こんこんこん昏睡の蜘蛛膜にくれなゐの鍼刺させい、吾妹

葡萄酒酸つぱしこの青年もいつぱしの殺し屋になるだらうわが死後

最初の遺書書きしは二十歳《はたち》雨に散る紅梅敗戰五個年以前

## Ⅲ

剃刀にたまゆらの虹　知命とは致命とどの邊ですれちがふ

颱風死、落雷死、死を數へゐる胸にぷすりと音して戰死

出家と家出の差曖昧　ふるさとは大阪市此花區傳法

時は今日本の末期《まつご》　門川を菖蒲《あやめ》ずたずたになつて落ちゆく
蕨野に靴片方の猩猩緋たれがかどはかしてくれたのか
大盞木竝木を奔り來て凜《さむ》し必殺の美はますらをのもの
薔薇紅茶大杯に注《つ》ぎ晩春のおほちちがドン・キホーテ症候群
バッハに還りついたる五月、夏終るころワーグナーを苛《いぢ》めてみよう
すめらぎのめらめら風になびきつつ紫木蓮三時間にて亡ぶ
桐の花おちつくしたるしづけさと死者が死にきつたる明るさと

緑蔭の卒業寫眞逆光に一人づつ死にのこり七人

銀蠅むらがれるはきのふの秋鯖か飢餓の日より二萬六千日餘

あぢさゐ鉛色に明けたり世紀末までなら日本につきあはう

六月の今日もまだあるあぢさゐと負債と奇才、いつか戰災

百日紅《さるすべり》帶纏《ま》きてさて玄關に出づれば硝煙の殘り香が

老練老熟頌辭たるべき　老酒《ラオチユー》の甘みが舌の根に秋淺し

立つものに夜鷹・年月・向つ腹・怒髪と霜月の霜柱

奴凧こともあらうに臘梅の花群に墜つ　あはれ輪姦

寒の水張つて浴槽のぞきをりさしもしらじな銀河の深み

中也嫌ひにかかはりつつを横隔膜あたりにとどこほれる外郎《ういらう》

蹌踉とかへりついたる書齋には四季咲きの詞華集の森林

# アナス・ホリビリス

猪鹿蝶《ゐのしかてふ》しか知らぬ白壽の伯母上に遊ばされつつ虚無の正月

能衣裳たたまれつつを修羅能のうしほのしぶききらめきにけり

戰爭に散りおくれたるますらをが古稀の懸崖菊、銘「飛瀑《ひばく》」

花ひひらぎ　ことしいくさがおこらずばこの緋縅《ひをどし》の鎧は質に

今はにくまずわが手をとつて「突撃！」の型を教へし美丈夫中尉

# 晝夜樂

今年戰爭なかりしことも肩すかしめきて臘梅の香の底冷え
ひるがへつて徵兵令の是非の是を念ふ　蜜壺の底の黑蟻
夜咄に參ぜむとして突然に裏くれなゐのマントーが欲し
蟬しぐれ銀をまじへてたばしるや「源實朝性生活論」

二十世紀越えむとしつつたゆたへる春夜わが幻のうつせみ

# 雨の侘助

ミケランジェロの醜貌をわが唯一のよろこびとして　雨の侘助

間歇的鷗外熱の氣配ありキャンパスのヰタ・セクスアリスちやん

「死罪々々」と書簡末尾にしたためし詩人よ　しろがねの青葉寒《あをばざむ》

刹那刹那に現在は過去まふたつにされし西瓜の鋼《はがね》のにほひ

蠻年と言はばたのしくあやふきを深夜しろたへに散る百日紅《さるすべり》

ボッティチェッリをボッティチェルリと表記せる美術書に霜月の蒼蠅《さうよう》

シラノ・ド・ベルジュラックの意氣地　されど夜《よ》の霙に羽ばたけり丹頂《たんちゃう》鶴が

紅茶「アールグレイ」呷つてあるとしもあらぬ藝術的色欲を

# 苦艾遁走曲

## I

われにもなほ行手はありて初蝶がとまる疾風《しつぷう》の上にとまる

沈淪の半世紀前一瞬に蘇り　さつと雛を流す

燈を消せばはや不穏なる雛壇に官女うかがふ鬢の隨身《ずいじん》

金縷《まんさく》梅滿開わがふるさとに同姓が百軒あつて沒落寸前

夕月が濡緣の下までさしてわが殘年の青春を照らす

人を憎みつつ愛しつつ宥しつつ車折《くるまざき》神社前の春泥

神天《そら》にしらしたまはず蜜蜂が壜の蜂蜜の底に溺れて

色欲の周邊かすみつつあるを曉《あけ》のくりやにころがるキーウィ

春爛漫たりけりけさは火事跡の燠《おき》をひたしてうつくしき水

蠶豆の一つかみそらいろに茹であたらしき戰争の備へに

澁谷區の澁にあくがれつつあゆむわが官能たとふれば晩春

白南風《しらはえ》が射干《ひあふぎ》の邊をすりぬけつなにもかもあとの祭とならむ

別れてのちの晝の無聊と夜の無爲知らざりしかな　朴の花に雨

若楓なびかふ中に逢ひ遂げてカフスに一抹の碧《あを》のこす

ジャコメッティとコクトー實の兄弟《はらから》のごとく肖つつを連夜春雷

三十三階を飛び出したちばなの蔭踏む街へ戀をさがしに

緑蔭の刺身蒟蒻黑文字につきさして世をなげくにもあらず

白雲木は花の白雲ふふみたりわれをやどさしめて父は死者

花桐の香の滿月をたまひけり死後千日の父の父より

キェルケゴールの何をか識らむ春の蚊が眞晝最弱音《ピアニシモ》のすすりなき

忍冬咲けば咲くとてむかしかへりみつおそろしやわが總領不惑

苧環の花のをはりを告ぐべくも死にたまふべき母が不在

飾磨町しかとわからぬ仕舞屋《しもたや》の格子の奥に越し申候

金輪際カフカが知らざりしことの一つに多分ミッキーマウス

昨日《きぞ》を殺して今日こそ生きめはなびらに波瀾ふくみて大盞木は

## Ⅱ

緑蔭は黒蔭がちに残年のこころ餘命に刃向ふこころ

男同士は女敵《めがたき》同士わらわらと夜半《やはん》の菖蒲池に突風

深夜喫茶の深夜過ぎたる路次奥に今日の露草がもう咲いてゐた

緑青の梅雨あかときに聲ありて「軍人ハ背信ヲ本分トスヘシ」

みなづきの風に煽られつつ潔しポルノのうすみどりの後朝《きぬぎぬ》

宿敵の美髯の微笑思はじとすれど思ほゆ沛然と梅雨

八卦見の伯母みまかつてわが未來突如晦《くら》めり楊梅《やまもも》青し

われの革命前夜おそらく命終の前夜　ダリア畠が全滅

大菩薩峠行かねば行かぬままわすれつつ朴の花も朽ち果つ

梅雨ふかくしてあさかりき方丈の沓脱石《くつぬぎ》に靴のからくれなゐ

青無花果、反革命、反・反革命、六腑またけく熟れにけらしも

煮細りの笹竹の子の灰緑をつつきちらして死後もはらから

眞夏、男山に男ぞゐざりける八幡市やはたと途方にくれつ

七彩の巷の夏に人間てふ家畜のためのハンバーガーショップ

薩摩上布の裾はためきて八十を過ぎたる祖父の女出入

うたごころやうやくに濃き香をはなち七月七日梅酒封印

水蜜桃すぐにつひゆる文月の幼稚園々児らのためのタンカ

お子様ランチ甜瓜《メロン》一粍《ミリ》角の脇にはためけりどこの國の弔旗か

惡七兵衛景清の墓薔薇色の雲の下にて汗しとどなり

死とは言ひあへずしたたる濃紺のタオル絞れるだけ絞つても

われを過《よぎ》りたる百人は掏摸・スパイ・憲兵・在郷軍人會長……

「ランボー不感症」の七字は見消《みせけち》にして茂吉論脱稿近し

新聞四《よ》つにたためば文部大臣の顏がぶつりと葉月盡なり

空間不足のため賣り拂ふ書が二千冊『虛子俳話』他

塋域に白雨　山川呉服店累代の墓碑何ぞしたたる

# Ⅲ

膵臓はいかなるかたちならむなどと思ひをり露の茄子が捥がれつ

風が鼻梁を削《そ》いで過ぎたり「誰捨てて扇の繪野の花盡し」とよ

雁來紅を「かりそめのくちべに」と訓みその翌日《あくるひ》より支那事變

秋茄子の種茄子となるプロセスを詳述せむに　畠ちがひ

飼犬百合若逝いて九年家中《いへぢゆう》のどこにも彼の肖像がない

いづくただよふ越南《ヴエトナム》以後とかの苦艾《チエルノブイリ》以前の死者のぬけがら

雞頭百本群れゐるあたりおそろしき明治のにほひよどめるなり

黑白《こくびやく》はつけがたきこの情勢のそれならそれで右翼は眞紅

白壽げにはるかなるかな白露けふ四圍のすべての命響かふ

格子の中の金剛力士つゆの世の露をそのくちびるにうけよ

父の初戀母ならざりき一餐を報いもあへず夜のピラカンサ

秋の水陽炎《みづかげろふ》かいくぐり老殘の歌人《うたびと》一人發光せり

正法眼藏、正法眼藏、わがためになびかふうすずみの露葎

婿は嫁より舅ごのみの秀衡椀蓋に滿天の露ちりばめて

志學などたれのたはごとわが妹《いも》と蘭草のにほひたつ青疊

をがたまの樹下に逢引絶えざるは秋も終りの素戔嗚神社

芒、花よりうつくしけれど戀敵彼奴《きやつ》を誅してさてそののちは

獻體のその左手はチェロの弦愛しつづけて三十五年

世紀末世紀末とて三歳の女童《めわらは》に買ふ鮮紅の靴

翡翠原礦ありとは知れず知らざれどわれ山に向ひて目を上ぐ

横丁の焼肉「獏」のあたりからこの街の砂漠化がはじまる

馬齢加へつつあり夜の驟雨浴室《シャワーしつ》出《い》でてこのまま戰爭に行かう

パライソ麵麭店《パンてん》の貼紙「永遠に賣切・酸味パイのパイのパイ」

天上天下唯我獨卑とくれなゐの燐寸《マッチ》する闇さらに濃くなれ

遣新羅使の一人はその名「六鯖」てふ恐らくは遂に還り來ざりし

## Ⅳ

なかば徒労に果つる壮年その果てに師走手裏剣のごとき凩

おそるおそる生き敢然と果てたりき樽にたぷたぷゆれつつ海鼠《なまこ》

寒の渉禽園に皆目名を知らぬ鳥がわれ無視してさへづれり

帝釋《たいしやく》鴫《しぎ》水をついばみたまきはるいのちは寒に炎えつつあらむ

一月一日の生駒山ちかぢかと視つその額のあたりの創《きず》を

寒旱三日まひるの揚雲雀はらわた透きとほりつつ墜つる

華燭まで堪へよますらを雪の上に犬さへ伏せの姿勢で待つ

鰑くらふ皓齒するどし雪を來て貴樣もブルータスの末裔

群青の二月、一列横隊の少女ら右翼よりくづれたり

アイスヴァイン呷つてしまし二月《きさらぎ》のはらわたのラビリンス明るむ

しろがねの霜の篠原司馬遷を戀ふる魂魄しびるるばかり

竹林を刹那通過す立春の頰赤き長距離運轉手

「興亜奉公日」の一日を詠じたる茂吉　うすずみ色の紅葉

榮耀に離婚を想ふ春の雪甍をすべりおつる一瞬

マラソンの脚の小林《をばやし》そのむかし安壽は膝の皿を割られき

割烹「海石榴《つばき》」罷り出づるや冷々と海老責めの海老織部の皿に

はるかなる高層とある寢室が掃かれをり掃く人は見えず

妻問ひの心の空は紺青のいささか寂びて今日希臘《ギリシア》晴《ば》れ

空腹のすがすがしさに繙くは莊子「逍遙遊篇」大魚の話

一籽先の白粥の香がみぞおちをくすぐる　色卽是空のあはれ

椿弟子、牡丹弟子、アマリリス弟子皆病み伏して今年の追儺《ついな》

昨日《きぞ》の葬りに見し妙齢を跨線橋上にふたたび見つ二月盡

友をえらばば金剛夜叉王ただ一人その逆髪ぞわが露拂ひ

梁塵秘抄？いなとよあれは葬儀屋の試驗放送「明日も亦雨」

林檎の皮一メートルに剝き垂らすこれもこの世のほかの想ひ出

# 眺めてけりな

身體髪膚しきりに凜《さむ》しわれは子に一閃の憤怒のみを傳へむ

エミール・ガレ蜻蛉文《かげろふもん》の痰壺が糶《せ》られをりさがれさがれ下郎ら

紅梅黑し國賊のその一匹がみんごと生きのびてここに存る

うるはしき間投詞たち　あいや、うぬ、いざや、なむさん、すわ、されば、そよ

「身共は薑《はじかみ》賣りぢやによつてからからと笑うて去《い》なう」若月《みかづき》蒼し

戰爭を鎭めるかはた創めるか、さてその前にグレコを聴かむ

たまかぎる言はぬが花のそのむかし大日本は神國なり・き

# 赤貧わらふごとし

嬰兒用防毒マスクと霞草ならぶ飾窓が明日《あす》あたり

堺市鳳《おほとり》の踏切に初蝶が百頭あらはるてふＣＭ

顏眞卿の楷書のごとくあゆみいづ二十六歳チェンバロ奏者

女王陛下萬歳三唱はるかなる火中のピアノ燠《おき》となるころ

猩紅熱その病名にあくがれていとけなかりき　死病は何か

寝釋迦の肢ゆるく波うち春晝のたまゆらやきぬぎぬの愁ひ

曉の椿事ファクシミリは「君を愛」にて斷れて「す」か「しない」のか

今日はすなはち明日のなきがらほととぎす聞きし聽きたる聽かむ死ののち

海豹《あざらし》なつかしわれに春畫《あぶなゑ》たまひける香潔上人に生き寫し

情死には全《また》く無緣の壯年を生きたるさびしさの花楓《はなかへで》

精神の群青層をほほゑみのすきまに見せて坂井修一

光陰の陰のみがわが半生にめぐりつつさむき菖蒲の節句

男梅雨《をとこづゆ》後架の前の大梔子《おほくちなし》一樹をほろぼして過ぎたりな

「紅旗」と「アカハタ」の相違をまをとめに說きつつ世紀末のさみだれ

晩年の河骨の骨水中に鮮黄の花やどしつつあらむ

水無月祓《みなづきはらへ》切りに切つたる痲の葉に慄然とマリファーナの香り

赤貧わらふごとしといへり戀ふらくは洗ひつつさらししろたへの褌《こん》

第三次亞細亞大戰體驗者會議に列しをり　夢の夏至

芍藥四散　われみづからを敗戰のその日に引きするてののしらむ
ゲルニカ變、あれしきのこと原爆忌以前われらの屛風繪の四季

# 父を超ゆ

藪椿はじめの一花《いちげ》落ちむとす一樹一瞬固唾《かたづ》を嚥《の》んで

父を超えたりと憶ひて慄然たり死後の父何を究《きは》めしか知らず

青芒《あをすすき》　絶交以後も刎頸《ふんけい》の友が七人すずしきたましひ

雁もカンガルーも彼女も彼岸への途中を初夏《はつなつ》のいそぎあし

雨脚急《きふ》　ゆくさきざきも曖昧至極の日本のいづくに急ぐ

# 鸚哥的世紀末論

斜《はす》にわが頬殺《そ》ぎたり疾風《はやて》　バイカル湖岸の英靈らは健在か

ささなみのしがなき歌人にさぶらへど蓮田に靡く花數百本《すひやっぽん》

虐殺につゆかかはりはあらざれど南京櫨《なんきんはぜ》の實の瑠璃まみれ

筑紫へ征くなかれ若麻績部羊《わかをみべのひつじ》われとわかくさの邊《へ》にわななかむ

まないたに山國の蝶一頭するゐ兩斷、明日あたり虛子忌なり

失語症候群いちじるきそらいろの鸚哥《いんこ》とわたくしの世紀末

落魞のおちゆくさきはさておいて飯啖《くら》へ　B69がちかづく

# 初心に還るべからず

蓴菜《じゆんさい》食道をすべりおち未入手の『萬葉集表記別類句索引』

できることなら玉音をビア樽のパヴァロッティに聴かせてやりたい

ファジー洗濯機「人麿」、しろたへの經帷子《きやうかたびら》を蒼白に染む

豪雨一過木賊《とくさ》がしのぎけづりをり　わがひとに與へられざる誄歌《るいか》

神父不犯《ふぼん》の戒など無根　蒟蒻《こんにやく》の花ぬばたまの黑そそりたつ

男の中の漢《をとこ》なりしが七月の製氷室に入りて還らず

月山《ぐわつさん》のうらがはに人老ゆるなり老いずてふ文《ふみ》來しは水無月

青蕃椒《あをたうがらし》のろのろ赤化するさまを横目に見つつ連日無聊《ぶれう》

零落のそもそもはウィリアム・モリス裝の『失樂園』失せて以後

獵銃の鐵のにほひが性的《セクシー》とささやけり刎頸《ふんけい》の女敵《めがたき》

夜の茅蜩《かなかな》香具師《やし》兄弟のおとうとがくちずさむ「綠の袖《グリーン・スリーヴス》」あはれ

ちちうへはおとろへはてて女狐《めぎつね》の剃刀《かみそり》で鬣《たてがみ》を剃られゐる
白露ああ五右衞門風呂の浮蓋《うきぶた》を踏みそこなひて溺るる父よ
夕蟬《ゆふせみ》のいまはちかづく蟬しぐれ地球《テラ》のいまはに一歩先んじ
枯原をかへらむこころ渴きつつ突然に戀し荷田春滿《かだあづままろ》
初霜のこの雲母引《きらび》きの柊をエイズ末期のきみが插頭《かざし》に
うひうひしき樽柿が樽出でむとすわが大君に召されしや否
「蟬丸」を觀てかへり來しわが家には逆髮《さかがみ》が獨り海鼠《なまこ》刻める

妻が待つことば知らえず淡雪《あはゆき》と沫雪《あわゆき》の差の言ひがたきかな

凍蝶《いててふ》一つかみ掃き出して銀婚式以後の後朝《きぬぎぬ》をかへりみむとす

一日に診《み》る眼百とか　眼科醫の卵のきみが食ふ寒卵

火よ霰《あられ》よ雪よ霧よと詩篇には謳《うた》ふ　うたつただけで濟むなら

初釜《はつがま》の老女百人いまさらに煮湯飲まされつつ寒椿

よよと泣きくづるる吾妹《わぎも》一人欲し二月のやまと蛇穴村《さらぎむら》、雨

命を落す？すぐに拾はばきさらぎの朱欒《ザボン》のごとく香りたつべし

春雷の刹那そらそらそらみつ大和の崩壊を見てしまふ

風邪の神三月《やよひ》四月《うづき》とゐすわれどわが辭世待ちゐるにもあらず

必ず初心に還るべからず　大盞木《たいさんぼく》初花も一晝夜のいのち

# ブルガリア舞曲

## I

防人《さきもり》候補精神鑑定「資格ナシ」長押の竹槍を緋に塗らむ

春の蚊が蚊の鳴くやうな聲で鳴きイラクいまごろ暗き眞晝か

惑星火災保険會社に職を得て明日水星へ放火に赴任
春塵にくもる水晶體われの視野は殿下も閣下も容れぬ
見《まみ》ゆべく見《み》えざりしものうらうらと醍醐三寶院酉《とり》の刻
金輪際ゆづる氣はなし糶市《せりいち》の贋レオナルド「ユダ拷問圖」
餘花うすらさむし三百年先の完璧無比の平和おそろし
白虎隊隊員某といささかは緣ある大伯父の腹上死
屋上苑溲瓶葛《しびんかづら》の花いまだをさなくて戀人がさにづらふ

鯉幟くたびれはててヴェランダに　その下に三十歳の老人

バルトーク「六つのブルガリア舞曲」ぶつた切る父といふ無賴漢

天皇機關說より六十年經つつ花粉症候群氣管支炎

近き未來に何を弑する少年の校服の綠青がむらむら

「かんふらんはるたいてん」と人謳ふ天國にも革命が勃れるに

噓發見機の反應さへもマイナスのわれが「わがひとに與ふる哀歌」

もののふの耶蘇敎嫌ひ沙羅三十數本植ゑてひとりこもれる

中古車センター夜間救急センターと竝びさみだれつづきの鯖江
キーウィ冷藏庫にて蝕みアレグロに畢るロックとファックの時代
到頭糖尿病にかかつてお父樣エイズの方が洒落てゐるのに
殺し方數ある中に秋櫻家秘傳、歌人《うたびと》の飼殺し
樗《あふち》散る四條畷に半世紀前の未歸還兵を待つ會

## Ⅱ

あかねいろの油蟬わが背後にて歔欷《すすりな》き刹那「朕惟フニ」

稚き兵卒なりきブーゲンビル島にて筏《ブーゲンヴィレア》葛にうもれて果てき

敗戰忌氣がついたころ舊友の三人がうすずみのサングラス

亂礁を跳ぶ漁夫而立二メートル若月弦多人魚娶らむ

赤子《せきし》と赤子《あかご》の差も曖昧に敗戰を閱《けみ》しき　曼珠沙華の火の海

馬に「カフカ」の名を與へむと馬市にまかり買ひそこなふ花芒

螢一匹死んで六匹奄々として蟲の息、われの晩秋

殊に「美少年」をえらびて祖父《おほちち》は醉ひたまふ薄紅葉明るし

下駄箱のおきどころまださだまらず空中樓閣の十二階

銀の薄　能登の宿りの曇天に吾妹《わぎも》をおもひつつ秋の風邪

ベートーヴェン嫌ひ昂じて傘置きの五番避け九番は「故障中」

背もて鎖《さ》す檜のとびら　かぎろひの寒氣が颯とカルヴァドスの香

男は笑ふ勿れとわれを銀煙管もて打ちしおほははよ、　霜月

氷雨の維納《ウィーン》幻想派展　入口に美髯の守衛ふるへつつあり

寒夜鬢がしづかにのびる刻一刻指揮者セザール死後二日經つ

素心臘梅そしらぬふりで戰争がすでに火星に飛火したとか

沫雪《あわゆき》ひたひにうけて奔れどこのゆふべ女敵《めがたき》討ちに赴《ゆ》くにもあらず

常陸國《ひたちのくに》風土記《ふどき》に曰く鶴ありて「颯《さや》げる松颸《まつかぜ》の吟《うた》ふ處」

大佛殿その後方にきさらぎの寒氣歡喜《くわんぎ》のごとくよどみて

射撃祭その前日の射的屋に寒卵撃つレジナルド・ウィンチ氏

元近衛歩兵第一聯隊旗手喜連川《きつれがは》百歳にて緑内障《そこひ》

魚市場つぎに耀《せ》らるる太刀魚の一群立上る氣配あり

# Ⅲ

あさつては明日の私生兒　安部公房追悼會の供華《くげ》ピラカンサ

晩餐の卓に濃霧がたちこめて待て！これは糜爛性ガスのにほひ

二十一世紀のガザへ買物に　火鼠のかはごろもがほしい

猫の名を「薬子《くすこ》」と決めて五分間のちに流涕《りうてい》するはうへよ

朝鮮朝顔のなまりいろ白状しなければきみも童貞ぢやない

今宵こそと言ひき刺さうか焙らうか敗戰忌晩餐の鮎三尾

花を撒けどくだみの花梅雨の夜に健脚の父が還る他界へ

をさなごが立夏の地《つち》にまきちらすいくさの種のああ征露丸

深山薄雪草《エーデルワイス》逃場がこんなところにもあれば遁世を考へてみる

ラムネ壜緑蔭色の胴體を握りしめつつ潰すごとし

眞紅のショヴェル砂にまみれて蠢けりヘロデ大王が通過されたか

胸に載る紙風船のあるかなき重み　彗星へゆくゆめさめつ

脚を洗ひまなこを洗ひさせてたれと寢《いね》む江口のゆきずりの宿

蠅叩き叩くべき蠅死に絶えてその柄にちりばむる螺鈿など

艷書三百通を大金庫に封ずこの薔薇色の干物《ひもの》ぞ遺産

新月のその纎月のうつすらとしろがねの味　逢へば終りか

橡の花時は暗きかな大伯父の羅切體驗眞に迫れる

朝顏百鉢あんな遺產を相續するくらゐなら朝が來ぬやうにする

夜の花鋪扉《ドア》の硝子の曇れるは花々の斷末魔の呼吸

鳳仙花種子とびはぜつ今言はば兄はたたかはずして戰死者

腐敗寸前の白桃一籠が隣室に　わが誕生日なり

# 離騷變相曲

寒のプールの紺のささなみ　昭和てふ凶變の日々見えつかくれつ

鹽斷ちの妻に代りて讀みふける死海に屍體しづむスリラー

平和戰爭　今日冱えかへる立春の扉《ドア》の隙間に刺さる新聞

春泥百粁先までつづくあさもよし「鬼畜米英」わすれはつれど

感動のかけらは犬のブルトンに食はせてインドシナの支援に
蟇《がま》のごとき鞄どさりと置き去りに四十鰥夫《やもを》のイースターホリデイ
高千穗印の鋸《のこ》で手を切つたからもう狼もおほみかみも怖《こは》くない
蟻地獄よりのがれたる女王蟻蹌踉とわが眼下を過ぎつ
心搏潮騷のごとしも屈原をこよひ招いて愛してやらう
故人は舊き友の意にして死者にしてああ淺葱《あさぎ》褪せ果てし朝貌
蜘蛛膜下にひそめるものは未發布の明日の「教育に反する勅語」

メイプルソープを使つて風呂に一時間たつぷりむらぎものもみ洗ひ

獻血のわが血は碧《みどり》、人間にわかつなど滅相もござらぬ

寒昴三つ四つ五つむつかしく言はず尊嚴死を認めては?

凍酪《ジェラート》のしづくもて卓上に書く大嘘「われ旅を栖《すみか》とす」

酸鼻と讃美のあはひを颯《さつ》と皇帝がすりぬけたまひけり　世紀末

# 金冠蝕

まざまざとおのれのきのふ野分經て曼珠沙華總倒れのくれなゐ

鯉くらひつつ勃然と顯《た》ちくるは月光菩薩の厚きくちびる

冬きたりなばさらに貧寒　朝餐《てうさん》の杉箸が口中にかをりて

鮮血の色のジャケツにわがこころいよよおとろへつつ冬も末

あたたかき寒の夕雨喜多ピアノ店廢業の口上濡るる

口が裂けたら喋つてやらうたましひの虐殺は南京でも難波でも

こころざしなどたましひの他なればうまし鉛色の生牡蠣が

飛ぶ鳥のあすか少女《をとめ》が弓持つて武者ぶるひせり帯解《おびとけ》の驛

辛夷一樹地上六、七米に男またがりゐて空を伐る

もののけと棲みかはれるか母の間《ま》にはたと音とだえて春三日

男同士がつひに同志になりえずて山椒の香のつひの晩餐

「エホバの證人」よりも昨日の轢き逃げの證人が欲し梔子《くちなし》の辻

花見小路の雷雨を衝いて奔り去る郵便夫自轉車をわしづかみ

熊野詣繪卷波うつ板の間の外れ　突然黑潮の香が

父の日のチキンライスの頂上に漆黑の日章旗はためき

# 葱花輦奏鳴曲

## I

烏賊の墨和へ舌刺す朝ぞジャン・ニコラ・アルチュール・ランボー百年忌

月光菩薩が胸はだけますますまひるまのくらやみをわれは視姦せり

菊膾刻みそこねてひとり身の父に血潮の香の朝がれひ

ねがはくは鎖骨微塵に　夕映を擔架にはこび出《いだ》さるるラガー

林立する作品群のどれよりも造花みづみづしきピカソ展

征き征きて何の神軍　神ならばのめのめと生きて還りたまへ

神祇歌が戀歌よりもたをやかに石見の二日市、六日市

人より馬に近き漢《をとこ》と思ひゐし四夷君が處女詩集を出した

煤掃きに掃き餘したる一抱へ歌反故にひらめけりしは何

食滞の霜月過ぎていざけふは深草へ鶉を食ひに行かう

「柳巷花街にのみうか〱と日費《ひをつひやし》候」と蕪村は書けり天晴

生にかかはる大事の他に出刃庖丁もて餅の青黴を剝《む》くこと

車折《くるまざき》の辻、二分ほど屎尿車に蹤きつつこころざしのおとろへ

涅槃西風《ねはんにし》くびすぢに吹き眞晝さへ靈長類の靈おぼろなり

まをとめのなれがしりへにさざなみの流水算のかへらざる水

金を少々貸したるえにし三月の霜よりうすらさむき壹岐君

エロスさざなみだてり五月の余呉湖には蓴菜の水面下の花季

ますらをとなるべきものの初節句緋鯉など天に放つべからず

ここにかすかに生くるものあるあかしとて萬緑を發つ銀蠅一匹

憲法記念日と聞きゐしが肉色のシャボンが逃げ廻るバスルーム

ギリシア語の闘士《パリカリ》、なぜか乾麪麭《かんパン》を水無しでかじりつつある姿

# Ⅱ

嘔吐催すほどならねども大嫌ひウッディ・アレン、海鞘《ほや》、花蘇枋《はなずはう》

沓下の片方失せつ　萬葉集難訓歌誤記の確率なきや

花杏　案ずるよりも生むことをすすめをりリチャード・ギア擬きが

晩年の歎き告げむに會へばまた獨活《うど》の木の芽和へに世を忘る

勿忘草の群落に落つ　忽然と自轉車、おのづからころぶくるま

専門用語《ジャーゴン》づくめの會議脱《ぬ》けきて卯の花の匂ふ垣根に聞く杜鵑《ほととぎす》

脱獄囚なりや昧爽《よあけ》の走廊にすれちがふ楊梅《やまもも》の口臭

前頭葉くづれつつあれども今朝はマロン・グラッセのグラスが旨し
伐採夫杉の梢に大音聲「崑崙のやうな雲が見える、見える！」
葛原女史、ブイヨンをヴィヨンと書きたまひ窈窕と他界よりの微笑《ほほゑみ》
總領の向腿《むかもも》の傷見つけたり無月の宴のしたたる朱椀
生れ出でたる吾子こそ火星人にしてひとみもてのひらも淡緑《うすみどり》
晝夜帶ただ一本のかたみわけ花野に吾亦紅をれふして
オシュビエンチムは何處方《いづかた》　ヒトラーの體臭麤皮《あらかは》の如かりしとか

ニューオーリンズの町名《まちな》「曖昧」實在をたしかめて神無月芳し

おほちちのほほゑみ昏し胸中にはためく大寒の軍艦旗

今朝もサッカー少年が誦《ず》すヒトミゴロ見殺しにして明日も捷ち抜け

定冠詞つきのラ・フランスは梨に非ずル・ジャポンのおもひもの

斜《はす》に月光うけたりければ雪の上の處女《をとめ》が引ける巨人の影

異變なきわが家と凶變の世界その間《かん》に火のごとし寒氣は

若草の春すぎてのちみつみつし久米欽策が戀を告げきつ

# Ⅲ

花冷えの今朝の發想みづみづし贋作「ミケランジェロ艶書展」

平和恐怖症候群の初期過ぎて今宵蠛蠓《まくなぎ》の群に吶喊

十指の爪の痕あるそびら戀といふ戀のかぎりをさむききぬぎぬ

夕映にきりりと左上りなる眉の男雛の素性あやふや

むらさきのにほひといへど褪せつつを不惑越えたる額田王

朴の花も過ぎていくさの氣配無しからばまたの敗戰を待て

西方浄土、東方の穢土《ゑど》、この夏も沙羅ひらく下京區惡王子町

「なかりせば」などと歌ひき酷熱のある日慄然と櫻をおもふ

敗戰を終戰といひつくろひて半世紀底冷えの八月

「ルイセンコ」てふ菓子店に行きそびれつつ夏季休暇僥く過ぎし

材木店檜丸太の尖端に空蟬ひつかかり　文月盡

さかりの百日紅《さるすべり》のかなた血まみれに日本が殺されるのを見た

今日歌はねば歌はねば茴香が背丈に伸びて流竄《るざん》のごとし

秋風のヴェネツィアに來て一心に後架を探す　瑠璃の潮騒

自然薯畑の珍《うづ》の初霜今朝やけさ落ちゐたり父の腕《かひな》一本

なびく總髪もどきフォワグラついばみて神國日本などつゆ知らず

酒場「葱花輦」にむらがる無宿者一人はキェルケゴールに殉じ

大學祭地下への階のゆきずりにさつとにほひて柔道の胸

對人恐怖症重《おも》りつつそれはそれとして「くらげ」てふ人名ありや

吾妹子のイタリア靴のあやふさは無量光壽寺前のぬかるみ

くろがねの蟬のしかばね蹴とばして海石榴市《つばいち》童子《どうじ》夏畢るなり

# 李百

わが身中のくらやみにしてくれなゐの鬣の獅子うなだれゐるか

禁煙車にて平然と禁を犯す置き去り廢車秋のゆふぐれ

李白、李百と誤植されをり爛漫のまひるをまぼろしにこの餘寒

心中《しんちゅう》と心中《しんぢゅう》の極くわづかなる差を論じ餘花の一夜をあかす

露草の腊花《さくくわ》にほひて眞夜中の映畫の底のリリアン・ギッシュ

# 花のあたりの

父となるべしかなしき父にたたなづく青垣が酸性雨にほろぶ前

翌檜《あすなろ》一樹伐りたふさるる一刹那こゑありき「おほきみのへにこそ死なめ」

寫生ひとすぢなどてふ嘘もぬけぬけと迦陵頻伽のたまごのフライ

朱欒《ザボン》ころがる四月の卓にシュールサンボリスム論じてすでにたそがれ

黑南風《くろはえ》がくれなゐに吹く幻想を一日たのしむ　憲法の日ぞ

若きゲリラの一人なりしがチャイコフスキーに溺れてその後は知らず

歌よりほかに知る人もなし男童《をわらは》の菖蒲の太刀に斬られてやらう

昨日《きそ》も滅びざりし世界を嘉《よみ》しつつ今日の餘白に讀む擧白集《きよはくしふ》

卵食ふ時も口ひらかず再度ヒロシマひろびろと灰まみれ

紀伊國《きのくに》の翌檜林野分して花よりもさぶしきものほろぶ

近影拜送日佛戰爭死者百人後列の空白《ブランク》が小生

われを思ひややありてのちわれありき瑠璃《るり》天牛《かみきり》が凍てつつうごく

死語としてかつ詩語として「青雲のこころざし」ほろにがき燒目刺

美丈夫の玉に瑕《きず》ありくすぶれる雲雀《ラーク》の屍體斜《はす》にくはへて

# 不犯傳説

那須野ならざる次元に霰たばしれり世紀末的榴散彈か

西行ファンの彼奴《きやつ》におくらむ毒杯用銘酒「澤の鴫」はござらぬか

あやめらるるほどに愛して春淺き今宵は鹿の肉のしやぶしやぶ

「心に殘れ春のあけぼの」されど大僧正慈圓生涯不犯

王侯の零落となどさらさらに水晶米を釜に投ず

沖の刷毛雲一瞬ダリの髭に似て一日の終りむず痒きかな

正法眼藏強引に讀まされつつを夜半鼻翼の汗の白珠

無花果ほろ苦しさて今日羨《とも》しきは母打ちすゑし父の手力

腎臓一個二千萬圓たましひは無料でジャヴァの山ほととぎす

陛下の赤子たりし無念のとばつちり一盞傾くる酒場《バー》「コロス」

# 象潟嬉遊曲

闇に聞くメゾソプラノの君が代の慄然と十方に枯葎

末の子が離婚の經緯言上《けいゐごんじやう》にきたれり肩で霙を切つて

夢にでも明日旅立たう大寒の象潟へ象のしかばねを見に

實朝忌今朝や微醺の散策中ひろひき破船の釘二、三本

たましひの何かはさわぐ懷劍を帶びてちかづく處女《をとめ》もなきに
西空薔薇色にくすみて吳服商雁金屋二男尾形光琳
喇叭水仙くたびれはてて男らのたれもかも頸に金の鎖
孔雀宅急便ましぐらに驅けぬけついくさくばつてゆくのであらう
必ず人にかならず人をたのまざる水無月還りそこなひの雁
戀人に煮湯のまされたる二瓶《にべ》が走る全身に虹をまとひ
ぬばたまの「國民精神作興に關する詔書」海鞘《ほや》なまぐさし

黑南風《くろはえ》吹きおよぶあたりに妙齢の太極拳が雲をつかむ
父は還らざるものにして牡丹《ぼうたん》の白の極みぞ炎え上りける
章魚《たこ》の脚食ひつつあるを心頭にたちてあやしき言葉「幽玄」
杏黄熟、 棗黑熟おほかたの詩歌はうすわらひをうかべて
相見る以前より憎みゐし一人《いちにん》を蓮池にいざなへり、 而して
モラヴィアもキャヴィアも食傷氣味の夏望むらく雪の香の帷子
俯仰天地に愧ぢつつあれば紺碧の朝貌がぬかるみを這ひまはる

帝王貝殻細工林立かかはりはあらねど弑逆《しいぎやく》てふ言葉宜《よ》し
過密都市あるいは過蜜都市の夏われらがいけるしるし蟻の巣

# フェリス・ドメスティカ

明日の韻律ゆだねむ君が入り浸る飛ぶ鳥のアスレティック・センター

臘月の星ささめくを絶妙の一首となせり　破り捨てたり

颶風《ハリケーン》告ぐるTVのうらがはへ消ゆるあらあらあらひとかみが

戰爭の豫感に飽いて今夕《こんせき》は猫の眼《め》の二杯酢をいただかう

櫻紅葉の下の捨椅子《すていす》　ついさつきまで睡りゐし東條英機

# 望月遁走曲

## I

冬麗の蠅やうるはしからざれどわれはなほ日本に執せる

石榴一顆《せきりういつくわ》棚に飾りて年を越ゆわがこころざしまたたなざらし

白魚すすりこみつつかなしこころには新撰組旗揚げ芹澤鴨

花の下に莚を敷きて肅然たる一群、切腹でもはじまるか

今生の今、紺青の紺、冱ゆるほかなき韻律の孤獨を愛す

鬱金櫻朽ちはてけり心底にとあるすめろぎを弑《しい》したてまつる

殘すべきものなく春のかりがねが立てりなにゆゑわれは殘るか

ころもがへ否うつそみをそれ自體替ふべしびらびらと燕子花《かきつばた》

シュペルヴィエル詩集讀了綠蔭を癋見《べしみ》のやうな犬が通る

朝顔の碧《みどり》の裂目　うまれ出て生きざるをえぬことおそろしき

銀漢の脾腹のあたり淡紅にきらめきつさては直撃彈か

勝を誓ひて家こそ出づれぬばたまの夜店の金魚掬ひ大會

何に急《せ》かれて一夜に百首　玻璃杯に杏果汁《ジュ・ダブリコ》たぷたぷと波打つ

詩歌ほろぶるとき　秋風のゆくするゐに露、その露の影に露ある

死後の生は他界にてかつ華やがむ霜よりもすみやかに亡ぶ露

ミラノより還りきたれば竹籠に飢ゑて相對死《あひたいじに》の鈴蟲

柑子の酸胃の腑に奔りうちつけに鬮取望月のうしろかげ

「赤き心を問はれては」とは霜月の晴天の一隅の曇天

バイロンが果てしミソロンギは知らず今朝さやさやと褉の霞

通奏低音ヴィオラ・ダ・ガンバ殷々とうたびとが歌捨つる調べ

胡蝶蘭亂をこのみていつしかも戀ふらくは死ののちの亂心

## Ⅱ

凍蝶の須臾のむらさき　われの句は文臺引きおろす以前に反故《ほご》

唐詩選そらんじつくしゐし父の千鳥足なつかしききさらぎ

樞密院會議議事錄昭和篇　氷魚《ひを》二杯酢にひたさむとして

能登半島咽喉のあたりに春雷がゐすわりてわが戀歌成らず

エロイーズと書けばなまめくみづからを窘《たしな》めて天の底の雲雀

離婚屆印鑑押捺《あふなつ》横町の鬱金櫻が散るまで待て

CMCMCMメリメ、メンデルスゾーン、玉音も偶《たま》には聞かう

心まづしくして極端に不幸なり天國にも金木犀の散るころ

蕺草《どくだみ》の體臭をもつヒットラー新衛隊とすれちがふ、夏

七月の風なき末の松山をおもふだに袖しぼるほどの汗

朝顔一鉢家苞にせりそれはそれとして地域氣象觀測機構《アメダス》の飴色の空

清貧と赤貧の差のあつて無き夏、その皮膚を一枚脱げ

おほきみはいかづちのうへわたくしの舌の上には烏賊のしほから

神無月あまり寂しくあさもよしキリ・テ・カナワの肝が食ひたい

われより不幸なるやも知れずみぞおちに霙降りたまれる大佛も
世界ほろぶる寸前にして讀みふける散佚希臘艷笑詩集
木耳《きくらげ》の學名アウリクラリアは「耳翼《みみたぶ》」、きみのそれの齒ごたへ
わがものとなりわかものは目瞑れりもう飛ぶまいぞこの朝の鷹
水で割つて飲むほどの濃き血にあらずわれ一樽のボッティチェッリ
しかれども日本かたぶくころほひと漆紅葉のしびるる朱《あけ》
轉宅の納戸華やぎおきざりの千人針暗紅の纐纈《かうけち》

枯桑畑三個月後に駐車場となる再來年は火薬庫か

Ⅲ

このごろ都に流行《はや》らざるものリアリズム、レジスタンスに爐邊閑談

今、切に逢ひたき人も無し牡丹雪夕映に血まみれとなる

うるはしくしてうるさきは曇天の一部を一日《ひとひ》占むる紅梅

微震より弱震までのたまゆらに口ずさむ「死の終《をはり》に冥し」

花過ぎてなほ花のこす花水木肝腎の肝くもりつつあらし

人間《ひと》われに腸《わた》のパイプの二米《メートル》春の嵐に耐へて突つたつ

銀扇の錆うすうすと來世まで契りしひとの今日がわからぬ

ゆきてかへらずかへらばゆかぬ韻律の千年とずぶ濡れの葉櫻

精蟲と呼ぶ昆蟲がただよへる白雲木の遠《をち》の夕空

萬綠に何もて抗すちよろづのいくさならいざ一目散に

家に入りても敵は七人、帷子に透く胸板を狙はれてゐる

『椿説弓張月《ちんせつゆみはりづき》』ポルノ版爲朝を宮刑に處しあとは空白

ダヴィデ姦通、そのするゑのするゑなほするゑの君が神父になる？御冗談

詩歌わづらはし夏花《げばな》があかつきのバケツの中に犇きあひて

縊り殺されつつをカティア・リチャレッリ歌ひ續けて怖しオテロ

半歌仙嫌惡三分の連衆の定座は出そこなひの十六夜月《いざよひ》

君主などわれの何なる今生の今日のむらさきしきぶ一枝《ひとえだ》

紅葉わが前に冷えつついつよりの戰争《たたかひ》かまた終りにけらし

睡蓮に香りありしや霜月の昧爽の夢ただの三分

カンボジアなどとうに忘れて寒菊の一輪を氷《ひ》頭《づ》膾《なます》に添ふる

家族七人棲みゐしころの浴槽のにごりふとなつかしき冬至ぞ

# 末世の雅歌

虹の片脚地にとどきをり半世紀事實無根の歌に與《くみ》して

飛魚《とびうを》燦然　それですむならわが餘生伊達と狂氣で過《すぐ》してみせう

世もすゑのすゑのすゑなるキオスクに嬰兒《みどりご》の甘露煮をならべよ

新生薑に口ひひらげど割腹と斷腸は根本的にことなる

銀杏《ぎんなん》のみどりうすうす死ののちの生もたかだか十四、五年か

露の世の露玻璃杯になみなみとあふれしめ歌はなほながらふる

すめろぎと言ひて噤《つぐ》みし歳月のするゑなり春の樹氷の刺《とげ》

# 夕映間道

## I

弦樂の一弦斷るる音切に戀ほしリムスキー・コルサコフ症

相照らさざる肝膽を思ひつつ街湯に背中合せに佇《た》てり

春曉の聲は「東北《とうぼく》」ちちうへよそのへんでやめてくれなゐの梅

歌に、否歌人《かじん》に別れひたすらに急ぐ春霰の海石榴市《つばいち》へ

四月饐えつつ匂ふ花ありランボーの處女作は「神よ、糞くらへ！」

高壓線たるみたるみて初花の朴に觸れむとせり　死なざらむ

海軍記念日もとよりこともなく暮れつただ晩餐の刺身血の海

去就問はれつつうやむやに十餘年この期《ご》に及んだる栃の花

文明論一進すれば一退しブロッコリーが皿に峨々たり

肝腎膵脾あたらなまめく水無月のゆふべまさしくベラ・バルトーク

菖蒲葺く一青年が高層のきはみにちらちらと　エイリアン

冷房切れてひさしきまひるわがひとは突然「荻生徂徠大好き！」

言語道断の暑さぞあさもよし紀貫之をまはだかにせよ

詩歌にやや遠く生きつつ青芒折る渾身の微力をこめて

汝《なれ》は寶石函《エクラン》に青酸加里秘めてゐしとか　第五十回敗戰忌

プーシュキン決闘に果てたることを祖母に教へられて秋暑し

惜敗のラガー三頭引き連れてゆくや江口のむかしの娼家

天來の一首得たらばわれは飛ぶ鳥の明日から二度と歌はぬ

ましぐらに秋風の陣驅けぬけてわれぞ歌ひし「歌はず」とこそ

拔道の間道《かんだう》、縞の間道《かんたう》と分きがたし喜多耳鼻科夕映

昨日の長距離優勝選手脛曲げて志摩花店に菊そろへゐる

## Ⅱ

二日月紅にうるみて他界よりわれを拒むといふ初便り
四天王寺修正會結願わかものの腿ひしめいて夏草の香ぞ
長生をかつて蔑《なみ》しき立春の雪いささかの酸味を帯びて
鳴海ハイツ今宵竣工屋上をよこぎる棟梁のちどりあし
知命より白壽にいたる半世紀椿落つ落つるほかなくて落つ

眼は眼底よりおとろへて夕映の沖が米軍空襲のごとし

瑠璃懸巣一閃　おのが戰前を前世とおもひつつ半世紀

さみだれ華やかなりき新聞訃報欄そこに同姓同名異人

異論あるならば今言へ　剝きあげて山獨活がたまゆらの雪白

菩提樹の花季過ぎつつを佛足のくるぶしの肉あまりて卑し

敗れたればこそ父ならむくれなゐの匙もてゑぐる茘枝の氷菓《ソルベ》

旱天に雛頭の群ひしひしとつひに「邪魔者は殺せ」なかつた

口あいて卵くらはむとも思ひつつ葉月ヒロシマに秋風

みつみつし苦面のすゑのフォークナー全集もＢ29の牲《にへ》

とどきたるわが歌ごころ秋冷の夜の海彦がバリトン返す

末子天才詐欺はたらきて歩くなれ紅ほとばしる終《つひ》の山茶花

寒夕映に顱頂さらせり世紀末つつがなく越えうるや　越ゆべし

歌がわれを殺すかわれが歌と刺しちがへるか　凍雪にふる霙

横斷歩道縱斷せむに警笛がかまびすし　下に居らう飛蝗《ばつた》ら

愛國製茶工場前をさむらひのサムが一目散に奔れり

われを両斷してさてくらふにもあらず錵《にえ》むらむらと若き鈍刀

## Ⅲ

返す刀に秀句切り裂いたりわれの言葉の花は過ぎてこそ花

茂吉・赤彦・白秋が何するものぞ曲りくねって木枯し過ぎつ

「善知鳥《うとう》」冒頭謠ひつつ來る舊戀のアミの凡々たる亭主どの

立志あらば屈指もあらむ八百源の總領がアルファルファ洗ひゐる

琥珀糖のかけら舌の上《へ》ちちははに甘えし記憶これつぱかりも

春曉の鳥肌立ちて讀み返す沼空賞受賞歌集跋文

西行はかたく目閉ぢて死にたらむその翌日の紅き十六夜《いざよひ》月

天秤に鬱金櫻の一房を　こころのかるみはからむとこそ

ピレネー上空陽ぞかがよへる春晝にふとおそるべき言葉「海拔」

車海老尻よりくらひつつ急にはらだたし甘つたれの杜國

山百合の香が東司《とうす》にも空海の入唐《にったう》以後の日々何か妖し

夏椿たぎちながれつおそらくは他界に發したる水のうへ

血を見ざる戰《いくさ》ひととせ血みどろの平和ひとつき　蠟梅ひらく

猩紅熱そのくれなゐのうすうすとかの日下江《くさかえ》の入江の蓮《はちす》

風花の中の朝火事くちひびくこのくれなゐを茂吉に獻ず

第三突堤正體もなき花束を拾ひてはにかめり風太郎

ががんぼの六肢雄蘂のごとひらき死後は生前より華やかなり

魂魄狀の海鼠掌上あらざらむこの世の他の糧はしきやし

蓄妾を蔑せしからになまよみの甲斐性無しと言はれき　父は

醪藏《もろみぐら》しきりににほふ　男なる一生《ひとよ》と言へど百年に足らず

冱え返る三月　樂器店開店店名「魔笛」てふは天晴《あっぱれ》

# みなつきね

水無月燦然たり休日はマキシムのシェフが味はふ『死に至る病』

あかときを夏書《げがき》の母がうすごろも藥草喩品《やくさうゆぼん》寫してけりな

奔馬忌の馬こそ知らね知らぬままきみは男を抱いたことがあるか

海石榴《つばき》手あたり次第に落し八衢《やちまた》をつつきれり疾風の美丈夫

世界戰爭勃らむとしておこらざる神無月燗ざましのごとしも

# 孔雀明王嬉遊曲

空の神兵うちかさなりて二、三人寒牡丹ちりぢりに四、五片

亡命の何ぞ漢《をとこ》は寒風の沖へ裸を脱ぎすてたり

冬の虹濃し須貝家の入婿が岳父に惚れて吹くサキソフォン

海鞘《ほや》、黑潮のにほひ放てり歌人《うたびと》は一寸先の闇こそ救ひ

蜜月の不首尾はにかむますらをに誰かは言ひし一念發起

土佐日記、蜻蛉《かげろふ》の日記《にき》、母の眼に星現《あ》れてよりわが家《いへ》冥し

われの行先なほさだまらず薔薇市の薔薇苗に薔薇の名札びらびら

春ふかきふかき或る夜の青疊　短銃を丹念にばらす

皇帝ペンギンその後《ご》の日々《ひび》の行狀を告げよ帝國死者興信所

安樂死の一瞬に似て綠蔭の太極拳ゆるやかにかたぶく

まさに水無月はらりとめくる古文書の繪の馬に淡紅《うすべに》の血脈

梅雨寒《つゆざむ》の宿の忍冬うすうすと罰うけてのち罪を犯す

赤軍派肩で風切れ黒南風《くろはえ》の切先をその眉間にうけよ

核家族核の少女が夕食時《ゆふけどき》一塊の暗雲を招き寄す

「木曾と申す武士」はさておき西行も一度は殺さるべきであつた

こころざしすなはち詩とも思はねど秋風を研ぐ三十一音

齢《よはひ》白壽にしてヴァレリアン秋逝くと孔雀明王風《ふう》にあゆめる

勤皇の志士が先祖にあらざるをやすらぎとして後架の海石榴《つばき》

理髪店「須磨」午後一時玻璃越しに赤の他人があはれ首の座

父の誕生日とて観にゆく立春の曲馬團《サーカス》の海豹《あざらし》の恥さらし

# 不來方

鈍刀のこの漢愛《をとこを》しぬばたまの黒鞘抜いてわれに迫れり

いのちに對《むか》ふものそれよそれ青嵐浴びて刎頸の友のなきがら

以後論敵の便りぞ絶えし「雄物川死にものぐるひに流るるのみ」

地圖に見て「不來方《こずかた》」銀のひびきあり莫逆の友ここに眠れよ

沙羅散つてぃのちあたらし今一歩反歌の方へ引返さむず

われ思ふゆゑに汝《なれ》ありしを想ふ血潮華やかにてのひらの創《きず》

客死てふことば戀しき晩秋のうつしみはげによそのまれびと

# 獻身

## Ⅰ

鶺鴒の卵の罅《ひび》のあやふさの世紀末まで四萬時間

夏籠《げごもり》のある日ものうしまがねふく「吉備津の釜」が枕頭にある

管絃の管百本の一本に固唾《かたづ》　秋風樂《しうふうらく》中斷す

螢澤とは大阪の花街にていのちの果ての淡きともしび

郵便配達がわが名を連呼して背後に迫る木犀の闇

秋水に石榴《せきりう》一顆《いつくわ》　おもほえば歌ひて喪ふ言《こと》かず知れず

ころがるはわれの冬扇《とうせん》百日の白き秋風費《つか》ひはたして

夕霰鼻梁を搏ちて心にはぬばたまのクロイツエル・ソナタ熄《や》む

きぬぎぬのそれも霜月若武者は鎧のままにかきいだかれつ

極月《ごくげつ》おしなべて鈍色の八衢《やちまた》にひらけかぎろひの春名麪麭店《パンてん》

冬の馬齒齦《しぎん》眞紅にかすかなる怒りふふみてわれに頭《づ》を寄す

聖母子像の繪皿を放つ父上は天に代りて何撃たむとか

椿たばねてぬつと差出す山男きみには他に欲しいものがある

沈倫のある日心の逆光があぶり出す「狂育に關する＊＊」

立腹のすでにひととき過ぎたれば煮湯に放つ紅梅一枝

われの耳翼《じよく》に齒型を殘し遠ざかる彼奴《きやつ》、萬綠の底の地獄へ

朴ふふみけらし今宵の識閾《しきゐき》に鎧の袖をしぼるてふこと

櫻桃《あうたう》空にさやげりわれのただむきに迢空賞の禁色《きんじき》の痣

殊に花合歡ぞけぶれる公園にわれらは案ず明日の聖戰《みいくさ》！

「アンタッチャブル」エリオット・ネス二十六、われに敗戰・廢墟・肺疾

## Ⅱ

黴雨《つゆ》曇天に鮎色の影さばしるや文部大臣與謝野馨

いのちおもたき水無月の歌百あまり櫻桃が胃の底でふれあふ

アルツハイマー症の伯父より夏さらば邯鄲に引越すてふ尺牘《てがみ》

あざけりて父を言ひしははやきのふ否おととひの種無葡萄

文借のかさみかさみて秋昏れつ出水の水無瀬川のささなみ

青年教師背伸びして書く「海石榴市《つばいち》の八十のちまた」へ嬥歌《かがひ》に行け

赤貧の日々を閲《けみ》してうつしみはかろがろとヴァン・ロゼの宿酔《ふつかゑひ》

花乏しらの佗助を褒む　敏腕の「ものみざる塔」勧誘員が

流連《りうれん》の翌朝われがくちづくる水晶の逆さ氷柱《つらら》の蛇口《コック》

冬牡丹咲きややすらふ　遠來の香潔和尚、父の念友

風の苧環　イエス殺されたるのちをマリア襤褸《らんる》のごとながらへき

觀光外人チーズのにほひひきずつて二條城遠侍《とほざむらひ》三之間

雉子《きじ》のあるかひた鳴きに鳴くたまゆらにわたくしはキスし損《そこな》ひき

冷凍茘枝《れいし》に舌しびるるを何がかなしくて職業欄の「歌人《うたびと》」

千一夜物語《アラビアン・ナイト》童女に讀みきかす伏字本伏しゐるを起して

檻に幽閉されて運ばるプチブルと呼ぶ嚙み癖のあるブルドッグ
萍《うきくさ》のひたすら西に漂ふを眦に見て戀終るべし
棕櫚に花、聽け「われの王たることは汝の言へるごとし」以下略。
寢室の壁にヨセミテ峽谷の繪を飾りすさまじきやすらぎ
あわただしき知命ののちの歳月のたとふれば百日紅《さるすべり》の血しぶき
莫逆の絆、鋼線ひとすぢを張つて斷ちたる夜半の秋風

## Ⅲ

パステル二十四色　金も紫もそろひつつ無色透明を缺く
愛國の何か知らねど霜月のきりぎりすわれに掌《て》を合せをり
天秤の分銅すこしづつ足せどわがたましひのかるみ五瓦《ごグラム》
イジドール・デュカス傳風説だらけ後架の窓に枇杷散りそめつ
煮こごりのこの一塊の沃度いろ父母《ふも》の恩てふことばおそろし

寒中に氷菓《ソルベ》舐めつつゐまふもの妙齢とは面妖なるよはひ

天氣老獪にて百本の蝙蝠傘《かうもり》のしづくがピカソ展會場汚す

激してカミュを語りしも二十五年前紅淺し盃の底のあぶな繪

帷子《かたびら》は肌切るばかり白冱えて明智の桔梗紋濃むらさき

歌捨つるよりもいささか絶望的なる高みより沙羅の花落つ

飛魚の翅うつくしき水無月に戀もなし水を飲んでも肥る

みづみづしき男一匹料《れう》つたる喜多外科醫院六月の闇

ギリシァ語を修めプラトン讀まむとは空梅雨《からつゆ》某日のできごころ

歌はねばもつともいさぎよし皿に落鮎のまなじりのくれなゐ

煌々とともして葉月われのみの浴槽の深淵に沈まむ

世の終りなど見極めてすみやかにわれを過ぎゆく苦艾派《チエルノブイリアン》

あさもよし紀伊國東牟婁郡《きのくにひがしむろごほり》青岸渡寺の蟬のぬけがら

折紙つきの蕩兒と聞けりアルパカの上著のすその盜人萩《ぬすびとはぎ》

灰色の男郎花《をとこへし》手にしごきをり來世はプロレスラーに生れう

蕃椒《たうがらし》くれなゐ冱えて病歴に肺結核の他なきもさびし

豪介二十歳《はたち》今朝もまたまたパルチザン・チーズと言ひてさにづらふ

獻身のきみに殉じて寢《い》ねざりしそのあかつきの眼中《がんちゆう》の血

一九九四年六月二十九日永眠の畏友

政田岑生にこの一巻を獻ず

# 風雅黙示録

＊第二十一歌集

一九九六年十月十日
玲瓏館　刊
A五判　貼函附
丸背　二百四十四頁
装幀　間村俊一

# 百花園彷徨

定家三十「薄雪こほる寂しさの果て」と歌ひき「果て」はあらぬを

露のあけぼの霰のまひる凩《こがらし》のひぐれ　世界は深夜にほろぶ

日日閑散　素戔嗚《すさのを》神社神官らポルノグラフィ回覧の春

寒夕映イアフォーンより洩れくるは蝶々夫人その斷末魔

沈丁花くされはてつつ煩悩の一日《ひとひ》の中の「春季皇靈祭」

あけぼののこゑいんいんとおそらくはきのふちりえざりし花のこゑ

桐の花それそのあたり百代《はくたい》の過客《くわかく》が伏眼がちにたたずむ

敗戰、たちまち半世紀にて蒼き血の勿忘草《わすれなぐさ》も消えうせたり

縷紅草《るこうさう》、殺人犯人一人だに出《いだ》しえざりしわが家系なり

水無月の水せせらげる夜《よ》の水無瀬川　うるはしき女性《によしやう》に逅はず

紅蜀葵《こうしよくき》、みづからがまづ標的になる戰争をはじめてみろ！

卒爾《そつじ》ながらと問ひかくる人あらばあれ秋茄子の瑠璃わが手にあまる

砧・等々力、五里霧中なりひさかたの雲助運轉手に身ゆだねて

有能多才この一筋につながらず旱百日目のそらなみだ

# 五絃琴

吉事《よごと》申さむ除夜の雷雨のにはたづみそこにてのひらほどの碧空《あをぞら》

時間の死てふものあらば山科區血洗池町《ちあらひいけちやう》寒の夕映

食ふや食はずのままに胃炎の春過ぎて讀みのこす「僧正殺人事件」

アメリカ獨立記念日近し、緋ダリアをすぱつと剪つてそのまま捨つ

右大臣と呼ぶあぶれもの花槐《はなゑんじゅ》へだてて道眞と實朝と

# 天網篇

月光酢の香放つときしもわが戀ふる絃樂四重奏曲「激怒」
花亡《う》せてのちしばらくの閑日月歌殺すてだてなど勘《かんが》へむ
五月三日惡法の日は休業のラテンアメリカ料理店「コカ」
からめとつたるますらを一人率ゐたり白妙の天網の花嫁

昨日米國潰滅せりと文武省《もんむしやう》發表　百年後のほととぎす

梔子《くちなし》のにほひよどめる裏庭へ還りきぬわが戀の奴《やつこ》が

歌ひおほせたるは何なる　初夏《はつなつ》と夕映ゆる黑森《シユヴァルツヴァルト》の針山

梁塵秘抄に「愛せし」てふを見出でたるより半世紀目の鮎膾

黃變新聞昭和十八年重陽「連戰連勝」とたれかほざきし

烙鐵の冷えきらむずるまがなしき一瞬の朱《あけ》　父に饐《おく》る

萩はもとより母も伴侶も月出でて見ればあとかたもなき嬉しさ

一見ゴヤ風の男がうづくまり金魚を掬ひゐき夏了る

# 中有に寄す

## I

鮮紅の墓標ひしめきユートピア外れに二十二世紀果てむ

はしきやし帚木《ははきぎ》処女《をとめ》『ヰタ・セクスアリス』抱へてよろづ屋出でつ

わが歌あやつるは若き死者こころなき汝言靈《ことだま》說陳ぶるとも

うまざけのみなもとにしてきさらぎの丹波杜氏《たんばとうじ》の父子あかはだか

父を嗣がむなどとさらさら思はねば辛夷に銹色のかすりきず

春愁と言ひつつもとなくれなゐのバイクが墓原を縱斷す

鳶尾《いちはつ》をうつ春霰　いささかのにくしみぞ人の生《よ》のスパイス

落椿流れにさからはむとして泡立てりその眞紅のちから

二十二階に吊るしつきりの鯉幟日本の明日を恃むべきかは

何を畏れつつあるわれか萬綠にそびらを向けて讀む『獄中記』

二重虹《ふたへにじ》　彼がくたばりそこなひて壹岐にゐるてふその繪葉書の

あぢさゐのわつと咲きなだるる下天《げてん》七人の敵などものたりぬ

夏の嵐精神を吹きぬけむとしはためく天皇制とスカーフ

店曝しオレンジジュース陽に透きて世紀末用黃泉のみづ

花柊ゆふべの坂に道ゆづりくれたる靈柩車の主《ぬし》はたれ

敗荷は敗荷としてゐすわれり水の邊《へ》にかの戰ひの日日を戀しみ

この世の外《ほか》へならどこへでも愛の巣の暗がりも亦その外のうち

一瞬してやられたる寂しさは他ならぬ「落文《おとしぶみ》」てふ蟲の發想

ロベスピエール慄然として眼前に鼠の巣のやうなものが存《あ》る

寒の鐵砲百合玻璃越しに否をかもあれはたまぼこのみちこ皇后

岳父の醉屍體の薔薇色獻ずべき誄詞《るいし》はヴィヨン擬《もど》きにしよう

## Ⅱ

喇叭管てふ器官うらやむ耳疾《や》みて音樂斷ちの夜夜の寢臺

何のあつまりかは知らね普門院前愕然と日章旗立つ

罪淺きわれが罪いささか淺きわぎもに食はす僞《にせ》のフォワグラ

離婚せざる事由を簡潔に述べよ　巡回裁判所に春霰

率爾ながら韻文通り定型詩町はそもそも何賣るところ

寢返りうてばその時軋む牀ごろもあさき夢すら見ぬきぬぎぬに

戀とはいささか違ふときめき瑠璃《るり》蜆蝶《しじみ》脱皮の一部始終を目守《まも》り

弔問のここが彼奴《きやつ》の巣十薬のおそるべき純白をしるべに

無用ノ介の明眸ひとつ　星月夜にはかにかきくもり梅雨《つゆ》至る

失戀のその長身を鉤《かぎ》の手に曲げて安寢《やすい》す馬越周太《うまこししゅうた》

たかひかるわがおほきみにゆかりなく青棗わが額《ぬか》を彈《はじ》けり

ピカソ賞受賞百號嘘でせう弓月ケ岳のさみだるる景

キオスクに佇《た》ちて絕緣狀一通鉛筆の心ほのかに甘し

女てふ輕みおそろし夏安居《げあんご》に歌仙卷くとて縹帷子《はなだかたびら》

「みんな元氣」とは言へねども死者達は健やかに死に續け居候

割烹「夏至」すべて男手吸物に良夜の星をうかべむとこそ

天窓に映れる朝の紺青の一すくひ死はつひのあかるさ

トーマス・アクイナスに餞《おく》らむ秋茄子の藍　剰《あまつさ》へ明日を恃みて

朱欒《ザボン》切り苛んだる手もて斬奸狀なぐり書き　芳しき人生

奸雄通親《みちちか》も亦友人の一人に擬してさむし冬虹

蔑《なみ》せむにこの神童はあまつさへ和歌をなす　白椿二分咲き

## Ⅲ

聖なるかな漢字制限三十劃以上の正字群發光す

何かなげかむ滅多やたらに寶石を買ひあさりゐし母が膽石

オーボエを母は大吼えと思ひゐき春月紅きひとときかなし

ダグラス機とは何なりし味爽を思ひあぐねつ　緋桃散り果つ

きぬぎぬの齒と齒ふれあふ花水木この次は赤の他人で逢はう

ながらへたまへちちのみの父春曉の溲瓶《しびん》水陽炎がちらちら

さばへなすこの世愉しきフライ級ボクサーどうと倒されて　鳧《けり》

水無瀬雄志ある日螢を籠もろともわれに托して征きそれつきり

戀猫の聲に腹据ゑかねをれどされどニーチェの詩の誇張癖

七月がましぐらに來る菩提寺の新發意《しんぼち》無我のバリトン和讃

入道雲見ずてひさしき文月のわが色慾をいはば白緑《びやくろく》

七月十四日生れの華やかに暗しすめらみことこそ後鳥羽

男傘無骨に驟雨彈きをり奈良京終《きやうばて》に果つる情事か

みちのくのみちくねりつつ畦切りの若者が滅裂の「君が代」

淑女休憩室に淑女が一匹もゐないヴィラ・デステの晩餐時

蓮沼夫人、その郎黨がうつくしき空氣啖《くら》ひて夏了りける

素戔嗚神社前の走り井いにしへは命にかへて人と逢ひたる

カフカ論首尾ととのはず文月けふ障子の棧に蠅のしかばね

百日紅九十九日目の紅の今日、寂として刺客きたらず

詩歌うしなふことが何なるたましひの上つ面掃く夜の帚木

水銀嚥みて死にたらむとは誰か言ふ河内弘川寺に夕疾風《ゆふはやち》

# 花など見ず

あしひきの峻嶮名に酷似してふと眩暈《めくるめ》く「アルツハイマー」
森羅萬象細斷《こまぎれ》にする凶器なり三十一音律の刃の冱え
梅林に間道ありて梅の花など見ず外に出づることも得《う》
勘解由小路《かげゆこうぢ》にはたと邂《あ》ひたるあの人は一昨年《をととし》死んだはず　花曇り

若鮎のにほひの汝《なれ》を遠ざくることもスキゾフレニアの一種《うち》か

質におきつぱなしの赤貧　この夏はスカボローフェアへ襤褸《ぼろ》買ひに赴《ゆ》かう

雨の霜月取り出して視るたびごとに奇怪《きつくわい》なり「恩賜の煙草」といふは

# 悲歌バビロニカ

## I

ふくむものある連衆六人《むたり》今日花の定座《ぢやうざ》にいささかの血のにほひ
雪白の辛夷かがよふきみつひにつひに一歌人として眠るか

花冷えの濡縁占めて能辯の「カインの證人」の津輕辯

春晝のうつつなかりし識閾に伯耆と智利がならぶたまゆら

「青蠅《せいよう》久しく斷絕」と李賀歌へりき原爆變は知らざりしかば

世界をうらぎらむくはだてふつふつと螢の闇の中に二時間

花石榴浮かるる歌仙連衆と連中にそも何の差かある

朝餐《てうさん》華やかなれとはつなつ白綠《びやくろく》の甘藍まつぱだかに剝ぎをり

綠靑の水無月はじめ山門に疾風つきあたる仁王變

防衛大學何を防衛せむとして晝貌が鐵柵に十重《とへ》二十重《はたへ》

リルケ讀まざるも知命のこころざし世界の腐敗ひたすらに待つ

罪産と誤記して消さず伯父が棲む東大阪市字横枕

われは往きかれらは還る　さもあらばあれ燕子花《かきつばた》紺の殘骸

曇日《どんじつ》のわれの一日《ひとひ》もまた赤の他人の一日《いちにち》の醉芙蓉

旋風に身を揉む垂柳《しだりやなぎ》その名こそはサリックス・バビロニカ

秋分、新聞訃報欄にて　二日前まではあいつが生きてゐたとか

白内障《カタラクタ》こころにうかぶ夕露のたまゆらにふるさとも亡びよ

わが左足の魚《うを》の目《めそ》削ぎたまふ執刀醫　甲斐すばる先生

弟なれど張り倒すべし卓上に現代語譯「ソロモンの雅歌」

敗荷吹かるる陳腐なる景　火を放て火を放て　その放火犯にも

十月二十一日直哉忌と人に言わぬまま生牡蠣は啜りたれ

## Ⅱ

農夫老いて美しきかなミシュランの葡萄牙地圖山脈の皺

闇さんさんとしたたるごとし鷹一羽牀上《しやうじやう》に組み伏するたまゆら

報國とかつてぞ言ひしわが春を奪ひし彼奴《きやつ》に何を報いむ

牡丹一枝奉らむと扉《と》を押すに鸚鵡が「ゴヨヤクサレテヰマセン」

枯原の水あかがねのにほひして前後左右の戀敵ども

ＴＶには地球のうらがはの謝肉祭　偏頭痛頭痛にかはる

パキスタン使節招待石庭《せきてい》の砂をただちに掃きすてなさい

すめろぎはちかぢかとして遠ざかる春淺き夜のいかづちあはれ

掃除婦不惑名札にしるす「神林たかんな」過去をかたりたまへ

落ちざまに穗麥くはへつ　われよりも憂ひ多かるべし揚雲雀

さういふなら君の兩掌《りやうて》でみどりごのくれなゐの耳ちぎつてごらん

なべて凶器となさばなり得む眞處女が鐵砲百合を斜《はす》にかまへて

コートディヴォワールが象牙海岸と遂にし知る日あらざらむ　象

去年《こぞ》根こそぎにして數百萬《すひやくまん》稼ぎたる蓮田に花のきざす不可思議

したたるばかり紺青の空　裏町の雨宮空手道場鎖《さ》さる

微風のごとき輕羅まとひて家妻があはれ俎上に鱧《はも》の骨切る

祖父の若狹訛うすれつ群書類従が曝涼にてばらばらに

君の掌上《しやうじやう》にゆたかに砂盛つて死後も蟻地獄をやしなはむ

裂帛の裂を愛してきのふこそわれ日本を見かぎつたれど

未生以前よりわれおもふキャヴィアとはあはれぬばたまの女郎花《をみなへし》

右翼てふ翼收めてこの男前世おそらくはダヌンツィオ

Ⅲ

今降るは未生以前の霰ぞと思ふ　實朝の死のきはいかに

時ありて繙く『死者の書』の黑き表紙に牡丹雪のにほひ

百人の敵われにある妄想の燦爛と大寒の大夕燒《おほゆやけ》

もののふの佐佐木幸綱あかねさす丹頂鶴《たんちやう》を一輪とかぞへき

空欄に「空襲警報」とのみ記しわが立志傳日誌冒頭

蒼ざめて隼人氷雨の中驅けつつひに戀得たるかその逆か

アナクレオン・クラブの首領Uターンして子を儲けたり名は六鹿《むしか》

ジムノペディの樂の源《みなもと》休診中那須產婦人科の育兒室

西王母咲きさきつづけ花絕ゆる　處女《をとめ》らはけがされつつ淸し

大字初霜戶數九十戰陣訓暗誦可能者がまだ九人

嵌め殺し窓より見えて行列の尻尾《しつぽ》　穀潰しの婿入りか

非國民、否緋國民、日の丸の丸かすめとり生きてゐてやる

盟友の形見分けなど！「世の慾の樒をだにも選り返し」とぞ

死に至る病も百種　喜連川醫院上空颱風過ぎつ

さるすべりなほ咲きのこる神無月「マインカンプ」を屑屋に拂ふ

逆立ちしても愛は愛にてAMORとROMAの間《あはひ》千仭の谿

明治生れのおほはははげに愛すべくおそろしきかな夕陽に禮《ゐや》す

鷹の爪乾ききつたりまたの日の敵國を焼きほろぼす火種

非日常のはかなき眺め卓上に榲桲《マルメロ》と書きさしの遺言

逆境の逆とは何ぞ夕映に父がキリスト色のマフラー

# 飼殺し

飼殺しの緋鯉三尾に鸚鵡二羽その他に總領が一頭

# 莫逆

「雲こそわが墓標」それ以後半世紀曇天つづき雲ひとつ見ず

西行忌、出家と家出いささかの差はあれど水のうへの十六夜《いざよひ》

噉むは血の沫《あわ》なすすずこ死に死に死に死んで終りに冥からうとも

二十世紀末春泥のナポリにて雲井の雁とすれちがひたり

虚妄を活寫するが詩歌の神髄などゆめ他言無用に候

若き蛇に蹤きて奔らむ「かく誘《いざな》ふものが何であらうとも」

無慙なるかな五月、父らは節會《せちゑ》とて腑抜けのこひを虚空に曝《さら》し

百合の香に辟易したるわれといまひとりのわれが三輪に別れつ

銀蠅を發止と打ちてよろめける父よヴィスコンティに空似《そらに》の

大梅雨《おほつゆ》の能登《のと》珠洲郡《すずごほり》狼火《のろし》より飛電あり妻が逃《ふ》けたりとこそ

拝み打ちにされたる卓の蟷螂《たうらう》のうら若き鎌「われにさはるな」

棒振るバルビローリの葵色の頰　戀人の百囘忌まぢかし

論敵客死、雨樋《あまどひ》故障しかも「今歳《ことし》水無月のなどかくは美しき」

ゆくかと問へばゆくと唇《くち》嚙みゐし彼の一周忌瞿麥《なでしこ》の火の色

きみに餞《おく》る　ダリが描きし緋ダリアの炎えつきて空白の百號

木槿の楚《すはえ》三十本に花充てり一朝の榮といふもうるさし

飾磨《しかま》郡夢前《ゆめさき》町字護持《ごぢ》の辻過ぎてなにゆゑこの喪失感

晩年晩年たれの晩年　八月のゆふがほが眞晝まで咲きのこる

氷塊の上に鋸　敗戰後半世紀經て何の處刑か

丹頂鶴《たんちやう》があされる姿まなじりに見て來し方にあゆみかへす

オテロ全曲語譜で唱ふおとうとの前職警視廳鑑識課長

美しき秋千鰈《ひがれひ》の薄鹽と宰相閣下のうすわらひなど

敗荷《かれはす》が大笑ひしてゐるごときこの眞晝間を好まずわれは

トタン屋根の上の夕露、犬の自死、殉國、つひにあり得ざるもの

奔馬忌修する一群が見ゆ霰ふるこの世より百粁ほど先に

刎頸のその頸さむし秋風はわれと無縁の空間に吹く

世界昏れつつあり『魔の山』の終章を目にたどりつつ眩暈《げんうん》兆す

漁色てふこれぞまことは青年に投網《とあみ》放てる白魚處女《しらうををとめ》

くれなゐの衣干すことたえてなきわが家にきさらぎが居坐《ゐすわ》れる

おそろしき地球の外へ啓蟄の蜥蜴くはへて飛び去る雉子《きぎす》

初夜ホテル「たまづさ」の屋上にして月光一摑み私《わたくし》す

晩春の大夕焼《おほゆやけ》わが鼻孔までとどき國家と呼ぶこの空家《あきや》

# 鬼籍半世紀

茘枝《れいし》の皮吐き出してさて今は昔「昭和の遺書」のなまぐさきかな

直下百メートルの瀑布に一瞬間、四十三萬八千時間

眞向より蜻蛉《せいれい》に視つめられゐし刹那　九十九までは生きむ

英靈・英國・叡慮・營倉、悉く忘れて營業報告書を書け

すめらぎもすでに初老のうつしゑの夏はらはらと月下不美人

曇天の厚き膜裂き翡翠《かはせみ》の一閃、半世紀の血しぶき

軍雞《しやも》・柳葉魚《ししやも》、しやぶしやぶに覺醒劑《しやぶ》、半世紀斜《しや》にかまへその異同を知らず

西も東も澤が乾上り秋といへどたつべき鴫が一羽もゐない

足利尊氏より八代目戰時中ホイットマンに惚れし國賊

半世紀人は鬼籍に入りつづけ夜咄《よばなし》の西王母血の色

# 神州必滅

木蓮月夜、桐月夜みなわすれはて叫びゐき「上《カミ》御《ゴ》一人《イチニン》ノタメ」

ぬばたまのネロ忌水無月十一日　日本など忘れて早く寝ろ

徴兵令發すとならばみづからに先づ發すべし　腐《くだ》つ櫻桃《あうたう》

「風に逆ひ炬火《たいまつ》を把《と》る」メタファーを天台小止観に知りたる

毛蟲びつしりひしめく夏至の山櫻　神州必滅をことほがむ

備前長船　玻璃のバリアー越しに見ゆその刃で佛手柑《ぶしゆかん》のゆびが切りたい

# 窈窕たりしか

日本も沙汰のかぎりの夏果てて白きかたびらただよふ盥

遁走曲《フーガ》若衆《わかしゅ》、風雅和歌集　人生をかへりみば水の底の紅葉《もみぢ》よ

霜月の闇より臘月の闇へうつるこころの底の漱石

ちりぢりになつてなほ咲くしろたへの霜月の山茶花がうるさい

若き父、幼女を騎《の》せてあへぎゐる子供部屋　寒雷の香りが

伯父の口笛つねかすれつつ「リオ・ブラヴォ・鏖殺《みなごろし》の歌」また半殺し

うるむ夕星《ゆふづつ》夭折したる父のみの晩節を褒めてやつてください

塵芥焼却爐底より聲ありて「御稜威《みいつ》かがやく御代になしてむ」

夢に逅ひて吾妹《わぎも》言へらく飛火野の火もて焼いたる雲雀進上

伊丹昆陽池《こやいけ》その枯蘆を歌ひたる式子　窈窕たりしか否か

驛裏に廢車すなはち汽罐車の屍體重なりこれぞ日本

復活祭キャフェ「山川」の扉《と》の前に洋犬「權兵衛」が寢そべつて
黴雨《つゆ》もどん底　抱き殺すとか噂ある剛毛のジェラール氏が參禪
聖六月後架明るく一匹の銀蠅がわれにこころゆるす
不意に悲しくかつたのしきは夏祭沙羅の花ふつかゑひの男ら
向日葵の種子こぞりたちわれはいつネオ・ナツィズムに惹《ひ》かれそめける
「月蝕のためのパッサカリア」はデュパルクの死後の曲ゆめ聽くことなかれ
四十年前は戰犯　夏館《なつやかた》無人のままに轡蟲鳴く

さらば執念《しふね》き夏の怒りよ　一盞《いっさん》の潮水にわが瞳洗はむ

眞晝十二時ほろびたる國日本を斜《はす》に咲き奔れり曼珠沙華

# 烏有論

## Ⅰ

わが旅の終りに擬して恃みゐし三宅島北端の神著《かみつき》

世界昏しなどとほざくな生牡蠣をすするくちびるさるすべりいろ

ボルヘスに遠ざかりつつ敬するを早くも紅梅は褪せむとす
貝寄風《かひよせ》のたれからたれに艶聞は傳染《うつ》るのか毒身寮の薔薇窓
賣られざりせばイエスはつひにみづからを賣りけむ胡蝶花《しやが》が雨にくたくた
大天幕豪雨を溜めてたわみをり何に滿ちたりしかこの國は
『神曲』の扉鍵裂き「朕惟ヒ」たまひしゆゑの悲劇と喜劇
騎兵中尉寒川喜志の碑《ひ》に霰何人《なんぴと》に殺されしか不明
幣辛夷《しでこぶし》父には父の言ひ分があつてまた帷子《かたびら》のかさね著

夕揚雲雀金色《こんじき》に染《そ》み日本が烏有に歸せむことを告ぐらし

筍《たかんな》の齒ざはり牡蠣の舌ざはり淡きまじはりのうちに別れむ

馬の皓齒きらめけり春あかときのわれの項《うなじ》をざつくと嚙め

われ起つてのちの搖椅子今世紀中ゆれゆれて木片《きぎれ》に還れ

備前閑谷《しづたに》村には白き紫陽花の咲く日日か　戀人もはや不惑

向日葵が木であることをうたがはずみまかりき須川唯《ゆゐ》君五歳

踏みつぶしたるは螢か美作の夜ふかく字《あざ》のなかなる小字

紅蜀葵　死を拒み生うとんじてゐるよりはいざ死につつ生きよ

詩歌を致命傷としつつも半世紀經たりき沙羅の花が慘慘

六根濁りきつたり眞夏虛空にて瞰《み》おろす死に瀕したる日本

茄子の馬その胴長の短足のたれにか似たる　雨の盂蘭盆

秋海棠分けてあゆめり妹許《いもがり》にゆくシェパードの道連れとして

Ⅱ

新緑の獸園を發つ速達便、「麒麟に變《な》つた逢ひに來てくれ」

有體《ありてい》に言はば父よりすめろぎをうとみて五十年　地には蕺草《どくだみ》

梅雨空のつゆしたたれり「君が代」に換ふる國歌は「討匪行」とか

白壽莊バス發車せり乘客ゼロ　見おくれるみどりごが千人

夏井少佐に額彈《ぬかはじ》かれし記憶など　棗の花に白雨ましぐら

これで人が殺せぬものか初夏のピザにパルチザンチーズの霜

枯山水夕かたまけて辭せむとすわれに「明日」てふ言《こと》腥し

われも日本もながらへつつを世紀末梢上の枇杷十日で腐《くだ》つ

あれはアンリ・ポワンカレの徒かきつばた夜半《やはん》にかきわけて池心まで

風邪熱の熱は群青　蕉門の其角怱々に世を去りてける

ハンス・アイスラーの名を知る一人ゐて若狭晩夏の蒼き削氷《けづりひ》

一夏《いちげ》事無し近火見舞の鱚くらひ父が吐瀉せしことを除けば

曼珠沙華炎ゆるにあらず底冷えの他界の火事を告げわたるなれ

夜の白雨　生ける茂吉に逅ふこともなかりき胡頽子《ぐみ》の劇しき澁み

世界百花展會場に夕野分見るべからざるものは見ておけ

いまはのきはの玉蟲に霧吹いてやる今こそはわが世界の秋

阿難寺の大百日紅枯死寸前われに破戒の好機到れり

長押《なげし》の槍の鞘のくれなゐ　組み伏せて遂げたるは葉隱れのたそがれ

菊薙ぎ倒しつつうちつけにわれ思ふ何を葬《はふ》るにもまづ孔が要る

髭奴朱のまなじりのまがなしく夕空に放たれつぱなしの凧

美しき春の驟雨を死の三日前に降らしてくれよ惡友

## Ⅲ

侘助の初花三日にて腐り「億兆心ヲ一《イツ》ニセ」し日よ
視るべきを見に發つといふ靑二才キイホールダーじやらりと提げて
飾磨郡《しかまごほり》夢前町《ゆめさきちやう》に別れむと禮《ゐや》す雪消えがての雪彥山《せつぴこ》
映畫は「未來に還れ」私のウォッチのアラームの止め方が判らない
冬の瀧に向ひて友が朗々と聲を消費す「泣くなリュウ」とぞ

筆太に寒中見舞、御大《おんたい》も戀より詩に飢ゑてゐるらしい

所得税納めて心をさまらぬこの夜《よる》の梅　皓《しろ》ただならず

「崩《かむあが》りましき」と輕くしるされてわれさへ憤ろし　倭建

よろづ屋に緋のベレー帽　世界日日《ひび》急を告げ滅ぶけしきも見えず

沈丁花その旬日の花屑を掃きすてつ　彼奴《きやつ》が死んでよかつた

黑人レスラー朝《あした》、艀《はしけ》に弓なりに立つてしろがねの尿放ちをり

嘔吐たまゆら炎のにほひわれにいまうまれ來むこころざしを殺す

泪、肉桂の香を帯びつつあり　別るべし　敗戰の日のこのわれと

あはれ綠蔭　針魚《さより》に似たる早少女《さをとめ》よきみと別れた記憶がある

航空母艦てふ玩具買ひあたへられ子は遊びをり蠅の屍《し》載せて

青水無月に人阿《おもね》ることしきりなり若鮎に鮮血の香が

餓死寸前の蘭鑄なれど一刹那梅雨の疊に落ちてきらめく

素戔嗚のすずしき眸有つ童縞蛇一尾われに獻ずと

さきがけの沙羅三、四輪いくさにはわれをしてしんがりにゐしめよ

たましひの底の萬緑おもむろに毒に變じて今日敗戰忌

火薬の芳香放つ男ら三三五五往き還り來世紀まぢかし

# 反・幻想卽興曲　イ短調

惡人に徹しきれざる惡友と冬の葛切り食ひちらかして

霧の周防、霙の丹後、喪の旅にかならずこころ華やぐわれは

羽根飾《こころいき》とシラノは言ひき泥濘《ぬかるみ》に落ちてうごめきゐる「赤い羽根」

詩人のはしつくれの正餐、冬雲雀フライに月光ソース添へたり

サンタ・キアラ病院も冬、看板に「禁戀」と猩猩緋の表示
秘すれば花、秘しても椋と笑ひごとめかして文武大臣不在
水仙を兵卒のごと剪りそろへ森林太郎大人《うし》がなつかし
鸚鵡より早口言葉敎へられゐたりまだ日本は亡びぬ
心中と中心の差をかたぶきて寒牡丹一米たらずの緋
煮殺さむ河豚と冬菜が卓上にひしめきつ　平和ここに極まる
寒の蕨煮ゐる吾妹よ　笠女郎《かさのいらつめ》など戀人でなくてよかつた

奔流に浮かぶ椿がまたたく間なれども向きを變へむとしたる
蕃椒《たうがらし》のしびるる紅を！もとの鞘などにをさまる氣はさらにない
「歩兵操典」新品同様五萬、ショウ・ウィンド莊嚴せり世紀末
越の國より一頭の若者がわれに來る　辛夷《こぶし》一枝銜《くは》へて
ダリ追悼會の長廣舌詩人その面《つら》なまこめきつつあはれ
鼓膜といへば耳は二つの羯鼓《かつこ》なし春夜叩けばひびきかはすか
若くして彼奴《きやつ》にうかべる晩年の相《さう》　夜櫻のこゑがきこえる？

蘆薈《アロエ》の葉凶器のごとし生涯に殺さむ戀敵數十人《すじふにん》

先行くは金剛流か「百萬」の「鸚鵡の袖」を輪唱せむに

薄明と薄命の間一髪をすりぬけて白罌粟がひらきたり

殘るはつひに骨のみなれどわが骨はしろがねの七叉燭臺一架

酒場「處女林」の出口に寝そべれる秋田犬、この世は愉しきか

あぢさゐ錫色にざわめき　燒夷彈浴びゐし記憶のみの青春

英靈の位牌が五つ水無月を殺されし順番に煤けて

けものみちにてすれちがひたりカンファーの體臭の彼まさに熊楠

山棟蛇《やまかがし》しとめたりてふコロラチュラ・ソプラノが木下闇に響けり

もののふのわがおほちちが犯しける敵前逃亡　敵ってたあれ

閑吟集讀みふける閑《ひま》ありて無し終末近きこの青葉闇

おそろしき江戸紫にくづほるる外科病棟の六日の菖蒲《あやめ》

艷書返送のこころ決せり篠懸の影踏む道を往きつ戻りつ

ケンタウロス！などと叫びし夢の中花無き花水木一樹立つ

水無月の旅にて旅にあくがるるこころ生きなほすには手遅れ

第三突堤百合の花躙《にじ》られて日本の明後日《あさって》よりみじめ

誰よりもあとに死なむと萬緑のもつとも暗き邊《へ》に嗽《くちすす》ぐ

ダリア白し雨の夕暮リスボンを「リシュボア」と訂《ただ》しくれし處女《をとめ》よ

『資本論』叩き賣りしは半世紀前、資本など今どこにある

左利きの君が釘抜く半壊の桐簞笥　金婚式まぢかなり

生き方が、否風采が枯蓮に似通ひて三十年前、右翼

プルヌス・ヤマザクラ七月《ふづき》を病葉《わくらば》に覆はれてどこに吉野のにほひ

捨つべきものあまたある夏たけなはとまづ母を顧みればほほゑむ

ガダルカナルにて九死一生また披露する夏祭、霜田老人

喜志精神科より寒中見舞六、七通なぜ見舞はれるのだらう

男郎花《をとこへし》剪りも剪つたり一抱へほがらかに甕《みか》の原のいかづち

ヴァカンスは家にこもりてやりすごすわがこころ秋繭のかるみ

血族つどひあらそふ「固定資産」中、庭の白萩ちりつこぼれつ

かへりみてこそ他は言はめこころには降りつもる薄墨の紅葉《こうえふ》

嵯峨大念佛が始まり香具師《やし》の手にああ綿菓子のうすべにの雲

洋梨の圓錐形はひたすらに圓に近づかむとしてくさりき

恐龍圖鑑多彩絢爛世界戰爭など三十世紀のことか

# 喜春樂

おとろへはててしかも日本　寒林を管弦の音《ね》の風吹きとほる
うすべにの血脈見せて蓬掘りの男らがすさまじきひかがみ
移轉慘たり燦たりメリメ全集が車の荷臺よりころげ落ち
酢牛蒡ほろにがき元旦　よしゑやし霰ふるよろこびのどん底

背水の水は汨羅《べきら》とわれに告げて彼は而立《じりふ》の怖いもの知らず

天來の言葉を聽けり「健やかな諧謔を銀のやうにうちならす」

あるかなきかの風にたちまち總倒れ放置自轉車道化のごとし

臘梅に淡雪にじむ夕日かげ生《あ》れかはるとも國のために死ぬな

# 夢の市郎兵衛

凩に『仰臥漫録』めくらせつ〈律ハ理屈ヅメノ女也〉とぞ

黑焦げの柳葉魚《ししやも》くらひて十二月八日暮れたり果報のきはみ

舊陸軍伍長樽見ができごころとはいへワグネリアンになるとは

大禮服寒の曝涼　大元帥陛下がいつかお呼びくださる？

詩歌のほかは知らぬふりして霜月にきたれり盛岡市前九年町《ぜんくねんちやう》

「夢の市郎兵衛」てふ名佳し黒鳥の羽根蒲團きさらぎに贈らむ

「三千歳《みちとせ》」をくちずさみつつ白壽には二年足りざる父のきぬぎぬ

筍《たかんな》毛ぶかし　かのはつなつの防空壕内に相馬が伸べし二の腕

あぢさゐに腐臭ただよひ　日本はかならず日本人がほろぼす

八方破れ十方崩れみなづきのわれのゆくてにネオナチもゐる

# 戀に朽ちなむ

アンデパンダン展は日曜畫家たちがものまねのモネ、マネの極彩
盂蘭盆の塋域にして墓探す彼もたれかを殺しそこねた
戀に朽ちなむ名とは？　わが名のため朽つる戀をこそ　白萩がしらじら

# 露の五郎兵衛

## I

くちびるを觸れむとしつつつきはなつ大寒ぬばたまの黑牡丹

讃岐白峰わが胸中にふぶきをり必殺の和歌見せてやらうか

暗殺されし帝《みかど》は崇峻のみならずごりつと齒にこたへて酢牛蒡

檸檬忌の防腐劑ぬりたくつたる檸檬　百回忌はいかがする

亡友の栞群立つ『葉隱』をいつの日か花の下に焚かむ

ヴィヨン遺言詩集はおきておもむろに晩餐の鮎火刑に處す

朴の花はいつ咲いたやら金蔓《かねづる》がずたずたになり銀の曇天

岳飛獄死せりと宋史にのこれりき桐の初花天に三つ四つ

青嵐机上を掃けり歌人たることを宿命となどたれか言ふ

無用なればこそかんばしき青葉町二丁目、麪麭屋《パンや》さんのもみあげ
海芋《カラー》畑《ばたけ》あかときにしてむらむらと百の鵠《くぐひ》の刎《くび》ねむとす
酷暑禽園　孔雀衰弱　その舌をかつてカリギュラ帝が啖《くら》ひし
盛り殺さるる一歩手前で色道の極意を一くさり燦射居士
夭折のその肖像のまなじりに金粉を　右大臣萩の實朝
エンサイクロペディア・ブリタニカ酢のにほひ　新月色のみどりごの反吐《へど》
藝術の秋なればこそ青蓮寺境内に卍組のサド劇

漆紅葉《こうえふ》　明日よりの生あきらかに下り坂うつくしくころがらう

露の五郎兵衛がかなたの漆の木そびらに立ちて秋窮《きはま》れり

凍蝶羽搏かむとしたれど　半世紀むかし「大詔奉戴日」今日

體内に寒の水湧くここちして「木曾殿最期」讀みをはりたり

「さむらひは名こそ佳かれ、花佳かれ、紅《べに》佳かれ」滅びたる催馬樂

Ⅱ

櫻守・桃守・檜守《ひもり》、わたくしにまもるべき何一つあらざる

尺餘の鯉盤上にあり還俗は何犯したる若僧飛雲

白躑躅はたと搖れやみ鷹司管絃樂團のチューニング

きのふあけびの花散りはてつ論敵を斃すすべなきままに水無月

林檎むくはしから銹びつ六月の濕熱の花嫁を悼まむ

屁糞葛《へくそかづら》・犬の陰嚢《ふぐり》に藪虱、處女《をとめ》よ植物圖鑑を捨てよ

戀すてふ鎌倉武士の白扇の一句、白雨に迈ひたるごとし

右翼より好物列擧させてゐる松蟲幼稚園の保父さん

艷笑落語聽く會果てて夕顏のあかときのうしろすがたの女人

眺めつつしきりにさびし恩人の外科醫が黑鯛《ちぬ》をさばきそこねつ

月光浴せむとて夜ごと出でゆけりわすれがたみのその名こそ瑠那《るな》

人吉にひとをやらひて右肩の白露をひたすらにうちはらふ

パゾリーニ論なかばにて銀杏《ぎんなん》がゆであがりこのかなしき翡翠

十月に達磨忌あるを忘じゐき茗荷の花も殘んの一つ

禮装の父に一顆の石榴投げて投げかへされつ　涙ぐましも

兄分の情《じやう》こはきことかこちをり佐陀岬霰まみれの肩

雪の上にあるいはこれは恐龍の齒型か師走八日あかつき

初時雨けさは山川呉服店破産十周年の絃樂

職業軍人騎兵大尉の眼光のめらめらと　敗戰を識りゐき

われの有《も》たざるもの一切が甕《みか》の原塵芥焼却場にひしめく

名うての女たらしの壹岐が菊御作《きくぎよさく》競《せ》りおとせりき二千萬圓

Ⅲ

夢窓國師集の戀歌花色にうるむ　果して女人欲りしか

寒林の底にかすかに斷絃のひびきいつまで死は他人《ひと》ごとか

歌ひつくしてわが還るべき空間はそよ殘雪の夜半の芒野

道路鏡にぎらりと映る　ハノイにて彼が咽喉撃たれしは昨日か

高層建築街の底にて啇へり二月、火種のごとき緋目高

失樂調ピアノ調律せしめたるその夕つ方彼奴《きやつ》は逐電

かづらきの山ふところの晝寢釋迦疾く覺めてかたびらをすすげよ

天網のごとき漁網を中空にひろげたり伊勢石鏡《いじか》の朝明《あさけ》

夾竹桃根こそぎにして聖戰も果てたる午《ひる》の亂脈ラジオ

水底に腹摩《す》りおよぐ白妙の鯉魚一尾　今日秋立つらしも

殘生はふてぶてとして立枯るる寸前のアメリカ背高泡立草

五歳違ひでも母は母　亡き父の舊戀のひめむかしよもぎ

玉藻刈るおきよ男子《をのこ》ら　露の國ロシア國花が沙羅になるとか

師事と兄事のあはひを奔る秋の水一脈のにくしみをまじへて

枯野人《かれのびと》　緋のはらわたが透けて見ゆまたのいくさに征くか征かぬか

ラヴェルもどきのその横顔に冬が來て絃樂的にピザ齧りをる

こころざしわがうつそみをぬけいでて水底に紺侘助《こんわびすけ》一枝

月光の卓上ピアノ　小指にて「同期の櫻」彈く美智子刀自

「悲しみよ今日は」てふ挨拶もすたれて左眼には麥粒腫《ものもらひ》

そして誰もゐなくなるまでながらへて蜘蛛膜下出血の蜘蛛紅し

死して護國の鬼とはならざりし父の子のわれや亡國の歌人《うたびと》

# 反ワグネリアン

孔雀飼ひはじめたりと父の初便りああ死の外《ほか》に飼へるはそれか
すみやかに過ぎゆく日日はわすれつつ白魚が風のやうにおいしい
お祖母様　圍爐裏《ゐろり》のほのほ薔薇色に保つて原子爐を眞似ませう
春季大掃除二階のラジカセのイゾルデのアリア停《と》めろ、いますぐ

霧隠才藏、桃中軒雲右衛門　かつてさむらひは天に遁れき
筍《たかんな》六月、それもたとへば刎頸の友の徑百六十粍《ミリ》の素《そ》つ首
よはひ九十九に至りなば白菊の目に立つ塵を是非百瓦《グラム》

# 滄桑曲破綻調

## I

最後の晩餐白魚膾《しらうをなます》にさしぐみて第二次極東戰爭前夜

イギジ砂漠の人は地獄が天にあるとばかり今日も信じゐるとか

空港伊丹キオスクの木の扉《と》の隙にたれかがはさみ黄ばむプラウダ

さざれ石が巖《いは》になる「君が代」なんて。「櫻《さくら》」も馬刺屋のＣＭか

白牡丹夜半《よは》に見しかば懸命の誄讃《るいさん》今様めきつつあはれ

「首をちょんぎつてしまへ」と女王は叫ばねどどんぞこの日本

強制収容所の監督を「カポ」と呼び爪剝ぎ眼灼きの特技ありしと

大盞木が一つ覺えの香を放ち傾《かし》ぐ匾額《へんがく》の「忠君愛國」

月山《ぐわつさん》に藍の秋風いたるころ若山弦藏のバリトン戀し

観潮樓歌會、佛頂面ならべゐしか而立の齋藤茂吉

深呼吸五度くりかへしさて亡命決意するでもなし　茄子に花

土耳古石、土耳古溫泉、とことはにわれに有縁《うえん》のものにあらねど

神にまします天子羨《とも》しきうれむぎの乃木希典を殉死せしめき

戰艦ポチョムキン忌一九〇五年七月十三日も有耶無耶

日本敗戰、われは肺尖加答兒にて盃洗に浮く蠅を見てゐた

ヴァティカン裏面史讀み漁りつつ夜を徹し發熱す天罰の夏風邪

女郎花《をみなへし》＝敗醬《はいしやう》の謂はれいまさらに森林太郎の「箒《ははき》」なつかし

片戀の子の子が嫁ぐ弓削團地空手道場七軒東

敢へて焚く斬奸状に遺書にラヴレターついでに軍隊手帳

神州不滅、われら必滅、滅びざるものの罪業あらはれいでよ

雪月花ありてあらざる心奥に發止と後鳥羽院の一太刀

## Ⅱ

鬼貫はまたの名囉々哩、鍼醫にて「風は空ゆく冬牡丹」とよ

處女雪を刹那刹那に潰しつつ彼奴《きやつ》が牽《ひ》きゆく大八車

『魔の山』はあと百五十三頁ひとまづスパゲティ・ヴォンゴーレ

初蝶、第二・第三の蝶、百頭をかぞへて俳人らもひつこめ

鶴を折り龜をたたみてうなゐ兒は眠りにけらし昏き月曜

晝食《ひるげ》は葛切で濟ませてちはやぶる神崎川の船で契らう
月は朝《あした》、花は黄昏《くわうこん》うすなさけこそ片戀の至極とおもへ
「馬賊頭目列傳」一巻黄金週間《ゴールデンウィーク》にごろ寢して飛ばし讀み
戰ひもまして平和もなしさくらさく日本のとはのたそがれ
繪曆の端午　緋鯉を指さして「手負ひの鯉の總身《そうみ》血まみれ」
鷗外は「だつた」を嫌ひ「であつた」を選びき　茘枝熟るる五月
ふるさとは櫻桃腐《くだ》つ黴雨《つゆ》なかばみなすこやかに死にかけてゐた

かみかぜの伊勢撫子のみだれ咲きざくりと剪つてままははの日ぞ

木星は森林浴の樅の香をつたへてわれの夢ふかみどり

睫毛雄蘂なす惡友のその死後にそなへて「風信帖」の曝涼

われが捨てたる艷笑落語全集も呑みて集塵車が奔り去る

桂文樂テープ「明烏」が中斷　まづしき夏のヴァカンス果てつ

滅私奉公、飯も食ひかね龍膽がこれ以上濃くなれぬ紺青

「三文オペラ」九十年史マッキーもジェニーも霧の底に眠りて

原子爐大内山に建設廢案となりにけりすめらみこと萬歳？

マクベスの魔女よりもややかはいくて元愛國婦人會會長遺影

## Ⅲ

厩戸皇子《うまやどのみこ》、またイエス呱々のこゑあげたりき　馬の尿《しと》するあたり

紅茶澁し寒は土曜のありあけにカフカの二番煎じ讀みをり

葛原妙子の侍童ならねど胸水の金森光太　そののちいかに

昨日の朋は今日の廢物左義長の火中に広辭苑第一版

淡紅のけむりなびくは山門の仁王エイズ死してその火葬

寢臺はある日突然屍《し》の臺とならむしろがねに散るやまざくら

あくがれに似て花の夜に眺め入る空冷式チェコ機關砲の圖

春疾風《はるはやて》吹きおろしくるきりぎしの悲鳴はみどりごかその父か

空海忌　海芋百莖眼前に咲き咲き咲き咲いて死後も蒼白

ひくひくとあぎとひゐるはあらざらむ平和一日《ひとひ》のはつはつ鰹《かつを》

なんぢの欲するところをなせと聞きしのみ牡丹打重ならぬ四、五片

無爲なりしかばさきはへる一日と憶ふ沙羅の花も落ちつくし

天氣晴朗にして敗戰のその朝も孜孜と燒屍體を埋めゐしが

終戰と敗戰の間のクレヴァスをさしのぞきつつ死にそこなひき

百米先の曼珠沙華が見ゆる眞晝　何人《なんぴと》の死も見えざるに

五世紀後世界滅ぶるそのゆふべ瓜食みてゐむわが子の子の子……

肝膽相照らす二人が肝癌と膽石　夜半の紅葉《こうえふ》黑し

井戸茶碗われには侘びと詫びの差が解《げ》せざるままに山茶花匂ふ

軍艦マーチは似而非《えせ》ロックよりましなどと嘯いて二次會より遁走

われには冬紅葉の賀こそ刎頸の朋も他界に刎《は》ねらるるころ

白馬《はくば》十八頭一齋に放たれきどこのいくさにむかふのだらう

# 跋　この星の名を苦艾といふ

『獻身』に續く第二十一歌集を『風雅黙示錄』と名づけた。もとより彼岸に聳え立つ、『詩經』の國風、大雅・小雅を意識下においてのことながら、果して、二十一世紀の詩歌が如何樣に變貌してゆくかは想像をゆるされまい。私の作品は、いはゆる「風雅の道」から次第に逸れつつある。そこにこそみづからの存在理由はあつた。あり續けるかどうかは測りがたい。しかも「覬覦《きゆ》」を試みようとしたのが、この擬アポカリプスに他ならぬ。

第二十歌集には「一九九四年六月二十九日永眠の畏友政田岑生にこの一巻を獻ず」と卷末に記したのみ、序跋注一切をさしひかへ、一巻を以て誄讃に代へた。本年六月二十七日私の菩提寺で三周忌の供養を修し、秋には心新たにこの黙示錄を彼岸に手向けることを約した。一巻五百首すべて故人歿後の作である。すなはち前歌集は九四年八月發表の悼歌、「獻身」六三首を卷末とし、新歌集は九五年一月初出の「百花園彷徨」に始まる。また卷末は今年八月初出の「滄桑曲破綻調」で閉ぢたが、主題「滄海變爲桑田」の、これまた『神仙傳』が告げる黙示の懼れは、必滅の明示として作品の基調となつてゐる。

遁走曲《フーガ》若衆《わかしゆ》、風雅和歌集　人生をかへりみば水の底の紅葉《もみぢ》よ　「窈窕たりしか」

日本も沙汰のかぎりの夏果てて白きかたびらただよふ盥　同

眞晝十二時ほろびたる國日本を斜《はす》に咲き奔れり曼珠沙華　　　同

第三の御使ラッパを吹きしに、燈火《ともしび》のごとく燃ゆる大いなる星、天より隕ち來《きた》り、川の三分の一と水の源泉《みなもと》との上におちたり。この星の名を苦艾《にがよもぎ》といふ。水の三分の一は苦艾となり、水の苦くなりしに因りて多くの人死にたり。

「ヨハネの默示錄」

「風雅」の底には「國風」「大雅・小雅」がひそんでゐるやうに、「默示」の底には、新・舊約通じて唯一の「アポカリプス」たる「ヨハネの默示錄」があつた。この「默示」がそのまま、八六年四月二十六日のチェルノブイリ原子力發電所事故を暗示告發してゐると信ずるには、餘りにも次元を異にしすぎてはゐるが、あの痲痺性毒素を含むアプサントの原料アルテミシア・アブシンティウム＝苦艾との文字謎的預言は、私を煽り立ててやまない。いつの日かチェルノブイリなる地をひそかに尋ねてみたいと思つてゐる。

第十九歌集『魔王』の跋には、九二年度の歐州旅行、北イタリア周遊についてその印象を記しとどめた。そのかみ、茂吉が『遠遊』『遍歷』に記し殘した歌枕は悉皆、文藝春秋刊『茂吉秀歌』のために必ず訪れようと、各年のスケデュールに鏤めておいたが、これは二、三年で目的を達した。基督敎四大聖地も、ローマはほとんど毎年、好むと好まぬにかかはらず立寄り、ルールドもサンティアーゴ・デ・コンポステーラも、八五年と八九年に訪れた。が、イエルサレムは政情に鑑みて二の足を踏んでゐる。

七五年のハワイ以後二十年間、一、二の例外は別として、フランス／スペイン／イタリアとラテン系諸國を中心に、私の歌枕をこの目で視て回つた。シチリアへ八三年・九四年の二度も渡つたのは、一にゲーテの『イタリア紀行』の鮮烈無比のシチリア讚美に魅せられたからであつた。あの紀行文中で著者が、單なる野菜のレタスさへ、シチリアのそれは比べもののないほど美味であり、その語源が〈乳＝lacteus〉にあることを想起するといふくだりに微笑し、パレルモの海岸で眞夏、生牡蠣に檸檬を搾りかけて、強引に勸められたことさへ再訪への誘ひとなつた。一昨年の再訪時は、島全體、殊にパレルモを中心に、マフィアの領するところとなり、慄然とするくらゐ血腥い雰圍氣に變り果ててゐた。

九三年はブルゴーニュ／シャンパーニュ／アルザス／ロレーヌに遊んだ。メッスに赴けばヴェルレーヌの胸像に敬禮し、その墓に花を供へ、シャルルヴィル・メジェールでは、聞えたランボー記念館で彼のアフリカ時代の旅行鞄に、その三十七歳の無慙にして無殘な最期に思ひを馳せた。コルマールのウンテルリンデン教會で、四半世紀あこがれ續けた、グリューネヴァルトの酸鼻極まる磔刑圖にめぐりあつた。あまりにも詳細懇切な豫備知識のため、かへつてデジャ・ヴュ感がつきまとひ、感動は豫期したほどではなかつた。だが十日經《た》ち、一月《ひとつき》を隔て、一年が周ると、あの血と膿の臭氣さへ漂はす無殘繪の迫力は、次第に鮮やかになりまさつた。それゆゑに再び訪れる氣持も今はない。

九五年夏はスイス一國の要所要所を氣儘に逍遙した。殊にチューリッヒやサンモリッツで、あるいはベルンで眷戀の畫家の作を心ゆくばかり觀られたのは大きな收穫であつた。殊に三度目のサンモリッツのセガンティーニ美術館よりも、チューリッヒ美術館で私が最高作とする「よこしまの母たち」に邂逅し、郊外の私設美術館でスイス出身のハインリッヒ・フュースリーの繪、それも「眞夏の夜の夢」を發見したことも、私にとつては意外であり、この繪の極く一部分が擴大されてキネ版メリメの「ラ・グズラ」の表紙に使はれてゐるのにも驚いた。ベルン市立美術館では、この街の郊外で生れたパウル・クレーの作品の數多に對面した。初期のエッチング「樹上の處女」から、一九三〇年代以降の晩年のものまで、クレー愛好者にとつてはまさに天國を感じる所として忘れがたい。

九五年九月二十二日、不思議な人物に邂逅した。ナポリ生れの女性でローマ大學の東洋學者パオラ・アンジェロ搏士、日本語にも堪能、平假名は自在に讀み書きができるので、たとへば新古今集は何度も通讀したといふ。私の作品もかなり讀みこんでゐるらしい。自己紹介終るや早速設問、イタリアにも各種の文體を有つ詩人を數へ得るが、たとへば十三世紀のダンテ、あの『ディヴィナ・コメディア』の中世イタリア語で作詩する人は皆無である。あなたを含む日本の詩人はなぜほぼ同時代の詩人と等しい古典語で、この二十世紀末に詩を作られるのか、それは切實な必然性を有つてゐるのか……。

まさに虚を衝かれる思ひがした。その時はアンジェロ博士に微笑を報いられつつ、古典と現代が〈調べ〉をメディアとして、美しい邂逅を遂げる例を擧げておいた。彼女も必ずしも深逐ひはしなかつたが、次にイタリアへ來られたら、是非ナポリを訪れてほしいと、社交辭令抜きの希望を傳へられた。博士の設問に果して明答は可能であらうか。あるいはこの「明答」こそ、二十一世紀風雅默示錄ではあるまいか。

目下東京「ゆまに書房」の慫慂により、全集發刊の準備中である。作歌半世紀の記録はその收拾にかなりの時日を要するが、政田岑生の後繼候補者も控へてゐて著々と準備は進められてゐる。「全集」は、私の、二十一世紀に乘出すための、重要な「通過儀禮」の一つとして、みづからを監修するつもりである。

ノルマンディー／ブルターニュへの旅行を控へて、九六年八月七日

著者

# 汨羅變

*第二十二歌集

一九九七年八月十六日
短歌研究社　刊
A五判　カバー附
丸背　百七十六頁
装幀　猪瀬悦見

# 世紀末風信帖

今日こそはかへりみなくて刈り拂ふ帝王貝殻細工百本

カラオケ「チェルノブイリ」開店五分前怒り心頭に發したれども

ふだらくや熊野詣では神無月墮落して亡き父を凌げ

山川呉服店三代目洋風に「料理店マヤ」などと墨書す

歌の力とは何ならむわが旅のはじめ神通川にうすらひ

逆吊りの刑の眞紅の蕃椒《たうがらし》罪あるものまづ人を裁け

嗤《わら》つて破る艶書一通群青の秋はわがたましひを過ぎたり

誹風末摘花わかるかと問ひたるにむふふと笑ひ彼奴《きやつ》も十八

霜月の蠅の複眼わが前に萬斛《ばんこく》の涙たたへむとして

破蓮《やれはす》がまさしくダリ的に破れ冬三月《みつき》げに愉しきかな

戀はこころの痙攣に過ぎざるなりと言ひすてつ猩猩緋の寒茜

鸚鵡に語りかけられてゐるきさらぎの夕つ方戰後一世紀經て

寒ややゆるびつつあり縮緬雜魚《ちりめんざこ》一尾一尾のその哭《な》きつ面

侘助椿踏み躙らるるまでを見て月下氷人《なかうど》をひきうけたりわれら

蕨狩り往きは十人還りゼロなにしろいくささなかのことで

外典僞書存疑のマーク百あまりこの世に鬱金櫻爛漫

八方に七彩の塵芥《ごみ》わつと散り六鹿曲馬團《むしかサーカス》出發せり

初鰹一寸刻み五分だめし百年先のわが戰死體

萬緑の毒の緑青なにゆゑにどの山もみな男名前か

懸命のいのちからがら夏果てて風信帖《ふうしんでふ》の風にまむかふ

女一人瞞しおほせず微醺《ほろゑひ》の頬に葉月の風の剃刀

體重にいのちのかるみ加はりて空鞘町《そらさやちやう》の夜半《よは》の初雁

二十一世紀われらは惑星の枯山水を見つつ渇くか

還らざりし英靈ひとりＪＲ舞鶴驛につばさをさめて

生前の交誼謝すとふ彼の生れる前をわれつゆ知らざるに

白粥の中にかすかにくろがねのにほひ亡命果しえざりき

パナマ帽の翳に眉間の創見えてたしか貴様は詩歌間諜

曼珠沙華こころに描く金泥の雄蘂ひしめきあひつつ深夜

そこに戰争《いくさ》が立つてゐたのは大昔今は擬似平和が寝そべれる

帝王風に肥れる父よ曙の後架までぼくの肩を貸さうか

# 春雷奏鳴曲

秋風を踏みつつあゆむ　たとへば今日愛國者とはいかなる化物
西陽浴びゐるこの一冊は『レオナルド・ダ・ヴィンチに愛されざりし男ら』
今更何の君が代論と眞二つにする冬瓜《とうぐわん》のはらわた白し
雪隱に颯と花柊の香が　以後「帝國」のことも有耶無耶

脛の傷に沁む比良颪「教育に關せざる敕語」など出るころか

ゲバラの死後も死後のゲバラもぬばたまのクラリオン吹く時蘇る

寒風にはためきつづけ無に還る牡丹　われはも及ばざるかな

君は女色を極めむと言ひ孜々《しし》たれどわが家の前に廢車の墓場

魚市場鮭鱒が切りきざまれて出口にはあゝイクラ戰爭

底冷えのどん底にして鷗外も知らぬ罰當りが「森林の會」

蜜月のそのむなしさを存分にあぢはへ！　エイゼンシュタイン忌、雨

歌に忘られたる懲罰と恩寵と後者を採らむ　今朝の春雷

西王母のごと苦笑して搖籃《ゆりかご》をゆする八十《やそぢ》のベビーシッター

童顔の醉漢が立ちふさがりてドスドスドストエフスキー！　と叫ぶ

電光ニュース難破は日向灘沖の漁船わたくしは乘つてゐないか

征露丸てふ戰犯的に過激なる賣藥なつかしき復活祭《イースター》

花すでに過ぎし白雲木《はくうんぼく》に聲かけて通るはわれの生靈《いきりやう》

春塵の古物市の迷路にて肅然と大禮服ぶらさがる

半世紀前の飢ゑいまさらさらと水飯《すいはん》に浮く蝶の鱗粉

鬱金櫻散りちりまがふその遠《をち》に確實にかたぶけり、日本

飼葉桶その枯草に百合一莖　馬もほほゑむことこそあらめ

うつぶせのわれのそびらに蜉蝣《かげろふ》がとまりて戰艦「沙羅」のおもみ

何の因果かブニュエル論を喋くりに雨の松江へ招かれて來た

奔り走れば明日が見ゆると萱草《わすれぐさ》明るむかたへ美作《みまさか》童子

明日も「戰前」、われすらわれをたのめざる水無月若鮎に血の匂ひ

空蟬のこゑさやさやとしぐれつつ餘命とは命あまれることか

「一《ひとつ》、日本を呪ふべし」とぞ八月の天よりの章《ふみ》、御名御璽《ぎよめいぎよじ》無し

烏瓜の花の天網徐々にひろがりつつやがて日本臨終

修羅能觀ての歸りの白雨あざらけし大東亞戰爭の敗者われ

難波の夏は夢ならずして青年團能樂稽古開始「松蟲」

# 風流野郎

一握の韮清水《せいすい》に放ちたりこの葷《くん》われの膏肓に入る

刺さむか沈めむか逃がすかともかくも下京區魚棚《しもぎやうくうをのたな》を過ぎたり

椿一枝《いつし》ぬつと差出し擧手の禮嚇《おど》かすなこの風流野郎

花水木空を劃《かぎ》れり通夜の座に人つらなりてなにをか笑ふ

ほととぎす啼け　わたくしは詩歌てふ死に至らざる病《やまひ》を生きむ

ことばみだれみだるる今日のかたみとて茄子一籃《ひとかご》のおそろしき藍

韻文定型詩の起爆力！となど言ひあへず葛切りを噍みくだす

低血壓のせるとつぶやき智能犯きみは枕を低くして眠《ね》る

敵へて生きば強ひて歌はむ敗戰のその日を定家葛《ていかかづら》の花を

航空母艦の「母」なる文字がうちつけに腥《なまぐさ》し幾人を殺せし

機銃掃射の下を逃げまどひし記憶まざまざと天竺葵《ゼラニウム》の屍臭

花火跡情事の痕に似て胡亂《うろん》なりけり葉月過ぎむとするに

愛人に熨斗つけて獻ず寸志・微志・淡志と書きて書きあへずけり

桔梗《ききやう》のつぼみ破裂せしめて日々《にちにち》にわたくしのこころざし鮮《あたら》し

托鉢僧うらわかければ白米に添ふ　あかねさす紫《むらさきしきぶ》珠

詩歌を棚に上げて夫人は玫瑰《はまなす》の實を燒酎に漬けはじめたり

隣家令嬢恐怖の高音域演習はじむ名づけてシニョリーナ・フロン

亡きぞ佳き生きゐるからに落魄を骨までくらひ明日を憂ふる

伐折羅《ばつせら》風若者がわれひきするゑてキャヴィア殘さず啖《くら》へと申す

急速に日本かたぶく豫感あり石榴をひだり手に持ちなほす

露の夜をしき鳴くあれは「とどめ刺せ、とどめ刺せ」てふ鐵《くろがね》の蟲

晩秋と呼ぶべき年歯《とし》を父に見きちかぢかと視きみにくからざりき

「百萬」の地謠洩るる休日の守衛室　たれにもめぐりあふな

歳晩の露地にひびきてバリトンはああ「玉の緒よ絶えなば絶えね」

冬の瀧落つ落ちつくしつひにして落つべからざるものもろともに

飛魚飛ばず壹岐はいきなり霰ふり曾良のそののちも亦有耶無耶

山河《さんが》のこゑこもれるごとし井戸深く寒の紅葉《こうえふ》を沈めたれば

海鞘《ほや》嫌ひフェルナン・レジェの繪大嫌ひ他に三つ四つ最後に私《わたくし》

浩然の氣とは二月の竹林に正岡子規の歌をたたくこと

陽のあたる半身さむし金貸して急にまづしき　今日の金縷梅《まんさく》

# 伯樂吟

廢品囘收業者ピアノを搬出せりラヴェルの亡靈もろともに、今朝《けさ》
冱えかへる夢殿裏のにはたづみ落ちあるは鷗外の釦か
燒夷彈の夷とはなになりしか二月銀杏《ぎんなん》煎りつづけ鬱ふかし
白侘助百輪落ちて西大寺會陽《ゑやう》に父と子が馳せ參ず

貴船明神男の聲に告げたまふ「そらみつやまときのふほろびき」
泥濘《でいねい》落花に埋《うも》れ「歴史は人類の巨大な恨みに似てゐる・秀雄」
春寒の摩天樓より人墜ちて何のひびきもなし　墜ちなほせ
花の雨　後架のありかたづねそこなひていつしかまたバッハ論
英國領事館前ズボンたくしあげここよりつづく今日の春泥
櫻ちりつくしてゆふべうちつけに銃聲、銃のこゑとはあれか！
白南風《しらはえ》に逐はれて還る　うつそみの右腦貧血、左眼充血

忍冬にほふ闇手さぐりに　これ以上戰爭恐怖症を氣取るな

われら遠慮仕るべし花鳥圖の看板「佛蘭西料理まらるめ」

ブニュエルの訃報三行半《みくだりはん》　螢袋の口があきつぱなし

少女竊盜團の一人はコリンズの『月長石』を隱してゐたが

花菖蒲祝出征の幟《のぼり》のみおもひだすアルツハイマーの父

蕃茄《トマト》の湯剝《ゆむ》き水に沈めつ突然に京都市山科區血洗池町《ちあらひいけちやう》

じやがたらいもたとへば東野英心を大いに嘉《よみ》し水無月深し

露國クーデタ三日で熄《や》んで冬瓜《とうぐわん》の葛引きうまし八月下浣

母に餞《おく》らむ帷子《かたびら》二枚うつせみのうすずみの絽を死後にまとへよ

曼珠沙華餘燼となりてしかもなほわが胸中の敵こそ、祖國

黑鯛《ちぬ》一尾提げて來て「まづその前に君を頭から食つてやりたい」

太陽がちぎれちぎれに野分後の民衆《ポポロ》廣場《ひろば》の潦《にはたづみ》 百

瞠目にあたひする何あるならず白刃《はくじん》の秋風《しうふう》に對《むか》ふべし

戰爭絶無のうすきみわるき世界など無緣、無花果が甘し甘し

ベラスケス消すすべもなき薔薇色のラス・メニナスの頰笑む醜女《しこめ》

芒野の沖に一滴血がにじみそこゆく若き蜂須賀小六

寢物語のごとき聲音《こわね》に伯樂《ばくらう》が馬とかたらひつつ枯野越ゆ

おろかなる日本といへば濟むものを牡丹雪緋にかがやく夕燒《ゆやけ》

除夜根深汁一啜り空虛なる「歡喜の合唱」とやらを聞きつつ

# 杞憂曲

逝ける皇子のための梁塵秘抄など奏でつつ二十世紀畢《をは》らむ

百軒長屋、一軒に緋の幟《のぼり》立ち「イエス組ボス、エイズにて死去」

遠き彼方の壁の上には灰色のヒトラーが立ちすくめり、四月

山櫻、皇靈祭のくらがりに「爾臣民」といふこゑきこゆ

下北面《げほくめん》召されたるまま　障子《さうじ》なる引手の十六瓣菊花紋
鮮《あたら》しきあはれみ生《あ》れつサッカーの敗軍の將フランコもどき
花終りたり終らざるわたくしのそれ以後の生何にか懸けむ
ゆるやかに死をまねきよせつつわれや「嬉遊曲・アレグロ・エ・マ・ノン・トロッポ」
されど三十三歳五月《さつき》ほととぎすキスもしあへず啼き過ぎたりな
思はざれ想はざれとぞ花合歡の下もとほりつ　つひに死を念ふ
カトリーヌ・ドヌーヴ、ジェラール・ドパルデュー、〈ド〉を憎みつつ沙羅の季も過ぐ

今歸《なき》仁村《じんそん》運天《うんてん》親泊《おやどまり》 發の戀文がびしよ濡れでとどきて

霖雨しづけき獸園に今日めぐりあふゲバラのおとうとのやうな獅子

象の膚《はだ》灰色に濡れいまだ見ぬ他界の壁のごとし八月

檜扇は射干《しやかん》、その實が射干玉《ぬばたま》と訓へつつ胸奥《きやうあう》のくらやみ

黑鯛《ちぬ》一尾提げたる彼奴《きやつ》が枕頭に後夜《ごや》、後朝《きぬぎぬ》のごと突立てり

琴座《リラ》冱えざえと天心にありさりながら末つ子が生れながらの音癡《おんち》

「蘇格蘭」と子に書きてやる晩夏夜半《よは》　蘇る蘭と思ひゐるらし

左遷栄轉いづれか知らね紅葉《こうえふ》の淡《うす》きをたのみつつ別れけり

皇太后陛下のその後杳《えう》として西王母が咲きそこなひました

雲井園藝倒産、主人逐電ののち數百株《すひやくかぶ》、薔薇薔薇事件

「杉野は何處《いづこ》」「杉野はチェルノブイリ號内にて尿意怺《こら》へ居候」

胸中の崑崙に秋ふけつつをくろがねの音《ね》の孤つ邯鄲

「鴉の群《レ・コルボー》」をランボー歌ひしはいつぞ深夜スープに唇を灼く

霜月の酢蓮のみどにとどこほり杉原一司に刺さるる夢

横時雨縦に戻りて愛國の「愛」いまさらにいきどほろし

山川鯨肉店は山川耳鼻咽喉科にとなりつつつねに血しぶき

バイク馭してこの罵詈野郎、哲學に別れこのごろ何に執する

わが終焉に恐らくはまづ間にあはぬだらう「天使よ故郷をのぞめ」

睦月、無理矢理婿にされたる羞《やさ》しさの後架に犇と喇叭水仙

# 青嵐變奏曲

露の世に血の雨降ると歐洲の地圖ひろげつぱなしの廚房《ちゆうばう》

アポリネールの彈痕のある頭蓋骨白罌粟一莖插しておきたい

酒場「葱花輦《そうくわれん》」店びらき二十一世紀の言語警察官《ワードポリス》のために

髪そよぐガザ美容院十人の人妻が電氣椅子に目つむり

再診を再審と早合點してあゝ出藍の山ほととぎす

江口の君の出自訊くこの野暮天にタコヤキ・ヴィシソワーズ與へよ

五月《さつき》待たずに更紗木蓮散りつくしサハラにて行方知れずの戀人《アマン》

いつまで大東亞戰爭！朴の花泥濘《ぬかるみ》に墮ち泥と化《な》るまで

アインシュタインなる一石《ひとついし》　わが家にも孤り石頭《いしあたま》の父がゐて

若き蛇　若き後妻《うはなり》　若き墓　われにはるけきものらを嘉《よみ》す

父の軍人手帳曝涼　ソプラノの吶喊の聲そこより湧くか

荒莚青梅數千《すせん》ころがしてまだほろびざるものが日本に

ヴィラ・ローザの扉叩ける六尺のますらをや青嵐のごとし

八十氏川流域も黴雨《つゆ》　罪業軍人會《ざいごふぐんじんくわい》が復活のきざしを

花石榴炎えのこりつつももちぢのいくさおほよそわれにかかはる

またの日を約せりまたの日はまたの世と言はね　棕櫚の花の鮮黄

家族の誰一人も顧みぬままにアトピー性皮膚炎の白桃

夕菅刈り拂つて三月《みつき》くらしたる山莊と戀敵の屍《し》さらば！

白壽、百壽もただごととなり百日紅《さるすべり》しらじらと門前に散り果つ

曼珠沙華わが來し方に咲き退《すさ》りすぐそこのくらやみに敗戰忌

レオナルド遺言狀に倣はむに葡萄園半アールも有《も》たず

銀杏《ぎんなん》の緑珠《りよくしゆ》くちびるもて挾み　死ののちの生愉しきや否

薩摩上布　男も袖といふものをはためかせまたたくまに霜月

億兆こころをばらばらにせよ侘助も七日目はたれも見てくれない

風雲兒風に吹かれて雲を得ずむかし埠頭にゐし風太郎《ふうたらう》

星は昴《すばる》、とはいふものの六郎太までは遺産がゆきわたるまい
翌檜《あすなろ》の枯枝焚いて勃《おこ》るべくありし事變を惜しみあはうよ
プレヴェール忌忘るるころに「おゝバルバラ、戰爭《いくさ》とは何とおいしいものだ」
黑蝶硝子扉《ガラスど》に挾まれて痙攣《ひきつ》れつ　さてヒトラーの斷末魔いかに
今日を最期とはおもはねど三尺の高みに親不知齒《おやしらず》を拔かれをる

# 還俗遁走曲

ブリューゲル「バベルの塔」圖　ここならば優に一萬世帯は棲める

傳言板「シニニユク大天」見消《みせけち》は那智君の新《ネオ》ナツィズム顯示？

青酸色に冱ゆる夏空　煬帝《やうだい》は千四百年前父を弑《しい》しき

醉漢を「酒鬼」と呼ぶてふそれのみを以て中華民國を嘉《よみ》す

丹毒・猩紅熱・破傷風・黑死病　病名戀ひわたりつつ息災

柿若葉潮騒に似て夜に入るをなぜかいまごろ海軍記念日

死亡公告など過去のものくれなゐの生誕豫告かかげてみては？

父として殺され母として消されとこしへに霧のかなたの「家族」

朴の花中有《ちゆうう》ににほひ夭折の死のきはのこゑたれにも聞こえぬ

焦眉の問題二つ、飼犬ワグネルの去勢と華鬘草《けまんさう》の株分け

日露戰爭百年祭とまかりいづ萌黃縅の蛾の幼蟲が

きのふ卽ちをととひのあすあさつてのさきをととひ茄子の花眞盛《まつさか》り

枇杷啜りつつ屋上に突佇《つつた》てる父今日もなほ歩哨のごとし

なまよみの買ひ占めたるは若鮎と獨活《うど》　離婚式明日に迫りて

鐵砲百合かかへて奔る走る　わが童子長じてヴィスコンティアン？

薄紙剝ぐごとき快癒とつたへ來つ剝ぎ終り赤裸となるころか

老舗《しにせ》質店主耄碌　手稿本「酩酊船《バトー・イーヴル》」も流されたるか

眞珠、筏にそだちつつある刻々のいふならばそれも無明長夜《むみやうぢやうや》

ヴァンサンカンと晩餐館の駄洒落など嗤ひつつ二十五歳も過ぎつ

鳥打帽姿の隣家齒科醫殿　何？ヴェトナムへ米兵狩りに

宗達の繪の風神が横町の花文《はなぶん》に生寫《いきうつ》しの七月

俗に還ると言《こと》には告げて俗に墮し底紅木槿《そこべにむくげ》の底に蟻の屍《し》

暑中休暇の日々の教室　黒板に「戰爭」と百ばかり書き散らし

百日紅《さるすべり》をはりの白のうらにごり出雲國《いづものくに》簸川《ひかは》郡斐川《ひかは》町神氷《かんぴ》

一期《いちご》一會《いちゑ》、二會《にゑ》、三會《さんゑ》はや飽きが來て金木犀が鼻持ちならぬ

射干玉《ぬばたま》飛び散つて霜月　この期《ご》にもわれは何歌はじとしつつか
冬空の中央に緋の孔うがち大日本帝國跡を視よ、凧《たこ》
悍馬カエサルにも愛想が盡きたから來年三月にはさくら鍋
奔流が或る地點にて憤然とくづれおちたり「ナツィの瀧」とふ
こちらへいらつしやいシャイロック陸《ろく》でなし梨の花チルチル・ミチル道

# 望月六郎太

日本脱出しそこなひたり坪庭に帝王貝細工水浸し
世界畢る夕映薔薇色にわれの太陽神經叢くろこげに
處女林を戀ふる望月六郎太　暗《くらがり》峠《たうげ》で殺されて來い
道にふける思ひはさして深からずあかつきもみくちやの醉《すい》芙蓉《ふよう》

たしか昔「憲兵」と呼ぶ化物がゐて血痕と結婚したが

かつても今日もあしたも無頼漢として生きよ顎《あぎと》の創《きず》あざらけく

憲法第一千條の餘白には國滅びてののちの論功

つひに還らず空の神兵、銀蠅を連れておほきみの負けのまにまに

赤軍の赤褪する間の胸騒ぎつひに世界の夏も過ぎたり

一國一城のあるじが露草の花もて滿たす夏至の雪隱

桔梗一網打盡の野分　さりながら父なる敵のとどめは刺すな

菊科植物みるかげもなく「汝臣民」てふ猫撫聲のそらみみ

薔薇戰爭・阿片戰爭・核戰爭　あゝいくさそのゆくへも知らね

ロドルフォのアリア歌つて毆られし護國の鬼の六十回忌

琵琶行一首以外の記憶喪へる晩年の父を宥してやらう

返信に戀句書きさし搔き消せる彼奴《きやつ》のほほゑましき勇み足

みどりごの顳顬《こめかみ》、そこに第六次元の發信基地などあらぬ

象の鼻を筒切りにする料理法《レシピ》等メモさせて鸚哥教《いんこけう》の施餓鬼

朝酌《あさくみ》・秋鹿《あいか》・美談《みたみ》・楯縫《たてぬひ》、出雲にて水飲めば新珠のあぢはひ
聖書を共に讀まむと寒の門前に女立つ、きみひとりよみたまへ
味酒《うまさけ》身は文弱の徒《と》に過ぎずル・ジタンを日がな一日ふかす
天國瓦斯株式會社決算書「缺損」以下吹つ飛んで跡無し
伊東靜雄『春のいそぎ』に伴林光平の「梅一枝」のかたみ
鶯の飛ぶさま見しや土木技師横光梅次郎長男利一
「冠省」と書き始めをり戀文にいかなる「冠《かんむり》」を省くのか

有能多才、それはさておきシモーヌ・ド・ボーヴォワールが「人はすべて死す」
肉桂酒ひりりと甘し隣家なる女衒《ぜげん》は二米餘《よ》のますらを
不可・可・不可いづれにもせよ二百代至尊のために植うる椒《はじかみ》
われを羽交締にして死ぬ勿れとぞ機銃掃射下桐生中尉は
跡目相續菖蒲田組の總領が端麗に過ぎ、三年延期

# バベル圖書館

## I

華燭明後日《あさって》の童貞がアンダンテ・カンタービレに白魚《しらうを》啜る

棟梁今日も釘をふくみて梁上に立つ不惑こそ惑ひの年

髭・鬚・髯この美しきくさむらの主が死を懸けたる戀ありき

蝙蝠傘《かうもり》の骨錆び果てつ大東亞戰爭一瞬にしてとこしへ

澁谷にてうつしみの慾淡くなるジンクスや　柿の花も了んぬ

琴歌譜の律の見消《みせけち》　音樂に執せむは戀にやぶれてののち

泊夫藍《サフラン》擬《もど》き、不遇とは魔に遇はぬまま而立・不惑を過ぎたること

猩猩緋のタオルひるがへしてプール去るは三浪中のますらを

淨め鹽肩に浴びつつ死者の手の重みがそこにまだ殘りゐて

おのれ賺《すか》して歌人たるべく發《た》ちしより半世紀　花咲かぬ沙羅の木

石榴裂けつつ華やぐ痾さう言へば敗戰以後傾きつぱなし

茴香酒《ういきやうしゆ》やや效きそめつ「最愛の女」を語るなら玉鬘

獸醫香坂博士四十四蓬髪が須臾獵狗《ハイエナ》のにほひはなちて

われに無限の距離保ちつつ屋上の左官墜つべし紺の汨羅《べきら》へ

枯山水《こせんずい》に聲殺しつつ落合ふはランボー研究家とその腹心

冬座敷芒を活けて眠れるは永福門院狂の祖父《おほちち》

赤壁の賦を愛せしが二十六歳にて戰死　崖下の墓碑

水に髮一すぢ散つて「誕辰」と呼ぶはるかなる過去がおそろし

瀧の前に五、六十人うなだれて何悔ゆる　あゝそこそはナチ！

たちまち而立、刹那に不惑、一瞬に知命、古稀など死後に邀《むか》へよ

Ⅱ

比露非兎忌、今朝路上にて花柊一枝ひろへり捧げずて捨つ

喇嘛僧の沐浴のさまはるかより映しをり立春のテレヴィジョン

捷ちて還る燧灘鬪、雨傘の中より花鋪の百合視つめゐき

父母兄弟みな亡《う》せてけるふるさとの花こそ思へ雨の夜櫻

語り明さむ花の深夜を但しこの二十三階未濟千萬

修士論文「推古夫人」は五里霧中今年の枇杷の季も了んぬる

構へて構はざる風采に松籟の香ありゲバラ寫しの大伯父

森蘭丸の一期十七、火の中に火よりもあざらけきもの消えつ

白馬岳《しろうま》踏破せむと叫びつこの五月妻を捨てたる悍《おぞ》のみやびを

七月の風にそびらを吹かれつつうつしみに空蟬のにほひ

狂言「八尾」ゆかりの寺は常光寺白さるすべり散りそめにけり

葛切半分殘し鍵善出でゆける夏の處女《をとめ》らいつめとられむ

蟬時雨はたと絶えたり內閣も十日連續午睡中とか

西王母椿曙色世界中暗闇となる日のために

百人永眠、千人老睡、この國は眞晝間も齒軋りが聞えて

帚草枯れゆく庭に薄陽射し死後さながらにつづけり生は

寒椿一枝窗より投げこまむとして、惡友眞珠婚式

われの燭一つ加へて伎藝天眸《まみ》うるめるや秋篠も冬

雨に負け風に敗《やぶ》れて一皿のブイヤベースに改宗《ころ》びたり、われ

毫《がう》も牡丹に肖ざる葉牡丹マザーコンプレクスの鼻風邪未だ癒えず

## Ⅲ

娼家百軒ありしと聞けば河縁の水陽炎がやさしき江口

エディプスは父を弑せしのみわれは詩歌を血祭に一生《ひとよ》經む

甘酒に舌灼くつかのまも喋りつづけて國家憂ふる莫迦

ねなしかづらの實を菟絲子《とし》てふ長男が長男いまだうみえざる罪

「伊勢《いせ》音頭《おんど》戀寝刃《こひのねたば》」の開幕が迫り　萬野《まんの》が含漱の音

緋目高の膾をくらひつつ観るは喜歌劇「マタイ傳」のフィナーレ
二、三早經つて「父の忌なりき」とは涕紙色《はなかみいろ》の辛夷《こぶし》が天《そら》に
春の雁わたりつくして灰色のそらみつやまと、その空の創《きず》
園丁は銀香梅《ミルテ》刈りつつ全身が匂ひたつとふ　この漢《をとこ》佳し
朝顔の緋の大輪を疫病の餘波《なごり》のごとく墻《かき》越しに見つ
西瓜割ればなほ割り切れぬ戰前感、否戰後感、血潮のにほひ
炎天ひややかにしづまりつ終《つひ》の日はかならず紐育にも❣爆

「蝿叩キ皆破レタリ」子規の死期近き一句は燦爛たり

署名強要する辻々の壮漢の一人《いちにん》、防衛の大臣《おとど》に空似

失笑失心失意失禁第三次世界大戰はじまらずんば

バベル圖書館目録百一巻が欲し愛人の眼を擔保にしても

煖房へ西陽は蘇枋色帯びて舊戀明日の戀よりあたらし

嵐が丘老人ホーム豫定地の春泥、神無月まで殘る

匂ふ忍冬ケント生れのウェールズ「聖母マリア」をせせら嗤ひき

咳を殺してあゆむ靖國神社前あなたにはもう殺すもの無し

# 跋　風流野郎に獻ず

汨羅變

・冬苺積みたる貨車は遠ざかり〈Oh! Barbara quelle connerie la guerre〉　『日本人靈歌』「死せるバルバラ」

昨年（一九九六）八月下旬から九月上旬にかけて、例年の仲間と共に、ノルマンディ＝ブルターニュの旅を試みた。デュヴィヴィエの名作の一つ「商船テナシティ」の舞臺となつたル・アーヴルは、當然のことに、映畫制作時一九三四年の、あの風景・雰圍氣は跡方もなく、潰滅の後の復活の健氣な姿を見せてゐるだけだつたが、テナシティ號碇泊中の、あの小雨に煙る波止場の眺めは、懐舊の情を唆り立ててくれた。

プルーストの名を通りの呼稱に殘すカーンも、王妃マチルドの百二十三米の合戰圖タピストリーを殘すバイユーも、モン・サン・ミッシェルのスフレ・オムレツも、然るべき想ひ出の種として今日も蘇つては來るが、それらを超えて、特別の印象を受けたのはブレストに他ならぬ。

レンヌの美術館を經てブレストに入つたのは八月二十八日水曜日の夕暮だつた。私のブレストは、ジャック・プレヴェールの「バルバラ」の舞臺であり、かつての要塞都市ブレストの、變り果てた街路を、回想の中の愛人に訴へるあの約六十行の詩の、悲痛な幻像としてのブレスト。

〈おもいだして　バルバラ／あの日のブレストはひっきりなしの雨ふりで、きみはほほえみながら歩いていた〉で始まるあの詩。思ひ出さう。

〈ああ　バルバラ／戦争とはなんたるいやらしさ／この鐵の雨／火の　血の　鋼《はがね》の雨のなか／きみは今ではどうなつた〉

イヴ・モンタンの朗誦した數行を、小笠原豊樹譯で想ひ出しつつ口誦んでゐた。

〈ブレストは昔と同じに／ひっきりなしの雨降りだけれど／もう昔と同じではない　すべてそこなわれ／荒れはてて怖ろしい葬式《とむらい》の雨／嵐ではない　鐵の　鋼《はがね》の／血の嵐ですらない／ただの雲／犬のように死んでゆく雲／ブレストの水の流れに／姿を隠し／やがて遠くで腐れはてる／ブレストのはるか彼方で／ブレストは一面の廃墟〉

八月二十九日木曜佛滅は快晴だつた。かつての軍港はすつきりした港市に生れ變つて、中心部に「オセアノポリス」と呼ぶ海洋科學館が建つてゐた。海をシンボライズした種々様々の「お土産」が竝んで、名所獨特の雰圍氣を湛へてゐるのに、私は慊焉たるものを感じながら、貝殻《コキーユ》と鷗群《ゴエラン》のデザインのTシャツを買つてみた。

最後の街ナントも、私にとつては民謠「ナントの鐘」を知つて以來、三十年來未見のお馴染だつた。メインストリートの途中に階段があり、昇ると中二階街路、マンディアルグの小説の中を散歩してゐる感があつた。


第二十二歌集の冒頭一連のタイトルははじめ『世紀末風信帖《せいきまつふうしんでふ》』としてゐた。あと三年でＡＤ二〇〇〇年、「世紀末」なる一種のカタストロフを暗示する語も、繰返してゐる間に一つの宿命への對決を志向しはじめた。去る'93年、文藝春秋刊『世紀末花傳書』を机上に、その二十一世紀首に邂逅するみづからを、近々と遠望してゐる。

『風信帖』への愛著は言ふまでもなく空海への敬愛の念にねざす。空海不惑の筆になる、最澄宛の書簡の「風信雲書自天……云々」は、かねてより顔眞卿「爭座位帖」に迫るものありと言はれてゐるが、それよりも私は、空海の書の彼方に、『秘藏寶鑰』の巻上の序「生れ生れ生れ生れて生《しやう》の始に暗く、死に死に死に死んで死の終りに冥し」なる二行をありありと視る。空海の「暗・冥」は、負數の自乘の生む正數が、正數のそれが生む積よりも犯すべからざる勁さを有つことを憶ふ。これらの章句が、「風信帖」よりも更に鮮麗にして空漠たる、あの飛白體で書かれた様を想ひ浮べると酩酊感を覺え、やがて眩暈を催す。詩歌なるものも、酩酊眩暈の末に、忽然と生れ出る言葉の華ではあるまいか。

「短歌研究」連載の二四〇首に「玲瓏」發表の六〇首を加へて、第二十二歌集とした。一巻の標題は、『汨羅變』。屈原『離騒』の悲調は私の戰後の作の底を流れ、この後も熄むことはあるまい。汨羅の暗澹たる淵は私の心底にあり、舊約『詩篇』の「デ・プロフンディス」とも文字通り通底するだらう。本集の最後「バベル圖書館」六〇首發表の翌月、「歌壇」五月號に「月耀變」三〇〇首を「誌上歌集」として一擧に發表した。不日この作品も、この後の新作を併せて、第二十三歌集とする所存である。

「月耀變」發表の月、五月九日に、春の敍勲で勳四等旭日小綬章。七年前の一九九〇年、秋の敍勲で十二月十八日紫綬褒章を受けた。榮譽と言へば言へようが、私には詩魂を搖り動かすほどの「事件」ではない。ただ、思ひもよらぬ大勢の知己から、ねんごろな祝福を戴いたことは忘れない。

一九九七年七月七日五黄小暑

著者

# 初學歴然

＊未刊歌集

一九八五年九月十五日
花曜社　刊
四六判　貼函附
丸背　百八十四頁
装幀　政田岑生

# I

# 初學歴然——「水葬物語」「透明文法」以前

**昭和一八年五月　［無題］八首**

闇ながら杉の新芽の匂ひたつ生れし家の門をくぐりぬ

粥煮ます母に寄り添ひ見る雨は木々の新芽に沁みゆきにけり

家具調度いろ寂びそめてつつましき母となりたる姉と語らふ

いつさんに晝の斜面を驅け下りてたんぽぽの蝶を飛ばしめにけり

にほやかに蘂は息づく紅椿花の體溫はあたたかならむ

眠る間も歌は忘れずこの道を行きそめしより夜も晝もなし

工場の敷地となりて公園の若葉の樹々は掘りおこされぬ

ガスマスクしかと握りて伏しにけり壕內の濕り身に迫りくる（訓練）

**昭和一八年七月〔無題〕五首**

土乾く紫蘇の畠に音たてて爪朱き蟹はかくろひにけり

やがてその葉かげに生るる金の實を夢に蜜柑の花散りにけむ

利鎌一つ土に光れり無花果の肌ゆ滴る冷き乳汁

濡れて散る石榴の朱のさびさびに足たてて歩む日のくれの雞

嚙みしめし苦き思ひや沈む日の逆光にしてダリアは黑し

**昭和一八年八月　［無題］五首**

夏すでに緋ダリアに見る炎熱の色濃し今朝の空澄みわたる

咲きにけり七月に入る眞日の下花瓣裂けたる大輪ダリア

女松原風の行方に晝顔の花より淡き月を見にけり

ひつそりと夏をみごもる草ありて夕べは水の光り流るる

潮騒は遙かなりけり人の世に生きて獨りの夜を守りつつ

**昭和一八年九月　［無題］　四首**

向日葵の傾きふかし野のはての遠夏霞うすれそめつも

豁然と蓮《はちす》ひらけばこの朝のこころ新たなり禊に赴かむ

闌けゆくと夏はおどろの草深くげんのしようこの散る花も見つ

見《まみ》えまつる日のありや無し遙かなる谷とし聞けばいよよ思ほゆ

**昭和一八年一〇月 ［無題］ 五首**

天に響き流るる水の清《さや》けきは源にして過たざりき

踐《ふ》みゆかむこの道はただひとすぢに遠つみ祖とこころ通へる

遠つ祖言問ふ如き想ひあり萬葉は我等一億の歌

朝々をわが鋭心と競ひやまぬ蓖麻《ひま》の棘果《とげみ》を摑み拉げり

蓖麻の實の熟れさだかなり一坪の畑にし寄するわが民ごころ

昭和一八年一一月［無題］五首

城跡の天渡る鳥のこゑ聴きぬ秋日はふかし湖底の如く（安土）

嚴しかる話はさけて秋の夜を母と展ぐる歌書のかずかず

いつの日かつひの別れはありと知れ今宵は母と肩寄せて眠る

幸野園いく夜の露に色ふかき珍《うづ》の木の果は葉に載せて賜ぶ

悔ゆるなくたまゆらの命燃えしめよ血の色に今日を咲く曼珠沙華

昭和一八年一二月［無題］五首

白菊の花心に凝れる露のいろ世にもさやけきものとおもひき
月に照る菊よりもなほさやけきは歌生るるきはのひとりの命
うつし身の穢れ憶ふや端然と黄の大輪の菊ひらきたれ
晝しぐれ黄葉くぐりゆく鳥の嘴に紅きつるうめもどき
遺すべき何ありや秋の木洩陽に犬蓼の穂のいよよ紅かれ

**昭和一八年一一月二三日　歌會**

翅朱き蜻蛉《あきつ》か光る枯葦の葉あひにのこる秋の陽の色（半田正幸氏を送る）

## 昭和一九年二月 〔無題〕 八首

薄ら陽や野菊は褪せし紫の花浸しゆく野の忘れ水

沒り方の月さしとほる花八つ手蠟の炎の凍《し》みておとなし

裏縁の枇杷も花咲くきのふけふ冬なれば世も人もやさしき

切り貼りの明り障子につひの陽の光りかすれて枇杷の花咲く

怯まじとおのれふるひて發ちにけり地の荒霜に僞りあらむや

魁けて殉ぜし人の返り血は尚冷えびえと身に滴れり

朝は汲む湧井の水のほのぼのと身に溫き冬は至りぬ

夕時雨病葉《わくらば》臭ふ櫟生の小闇にひそと鼬かくるる

**昭和一九年三月［無題］六首**

ありかねて氷雨の衢《ちまた》横切りぬ八つ手はすでに花骸《はながら》もなき

伊吹嶺の紫に耀《て》るあかときはこころもにほふわが故里や

一夜寝て芽麥ににほふ春の雪こころ稚く母に甘ゆる

故里は夜靄にうるむ湖明《うみあか》り冬菜洗ひのうたながれくる

夕靄に枇杷こそ匂へ眉あげてわがもの言ふは稀となりにし
沒る月に枇杷の木末も青白くほのかにぬれて花こぼしゐる

昭和一九年一月三〇日　歌會

冬潮のきびしきひかり眸《まみ》にあり明日征く友の深く默《もだ》せる（青野春人氏を送る）

昭和一九年四月［無題］八首

いちはやく霜野を彩《いろ》ふものの芽か囀りか知らず瞳《め》に明るけれ
氷雲《ひぐも》流れ冬もみぢ耀《て》り冷えびえと無に還る身の影にそひつつ

手に掬ふ春淺き潮の一しづく思へ遙けき血潮匂ふを

極まれば霜すら炎やし花と咲くわびすけの紅こころにいたし

虚空微塵霜のほかなるいのちなし紅冷え寂ぶるわびすけ椿

傾けていのちの紅を滴垂らすわびすけに冬の極みを知るか

霜風は飢ゑさながらに凍土より擡《もた》げし花の芽を吹きにけり

打ちうてば鏨《たがね》に冷ゆる指の血も淡黑き冬のをはりの日なり

**昭和一九年二月二七日　歌會**

眉清く征くやいのちもしら梅のほぐるる光り涙のごとし（美堂正明氏を送る）

**昭和二〇年三月　［失明近き友］三首**

月暈《つきがさ》のなほ遠白き窓明り花幽かなるも再《ま》た告げざりき

やすらけく無明にかへる面ざしの現《うつつ》に白き春の月暈

**昭和二〇年四月　［無題］六首**

燃え盡す春の沒日にかがよひて蘇枋の花のさらに色濃き

握りしめ耐へしうつつか野薊の幽けき瞋《いか》り掌《て》にのこりつつ

紅さして楓芽をふく三月の雨は命をぬらすばかりなり

爐の底に青くくねれる蜥蜴《せきえき》と見したまゆらに炎え上りたれ

縁《えにし》ありてこころごころの溢れける青葉の谿に今日ぞ入り來ぬ

若葉風言さやに師はわが歌を咲き撓む花になぞらへましき

木瓜《ぼけ》の花ひそけき晝の日に散りぬ今し微《び》に入る師が言の葉は

**昭和二〇年五月　［無題］　五首**

向日葵もめぐりつくしぬ言問はず應《いら》へなく過ぎて今日も一日や

秋立ちぬ我れが切なき常住をはつかに彩《いろ》ふ犬蓼の朱《あけ》

蓼の花散りては淡き片明り諦めて生かば生きらるる身ぞ

霧冷えの幾夜か地《つち》に還りゆく微けきものの翳も見たりし

輾轉の幾夜か凍る瞼《まなぶた》に耀ひて皓き母はいましき

**昭和二〇年六月　［無題］　三首**

迫り來て機影玻璃戸をよぎるとき刺し違へ死なむ怒りあるなり

春ふかく咲き疲れたる花ならし霞みつつ散るや吐息のごとく

いく度かつひの春とし思ひてはまた散りしきる花にまみるる

**昭和二一年五月 ［凋れ菜］ 七首**

おほかたは餓ゑにかかはるものいひのさむざむと霜に咲く花八つ手

われとわが生死のほども恃めなき菜屑や花の早も凋れつつ

及びなき魚鮮《あたら》しく競《せ》らるるを人かきわけて覗きみたりし

ことさらにわれのみ飢うと歎かめやあたたかに今日をにほふもみぢ葉

饉ゑ死なむ日もあらばあれ土深くさやけき百合の球根埋むる

夕ひかり生溫く背にまつはれば戀唄も歌へわが濁り聲

つひにしてわが亡ひし春といはじ逞しく獨活《うど》の若芽匂へり

**昭和二一年六月〔花蒯〕五首**

鬱金櫻濡れしがままに散りゆくと遺響のごとき春なりにけり

吐く息もふかきおもひの夕食《ゆふげ》とて筍に淡き木の芽を添ふる

花薊呆けて淡き野をかへり夕月の匂ひ身にまつはりぬ

衰へて夏に入りゆくうつしみとあはれに白む野いばらの花

桐の花くされて匂ふ雨なれやさなきだに生命しづみゆく夜の

**昭和二一年七月 ［あぢさゐ］ 五首**

遠き日につみかさねける憎しみと花あぢさゐの青なまなまし

新しき帽子の下に一日のつかれを祕めぬ合歡凋む夕に

腑甲斐なきこの身の翳に夏闌けて昨日か蓼の花も咲きけり

罌粟の實も巷も額《ぬか》も濡れしづれあやふき夜々の夢までが雨

松の秀《ほ》にはやあるとなき夕光の虚しかる今日を省みむとす

**昭和二一年八月 〔倫理〕 四首**

若き日の倫理かあらぬ向日葵の廻りつくしてつひのかがよひ

飢うる身の險しさをすら飾りなく言ひ果てて虚し夕べの光

命かけて生くべき職のありやなし頽《くづ》れしビルの翳の巷路

身のかげにまつはる飢ゑのおそれより白百合の球根爪もて探る

## 昭和二一年一〇月 ［いのち］五首

萩散ればそれさへいたき今日の身よ諦めに馴れし命と思ふに

天ふかく消ゆる光あり萩白き夜をたまゆらの命澄ましめ

露じもの早やひえびえと迫りつつ花亡せし後はおぎろなき天

命すでに炎やしつくしし安けさや色寂びさびし鶏頭の朱

夕茜或はわれの命一つ華かに狂ひ散れよと思ふ

**昭和二一年一二月［一穂の草］八首**

敗れ果ててなほひたすらに生くる身のかなしみを刺す夕草雲雀《ゆふくさひばり》

冬紅葉儚きことにきほひたる身の末を彩《いろ》ふさむきくれなゐ

額を照らす陽もやうやくに幽かなり愛執《あいしふ》のするゑを思ひ究めむ

神の代の恃まるるなき日に逅ひし白菊よあはれ寒きその光

かなしみのするゑに澄みゆく命ぞと霧冷ゆる夜々の菊に對へり

いくばくは身にきらめきてのこりけむうつろひし草の紅葉夕映

霧に濡るる一穂の草に光りありりたまきはる師がみ命の果

夜天遠くいゆく命と思ふべしつゆ霜と曝るれつひの身孤り

**昭和二二年一月　［轉身の冬］九首**

憂鬱狂想曲するどく胸にひびきけり八つ手の花の影歪む軒

背《そびら》はるかに群衆の瞳《め》を彈ねかへし八つ手の花ぞ吾が引むしる

ウインドウは灯に煌《きら》めく貴金屬そこめぐり暗く蠢く冬か

闇取引するときのみぞきらめける瞳なり既に神に杳けれ

結局はわれも眞紅の薔薇捨てて麫麭啖ふならむ見つめくるるな

巷にも金襴や玻璃が塵塗れもういづくにも貴族は居らぬ

花八つ手色青みたつ夕光の凄じく今日を生き凌ぎける

明日の日は明日の光りにうつろはむ紅葉なれやかへりみもせじ

おろかしき一日果てぬと夕闇に衰へし菊を剪り棄てにけり

**昭和二二年三月　［華やかな嘘］一〇首**

燭すでにクリスマスの夜を燃えつくしぐつたりと昏き新年なるも

花舗の扉《と》も開かざる巷なり塵ほこり吸ひて圖太く生きむ

爲《な》す無けむ今日と思へど曉は遙かなる峰に雪ぞ光れる

みづみづしいワルツのやうな曉《あけ》なれど獨り身のわが掌ぞ腥き

髓に徹りて氷雨の寒き街行けばオーヴァーが鎧のやうに重たき

抒情性の無有などと言ふもややこしく一片の麪麭をココアにひたす

ウビガンは身に近き香にあらざれど見榮はりてこの巷に棲める

インテリの片割と冬の街ゆくも數の子や下駄を値切るのみなれ

近江野は夕日の中に舊びれてわが生《あ》れし日のごとく杳《くら》し

飢ゑいささか命にひびく夕ぐれともろ掌《て》に掬ふ枇杷の花骸《はながら》

昭和二二年三月 ［饒舌］ 七首

ヒューマニズムもそらぞらしかる世の隅にともかく匂ふ凋れ白梅

孤高など尙恃みける愚かさのかぎりを咲けりしらうめのはな

梅さへや咲きそびれたる冬に生きぎりぎりのわが生命《いのち》と言はむ

清貧に死すは愚かの極みにてどぶ泥に映ゆる春日のひかり

ぎりぎりの命を生くる明暮の瞳《め》に沁みて清《すが》しこぼれ白梅

白梅の香に肉體が凍《し》みとほりもう七夜ばかりかの夢も見ず

やさしげに連翹や芹が花咲けどもうこの春は欺されもせぬ

**昭和二二年四月　「數寄なる花」一一首**

ピューリタンと褒むるが如く貶されし吾やいらいらと朱き夕雲

神々に劣れる我が情なくアネモネ畑をはだしで飛び出す

言葉にもならぬ思想を引ずりて石楠ぞ白き山へ入り行く

眞黃なる花が地上に咲きめぐり我が體重を輕からしむる

ブルガリアには薔薇咲きさかる春と聞け貧乏ゆすりのやむ吾ならぬ

ＧＩの群華かに歩むあたり額《ぬか》あげて視む春はなかりき

肉體の神も知らさぬ暗がりにほのぼのと灯《とも》る一つ菜の花

沈滯の吾にまぶしく反りかへる藪椿なれや今に視てゐよ

埃塗れに吾《あ》も花びらに重なれどローマンの木の窶《やつ》れは言はぬ

リベラリズムは水素のやうに輕ければ藏に入り古き兜をさがす

象牙の塔の裏から出でし人間の青いネクタイのあれが己ぞ

昭和二二年五月　［綺想曲］一一首

華々しく生きむと帽子脱ぎたれどびしよ濡れの花の見ゆるばかりよ

恥も見榮もさくらのやうに霞みゆく厄介な春と背後《うしろ》で言へり

哲學は黃色い花にあらざれば鋏研ぎなどは斷りにゆけ

櫻散り實となる日まで向うむきものの見事に騙されてゐよ

闇取引の甲斐性もちてしらじらと櫻咲く日の街うろつくも

サッカリンを緑茶に入れて飲まさるる不可解な世も末の日のくれ

恥知らずと聞えるやうに言ひたればもやもやと霞む街も櫻も

蜥蜴《とかげ》さへ花びらくぐりゆく春を誰が好んでニヒルにならう

野いばらの純《きよ》き光りに踏み入りて身にこびりつきし打算は捨てよ

恥ばかりかかされし身もさつぱりと白い野ばらの咲く五月なり

肉體も花とくづるる日の末をかなしみのごとき若葉なりけり

昭和二二年六月　［アラベスク］一〇首

戀愛とたはやすく言ひし我も亦抱きしめたるは若葉風のみ

吾の弱氣を見すかされたる夕べにて瘦麥の穗のたよりなき青

こころひもじき夕べの風に匂ひたつ母まししし日の木の芽田樂

蹠《あなうら》に傷あるは初夏の夕べにて枳殼《からたち》の花の香もしみわたる

舊いモラルや萎《しを》れし花を投げ捨つるただならず青き五月の海に

獨活《うど》や木の芽の香もむず痒き五月にて不埒なる夜々のしぐさと思へ

穉《いとけな》きこころにかへる夕べとて吾《あ》によりそひぬ淡き花あやめ

緋だりあの花のうしろに謙譲の美徳といふをちぎりすてたり

眞晝野にきらめくものを逐ひつめて既に渇きし花と吾が眸《め》と

松の花幽けき日《ひる》もうつそ身のかげ曳きてゆく人の子とわれ

**昭和二二年七月　〔粋な祭〕八首**

母ましゝその日の夏を戀ひゆきて花ねむの露にまつげぬらしぬ

吾が額《ぬか》に翅やすますする蝶ありと夏《げ》に對ふこころかすかに展く

綿々と愚癡こぼしゐる黴雨《さみだれ》の日の一隅に靑むあぢさゐ

鹽からい夏の日中《ひなか》はひりひりとかげろふのやうな皮膚をなげけり

言葉といふ言葉の底もみすかせば冷やかに青むあぢさゐの花

何としもなく妥協してゐる夕ぐれはぬれしうつぎの色もなき花

錢金の他なる幸を希《こ》ふべくは孤つ灯のおくの青葉くらやみ

梅雨ふけて青葉のいよよ昏ければわが掌の筋もみだるる

**昭和二二年九月 ［炎宴］ 一四首**

凡て卑しく夏陽に灼けぬとりたてて白きは人の足うらばかり

世に慧《さと》く生くるそぶりもおほに見てほろ苦き瓜を酢にひたすなり

夏《げ》にこもる生命《いのち》細りて見るものに天なるや白き夕月の暈《かさ》

花ならぬ何炎やしゐし一日の灰いささかかを掬ひて立ちぬ

愉しかりしこともなく日は昏れゆくとあがなひし青き葡萄一房

錢金のことに昏れたる一日よと蛾を逐へば蛾も灯にいらちつつ

あるは俄かに照りくらむ日に逅ひしより花あぢさゐの荒《すさ》みたりける

乏しき日々を冥みゆく眼底にくちなしの一花《いちげ》皓きを咲かす

七月の陽に腦髓も透きて見ゆ意味ありげに默《もだ》しゐること勿れ

肉體の語る言葉を書き散らせいりいりと陽の照る荒壁に

萬緑の露光る野にめざめたりはね濡れて透く我のそびらよ

肉體に鹽白くふく日の盛り鈍角のものはなべて憎しめ

百合朱き野に別れゆく心には君一人つひに君ひとりのみ

向日葵の花に戀はるるさいはひの太陽と吾と夏野を西す

昭和二三年一〇月　［假晶］一三首

草露の一つ雫ににじりより渇きたるものの眼ぎらぎらし

炎天に葡萄のたぐひ鬻《ひさ》がれてむらむらと青し退く勿れ

葡萄ばかり啖《くら》ひて過す晩夏にて逞しき胸の中が酸つぱき

百日紅が冷淡に散る晝ひなかシヤツ脱いで痩せた肩は見せるな

朱《あけ》いささか濁りし百合の花にむき鋭かりわが心の飢ゑは

ぬきんでし鬼百合の朱や世に生きて心懦《よわ》きは邪惡に似たり

紅だらけの花見て生くる暑のさ中身をよせし跡がみななまぐさき

昆蟲の青くもつるる草蔭に我は肉體の置場を探す

堆き埃の中に座を正し遙かなる十方の秋を聴くなる

我はまたひとり愚かに瞬きて秋茄子のいろ冱ゆるを視たり

魚臭淡く漂ふ街の夏に近ひ火を焚くよ細く亡母《はは》を迎への

天に觸るる一花の蓼や人われに爪の垢ほどの矜《ほこ》りもあらぬ

次第に近く身に添ふ秋の韻《ひびき》なりつつましき君が跫音《あおと》も混り

### 昭和二二年一一月　〔非業の秋〕二四首

嘘だらけなる世に生きかねて鶏頭の莖裂けば髓の髓まで紅く

天才と我は疑はず億萬の綠野ねぢふせて咲け曼珠沙華

紅葉とほく耀ふ晝をひとり臥せばわがてのひらのかげも紅しよ

青紫蘇の實をはりはりと嚙みちらす人につかはれていつまで生きむ

どぶ泥に沈みて終る紅葉《こうえふ》のつくづくとわれもどん底暮し

天才には遂におよばず紅葉をきらきらと泥の上に撒きちらす

人間の臭ひに秋は堪へられず轉々と街をかへて棲むなり
今はもう何にときめく胸ならず黃に咲くは菊の惰性と言へり
もの啖ふことを素直に愉しまむ霜ふれば紫蘇も寒きくれなゐ
火をつけて後は忘れし草むらのある夜夢にたつ黃の灰かぐら
水の澱みに紅葉豪華なる終焉《をはり》みすどぶ溲ひ我やいかにか果てむ
いよいよに命尖りくる秋なかば菊さけば菊の黃に堪へきれず
いくたびか棲家をかへて汲む水のさまざまに身にしみて鹹《から》しも

あれは南へものくひにゆくつばくらめ白々とわれの眼をかすめつつ

藍青《らんじやう》の海近き街と清《すが》しめど水汲めば水の鹹くにごりつ

袋小路の奥に海ありしほたれてわが棲めど秋は青くひびけり

颱風は冱えざえと野を過ぎたれば再《ま》た綴るわが片々のこころ

背骨彎げて水飲みし日も過ぎたりと秋天の青に摑みかかれり

曼珠沙華のきりきりと咲く野に佇てば身の底にわく飢ゑもくれなゐ

飲食《おんじき》に秋はいよいよ尖りくる心なり既に草もみぢなす

昧爽《あけ》近く鷄頭の朱を視たりしが眼もかわき一日冥かりにけり

寧ろ險しく生きむと決めし日のわれに秋天は脆き光り零《こぼ》せり

我も亦衆愚の一人おろおろとあと退《すざ》りしつつ見し曼珠沙華

曼珠沙華の花咲けば身に男なる憊れあり白き陽の眩しさや

**昭和二二年一二月 〔血みどろの霜〕二八首**

貧しさの底つきし頃霜ふりて白けわたりし萬緑のいろ

誰も見てくれるな今朝は霜にまみれ生命《いのち》ひきずりてゆく秋の蝶

枯草の枯れてしまはぬ黄のいろが野にありてひどく腹減らしける

天日は青々とひとり輝《て》りゐたり重たしわれの睫毛の埃

あらくれし街に今年の菊を見ておろおろと一つ寒き灯ともす

こころたかく生き來し方とかへりみる霜野一すぢの草が血まみれ

萬象は今凛々《りり》として霜白しつつましくひとりの棲家さがせよ

かさかさと草枯るる野や人も我も飲食《おんじき》に短き生すりへらす

君よわれにひたとよりそへ秋がもう白々とうしろ見する頃なり

牡蠣殼の混りし牡蠣をくらひつつうそ寒しわがひとりの夕食《ゆふげ》

手暗がりに玉葱の皮むくときぞひとり身の食《け》の切にくやしく

世に生きて阿《おもね》らざりきあはれわが父母《ちちはは》の墓の花筒細き

逃げてゆく先もあらねばふてぶてと秋白き地の上に坐れる

冬へ冬へとひきずりこまれゆく我にせめて一ひらの紅葉はのこせ

花おほかた白くうつろふ夜々をなほぬめぬめと吾が手足の脂

ぎりぎりの今の生命にひびきくる潮騒よあれは海の齒軋り

けさは今朝の針の白霜ひしひしとかへりみて直きいのちにあらぬ

枯原にうす青く晝の風ぞたつ若さもてあまし世に拗ねゐたれ

花をへだてていとほしき胸のふくらみよぎりぎりまで清く君を保たむ

夕虹にむかひて佇《た》ちぬちかぢかとまだ觸れぬ君のくちびる紅し

息あつく見守《まも》れば君は眸《まみ》ふせて冬薔薇の一花《いちげ》皓きを示《さ》しぬ

昏れ沈む湖心の光りはるかなれば聲ひくくとはに愛すと言へり

夏雲のくらき日に逝きし母よ母よわれの處女《をとめ》の瞳《め》は清く深し

眸きよき奈良の少女を吾《あ》は得しと亡き母にあててつづる便りを

花びらのいくへかさなる白芥子とおもへばはじめいづくにふれむ

一ひらづつ花びらにふれしべにふれかく數知れぬ花粉をちらす

點滴と秋野につづくものはあれどわれ未だ君に肌ふるるなし

愛するといふ究極は夢に見てある朝蒼き日の光なり

**昭和二三年一月　［寒光・火喰鳥］一三首**

目の前にあるもののみがたよりなり蟷螂の鎌と霜と枇杷の花

煉炭に十二の暗き穴ありて縷々としもわがこころぞ通ふ

天才のはしくれと生れ死しゆくか霜天に孤つただ日が青き

火食鳥の火をくらふさま見たりけり寒ふかきわれが藍青の眼に

光りさむき薄氷に映りきえゆけり父に母に似しその老《おい》の貌《かほ》

火食鳥は緑野《りよくや》蹴たてかけされり火に飢ゑてここに一羽のわれよ

無理矢理に生かされゐるかひひらぎの花見れば目が寒くてならぬ

西とほく孤りきたりてわれが見し父も母も君もなき青海

かかる世に生きて美《くは》しき詩に執するするどしよ霜、黄の花くだき

彈ねかへす力もうせて今はただ天視むとする黄に澱む天

枇杷の花に鼻すりよせぬかさかさと乾きゐるものぞひもじかりける

白き冥き寒の夜雲に血を刷くと自らの咽喉をかききりにけり

遂げえざるいのちいらいらと炎やしつつ一生《ひとよ》經む黄ににごる冬ぐも

**昭和二三年六月 ［牡丹雪］六首**

亡き母の白髮ぞいよよ白からむひびきなき寒のそこのくらやみ

牡丹雪の雪ふかくひそと抱く時ほのかなるかな君が乳房は

母死なめしかの日のうつついくたびか寒光に身はつらぬかれたり

ひしがれゐる日ばかりならずほのぼのと今朝は佛手柑の黄なるを愛す

こころ癡《おろ》かにある日のわれもうべなへば寒はぼろぼろのあらがねの土

冬の薊濃き一莖を得たるよりぬらくらと生命費さざらめ

**昭和二三年九月　［暗綠調・蜜月抄］一〇首**

碧落をひとり支ふるこころあり花咲きて凍みていつ春なるや

春はやく肉體の傷青染むとルオーの暗き繪を展くなり

うす汚れし花つもる街の底にしてこゑきよき春の祭するなれ

どこへ一足ふみ出すあても無くなりて對ひの崖は緑だらけなり

掌にどろりと蝌蚪をすくへり死ぬことは生くることよりなほつまらなき

我には遠き功名の地よ春潮の滿ちくるひびき聽きて睡らむ

**蜜月抄（五月一〇日華燭の典をあげぬ）**

天にきらめくものある五月の夜々にして女身にわれはふれゆかむとす

地には花粉と月光とのみためらはず夫われのにほひ肌にとどめよ

たまゆらの生命まみどりに透きとほり乳房の谷にくるめき墜ちぬ

われの果實のいまだ靑きやはつ夏の日に逅《あ》はむこころ切なきまでに

**轉落公子**

男は身をひさぐすべなし若萌えの野に黑き椅子一つころがり

若葉きらめく五月となれば詩才より商才より美しき貌がもちたし

ここは詩人の死ぬ巷ゆゑ一ひらの花と焰が遺しおかれき

妻よ僕らのシーツの中に眞青の魚を一ぴきかくしてゐたか

## Ⅱ

# 初心忘るべし——わが短歌入門

一九八四年五月二七日・呉歌人協会講演記録

呉における私の思い出は、御多分に洩れず戦争末期です。空襲がひどくなり始めて、死ぬことがそれほど特殊現象ではない、生きていることの方がむしろ不思議だと思うくらいの日々の連続でした。心ならずも引きすえられた首の座のような呉の町ではありましたが、その呉へ来てはじめて、もしもここで、空襲で死んでもかまわないなあと思ったことがあるんです。

実は呉へ来る数年前から、私はシャンソンを蒐集しだしておりました。当時、日本に入って来るシャンソンのレコードは、最近亡くなりましたリュシエンヌ・ボワイエとかティノ・ロッシ、それにダミア、昭和十二、三年頃からコロムビアでシャンソンのレコードを発売しはじめまして、「シャンソン・ド・パリ」というアルバムがすでに二冊出ておりました。小遣銭の許す限り買い漁りまして、そのコレクションを郷里に残したり、あちらこちらへ疎開したりして呉へ来たのですけれど、もうシャンソンを蒐集する日もあるまい。自分の思い出にあのレコードを預っていてくれる人も、恐らく死に絶えるかもしれない。だが、あるいは誰かがあれを伝えてくれるのじゃあないかという、二パーセントほどのかすかな望みと、九八パーセントくらいの絶望感を抱いて呉へまいりました。

　ところが、呉の本通りを歩いておりますと、〈ラパン〉という酒場があるんです。聞いてみますと、海軍の将校の集会所らしいのです。〈ラパン〉といいますと、私共シャンソン・マニアには絶対忘れられないあの「跳兎」〈ラパン・アジル〉という、モンマルトルにある、いわゆるキャッフェの名前なんですね。ここがシャンソンの発祥地です。二十世紀初頭にアリスティッド・ブリュアンその他の名歌手が生れています。海軍は聞くところによりますと、当時、万事がフランス式だったようで、だからこそ将校の集会所も〈ラパン〉などという、気の利いた名前をつけていたのだろうと思います。勿論後になると、敵性語排撃とか言いまして、横文字をいろんな珍妙な漢字に変えた名前が続出して〈ラパン〉も、確か絢爛とした漢字に変った、と思います。ここでこういうシャンソンにゆかりのある名前を聞くことができた。せめてこれが私の呉との涙ぐましい一つの因縁になる。それならば、ほかの殺伐なところで死ぬよりもまだ救われると思ったことです。

　このたび久々に呉へまいりまして、四十年振りに、昨日、吉富英夫さんという「木槿」の大先輩にお目にかかりました。面影はちゃんと残っています。私はもう変り果てたかもしれませんけれど。こういうふうに、人間、戦争を経過して、一度も会わなかった者の稀なる出会いもあるんだなあ、と思いました。そうして、四十年前がほのぼのと瞼によみがえって来ました。間違っていたらお許しいただくことにしまして、本通九丁目、電車を降りて山の方へしばらく上りますと〈トリオ〉という喫茶店がありました。

〈トリオ〉は、「三重奏」のトリオですが、当時すでに飛ぶ鳥の「鳥」という字と、英雄の「雄」に変っていたように思います。もしもこの〈トリオ〉という店、ご記憶の方がありましたら、ぜひあとででも、「そこを覚えている」と声をかけていただきたいものです。

　敵性音楽はまあ全部駄目という時代でしたが、ただ「日独伊防共協定」なる当時の歴史を御存知のない方には何のことやらさっぱりわからない協定がありまして、ドイツとイタリアの音楽はおかまいなしだったようです。ドイツとイタリアの音楽がかまわなければ、西洋音楽の九〇パーセントくらいは聞けるわけです。そこへ時間の許す限り通いまして、ベートーヴェンも、モーツァルトも存分に聞いていた覚えがあります。それが、当時の私の唯一の救いだったように思います。

当時、私、たしか広海軍工廠の方へ配属されていました。学徒仲間もたくさんいまして、中の一人が実は私にはじめて萩原朔太郎を教えてくれた男なんです。萩原朔太郎、それから、「日本浪曼派」に深入りしていまして、私がいまも持っております「絶望の逃走」という創元社本を交友の記念にくれました。

文学談に花を咲かせたあげく、ある時、あなた短歌をやって見る気はないか、もしも短歌をやるなら私が前もって調べたんだけれど、呉には「木槿」と「石楠」という二つの歌誌がある。お互いにどちらか籤引でもして入ってみないか、入会して面白ければ情報を交換しようとその男はいいました。彼はその後、満洲へ行って戦死いたしました。うろ覚えですけれども、呉から広行きの電車に乗りますと、東へ東へ海岸沿いに電車が走っていて長浜というところが終点だったと思います。その電車の停留所のまん前に家があり、お祖母さんと一緒に暮していました。彼は召集で満洲へ征きましてそれっきり音信が跡絶えました。「石楠」や「木槿」ってどんな歌風なんだ、と聞きましたら、どうやら「木槿」の方は歴然と太田水穂系の雑誌らしい。だが、「石楠」はよくわからない、君が確かめてごらんといって見せてくれました。そこには、万葉調の、勤王の志士の歌のような不思議な格調のある作品がずらりと並んでいました。

どうもこちらは肌に合わないようだから。潮音系とかいう「木槿」の方へ歌を出して見ようと思いました。それが私の初心なんです。初心忘るべし、と謳った通り、当時の初学時代の私の「木槿」に発表した作品は、作品歴から全部削り落しています。歌集にも九九パーセント入れてはおりません。昨日の自分と潔く別れることこそ、明日への進展だと考えていましたし、それが歌人、あるいは作家としての最低限の覚悟だろう、とも思いました。未熟無類の作品群は、自分のものとは認めないことにいたしました。でも、やはり、自分の過去から逃れられないと言いましょうか、時々、免れ難くわがものとして思い起すことがあります。

〈ラパン〉というところは我々にはオフ・リミットでした。楽しみは音楽を聴きに〈トリオ〉へ行くのと今一つは映画です。当時、呉港館という、洋画専門館がありました。私はたまたまそこで、ジュリアン・デュヴィヴィエの「モンパルナスの夜」を見ました。「独・伊」以外はだめのはずなのに、フランス映画がどうして許されるのか、さっぱりわからないのですけれど、「そのすじ」のめがね違いも功徳をもたらすと蔭で笑ったものです。

それから、ドイツやオーストリアの映画の、戦前の、最後の輝きといってもいい「ブルグ劇場」であるとか、「第二の人生」、それから「夜のタンゴ」などを上映していた記憶があります。さらに暇が許せば広島へ出て、東洋座や地球館で「たそがれの維納《ウィーン》」とか「マヅルカ」とか、ああいう映画も見たと記憶しています。

それからもう一つほかに、呉の書店を歴訪する楽しみがありました。書店といいましても、新刊書など売っている本屋がほとんどなくなっていまして、古書店であり貸本店です。当時たしか、中通には三軒ばかり古書店があったように思います。あるいはそれが本通であったか、堺川通であったか記憶がちょっとおぼろなんですけれども、そういうところで盛んに短歌雑誌のバックナンバーを買いはじめました。

実はちょっと話が前後するんですが、私の書斎の、本をずらりと並べている書棚のまん中に、萩原恭次郎の「死刑宣告」というダダイズムの詩集と、それから太宰治の砂子屋書房刊「晩年」があります。二冊のその本、実はこれ、裏表紙を見ますと、「桃太郎図書館」という判がぽこんと押してあるのです。桃太郎図書館というのは、私は絶対に堺川通にあったと記憶していたのですけれども、昨日或る人に聞いてみますと、いやそれは本通の本屋だとおっしゃるんです。そうすると、「桃太郎図書館」のスタンプのある本が回り回って、堺川通のその貸本屋さんにいって、そこで私が借りたのだろうと思います。

この辺から懺悔話になるんですけれども、その貸本屋さんで「死刑宣告」と「晩年」を借りて、保証金が五十銭くらいだったと思います。もっと安かったのかもしれません。借りて帰って熟読いたしました、二ケ月か三ケ月かかって。ところが、呉へ返しに行こうと思っても、空襲で危険で行けないんです。それで、桃太郎図書館へ、小包で返すわけにもいきませんし、慚愧の念に堪えず鬱々としながらもとうとうそれを持って帰ってしまいました。敗戦後、折あらば呉へ行って、桃太郎図書館か、堺川通の貸本屋さんへ行ってお詫びをいって、時価おそらくいまは、四、五万円するんじゃあないかと思いますけれども、お金をお払いするか、あるいはそれをお返しするかどちらかしようと思いながら今日に至りました。もしもこの中に、ゆかりの方がいらっしゃいましたら、そこが子供さんの代になっていますか、お孫さんの代になっていますか、あるいはまたその頃の若い店主がいま六十代、七十代になって生きておられますかわかりませんが、判明いたしましたら、ぜひこのことをどなたかお伝えください。

貸本店と言えば、あれは広の、長浜の方へ曲る交叉点から一寸北の方へ入ったところに貸本業を営んでおられる小川さんという「木槿」の同人のお店がありました。それ以前から私が足繁くその店へ通って、毎日毎日本を借りに行って、二、三日で返す。聞いてみれば、私が「木槿」にいる、入ったらしいと。じゃあこれからはフリーパスにしよう、いっさいお金を取らないとおっしゃいました。これは得たり賢こしで、もう店頭にある本をほとんど全部読みました。

本当に私の青春時代の読書歴といえば、八〇パーセントはその小川書店の古書及び貸本によると考えてもいいくらいなんです。太宰治「右大臣実朝」中山義秀「厚物咲」石上玄一郎「精神病学教室」、昭和十三、四年から五年くらいに出た日本文学は、ほとんどあったような気がします。はっきりと覚えています。例えば初出で中山義秀の「厚物咲」という芥川賞作品や中島敦の「光と風と夢」をどんなに感激して読んだか、いまでも鮮やかに頭に浮かんでまいります。太宰の「虚構の春」や「きりぎりす」もそうです。義秀は「栄耀」や「碑」も小川書店の貸本で初出を見たんです。

ほかに楽しみはなかったんですからね。極限状況の中で、まるで海綿が水を吸いとるように、文芸上の知識を吸収した記憶があります。そういう意味では、呉というところは私にとって大変懐かしい、文学の故郷です。あの屈辱的な、ただ腕力と耐久力と、それから白痴的な「大東亜共栄園」への信仰だけが人間の存在のすべてであった時代、私など紙屑同然の人間でしかなかったんです。虚無的な自意識ばかりみなぎり溢れていました。空襲で死ぬならそれはむしろ救いでした。「撃ちてしやまむ」などという精神状態ではなかった二十代の私が、そういう雰囲気にあってどんな思いをして生きていたか、同年代の方はよくわかって頂けると思います。屈辱感を味わいながら生かされているくらいならば、逃亡か死をえらんだほうが、より正直だったのです。あまたの文学作品、詩歌作品を読んだ感動と、いつ死んでもかまわない、という決意は背中合せになっているように見えながら、実はひとえのもの、一本のものだったといま回想します。

呉の本通の古書店で手に入れた短歌の雑誌のバックナンバー、まず第一に「潮音」の昭和十二、三年から過去二年の十数冊。それから「心の花」の昭和四、五年頃から昭和二、三年頃のもの。次に「水甕」の昭和十年代以前の数号。その他四、五種類の雑誌を買いました。その次、どういうわけであれがそこにあったのかわかりませんけれど「青樫」。これも「潮音」の子雑誌ですね。これの昭和十五年前後の二、三年分。そういうものを重たいのも気にせず全部持って帰って読んだ覚えがあります。初学時代のこれが一つの栄養分であったかもしれません。

それから当時、私の五つ違いの兄が「多磨」に投稿しておりました。時々試作を見せますと、お前の歌は到底見込みがないからやめておいた方がいいというんです。将来もし大成したところでたいしたお金にもならない、それを一生の仕事にするわけにもゆかないしなんてね。時代が言わせた言葉かも知れません。

ところが、どういうわけか、当時その兄は私に幾冊かの歌集を譲ってくれました。そのころまだ大阪には、「天牛」などという大古書店が堂々と店をはっていまして、自分が買って読んで、もう用済みの歌集を、つぎつぎと送って来ました。その中に、前川佐美雄の『大和』、それから坪野哲久の『桜』に斎藤史の『朱天』、それから『新風十人』というような本がありました。そういうものも、舐め回すように読んだ記憶があります。先刻申上げた、さまざまの短歌雑誌のバックナンバーですけれど、「心の花」では前川佐美雄の、歌集『植物祭』に収録した作品の初出がたくさん出ていました。それから「日本歌人」は、ほかに昭和十年代の十冊ばかりがありました。昭和十年一月号、真紅の表紙にアポリネールのカリグラム〈刺し殺された鳩と噴水〉が、くっきり印刷してありました。一月号ですから有名詩人らの寄稿がたくさんありまして、西脇順三郎、安西冬衛、田中克己らの詩もあったように思います。ただ、そのバックナンバーの奥付を見た時、すでにそれは過ぎ去った時代であって、私にはもう関係のない過去の花であったことに思い到った、短歌もここまでは来た、その思いが私を鼓舞し、同時に絶望させたとも言えるでしょう。

これらの中で一番重要なのは「潮音」のバックナンバーです。「潮音」、それには裏表紙にオレンジ色で、前月秀作抄二十首ばかり印刷してありました。無記名です。当時私は太田水穂の歌論がどのようなものであるか、「潮音」がどういう特殊な歌風をもっているところかよく知りませんでした。ただ例えば『新風十人』の佐藤佐太郎の歌に感激したような調子では決してそれについてゆけないような、一種独特のニュアンスを直感した覚えはあります。でもそういうことをおいて、「潮音」流であるとか何とか、そういう色分けを勘定に入れても、実に素晴らしい歌が並んでいたと思います。

戦後、それも昭和四十年代になりまして、そのことが書きたくって自分の蔵書を調べましたけれども、全部散逸してありませんでした。それで、藤田武さんに事をわけてお願いして、私がかつて見たバックナンバー裏表紙秀歌の探索調査をおまかせしました。

快く引受けて、本当に労をいとわず、「潮音」の本部の蔵書などを調べて、私の記憶の中にあったものを全部写しをとって送っていただきました。私もこれだけよく覚えていたと思うんです。その秀歌、オレンジ色で印刷していた歌を大半というとオーバーですけど、五〇パーセントくらいは暗記しておりました。だからこそまあ調べていただくよすがにもなったんだろうと思います。どういう歌があったかといいますと、いまから思えばこれが芭蕉の、さび、しおり、におい、うつりが代表する詩の伝統を踏まえたものだろうと思います。

白雲に羽をぬらして来し鶴かわれのこころはそよぐばかりなり
われ若く思索のとびらほのぼのとひらかれし日の銀の鍵なれ
麦笛は麦の穂波を渡りきてわが半生の悲しみを吹く
いざさらば雪見に転ぶところまで夕茜射す方は露西亜ぞ
くづほるる心といふは記紀になし末世に生きて思ひ愚かなり

こういう歌がずらりと並んでいました。で、聞いてみますと、藤田さんのお話では、これは太田水穂直選の前月秀作抄だということでした。凄い鑑識眼、選歌眼があるなあ、と最近になって感心し直しているようなわけです。「木槿」がこういう詠風の流れを汲んでいるんだったら、これはこれで一つ勉強をしてみる必要があるとは思いました。最近になりまして、松本門次郎さんから私が「木槿」に発表した歌を全抄部出して送っていただきました。久し振りに冷汗をかいたことです。十七、八の青年がお母さん、お父さん、兄さん、伯父さんなどに、お前は三つ四つの頃に、俺の膝の上で粗相をしたんだぞとすっぱ抜かれて真っ赤になるような思い、そういう風な、忸怩とさせられるような思いでした。実は「木槿」に入った時に、「吉富英夫」という人の作品が目につきました。ある一連の中にあった一首です。

菜の花はそよ吹く風のかたよりにあふれて今日の香をたてにけり

間違っていたらお詫びしますが、「日蝕」という標題で、菜の花の歌を主として数首並んでいました。凄い才能だなあと思ったんです。実はその歌を四十年間思いつづけていました。先だって、そのことを伊藤玲子さんを通じて申しましたら、一言一句の間違いもない、と答えていただいたそうです。その時にはまだ吉富さんに再会していませんでしたけれども、昨夜吉富さんその歌のぬしに会いました。人の記憶の中で生きつづける、一首の歌の命をしみじみと噛みしめたことです。

それからもう一つ、瞠目した記憶のある作品を紹介します。

春の日に大扉しばしひらかれて曳きだされゆく巨砲のひかり

これも、その頃印象に残った一首で、作者は阿部英彦という人でした。若い人だと思いますけれども、戦争中、呉にいる間には一度もお眼にかかれませんでした。そして私が「木槿」という雑誌に入って歌を発表しはじめた時は、中絶しておられたようで、作品活動は見られませんでした。でもこれは明かに天才だと思いました。「木槿」のバックナンバーも、それから古書店で手に入れまして阿部英彦の作品ばかり選って読んだ覚えがあります。もしもこの人がコンスタントに作品を発表して、力を尽して新しい方向に進まれていたら、今日、よき同志、一流の歌人になっておられた筈なんです。人間の運命というもの、偶然というものを、恐ろしいと思います。

実は昨日、四十年振りに吉富さんにお眼にかかりましたら、あろうことか私を「塚本先生」とお呼びになるんです。とんでもないことで、私こそ吉富先生とお呼びしなくてはなりません。私が一番はじめ「木槿」で、その歌に感動した大先輩ですから。実は私が一番はじめ「木槿」に発表したその作品は、恥をかきついでに発表しますと、次のようなものです。

鬼百合のあからさまなる花のそり怒りは胸によみがへりきぬ

この作品、幸野羊三という当時の雑誌の主宰者が「みぬちの怒りよみがへりくる」と添削して発表されました。先生にお直しいただいたんですから、この方がいいんでしょうが、いまだに、どうしても承服しかねるものがあります。考えてみれば不遜なことですけれども。「怒りは胸によみがへりきぬ」というその下句のレトリックが「みぬちの怒りよみがへりくる」になった、その「みぬち」という用語、そして「よみがへりくる」という現在形、ああ成程これが「潮音」流だなあ、とかすかに思ったことです。

そういう「潮音」体験がありまして後、それの、特殊な文体をもつ「潮音」を心して読んでいましたらまたもう一人の天才にゆきあたりました。これはあとから気づいたのですけれど、私が作品にめぐり会った頃にはすでに亡くなっておられたようです。故人であることをしらず、その作品に心酔したことになります。

思はぬに道をよぎれる藪雉子曳く尾のひかりやがてかくれし　木本通房

こういう、感覚的な、とぎ澄まされた歌でした。藤原定家に山鳥の尾が霜にきらめき輝いているという秀歌がありますけれども、それの本歌取ともおぼしいすぐれた歌です。藤田武さんから伺ったのですが、この歌人、三十六歳でなくなっているようです。そのほかにも、ぎょっとするような作品がたくさんあります。

わが頬にかみそりの刃の匂ふとき燕《つばくろ》のこゑの微かにゆらぐ
看護婦の幼さびしてとりし蟬透き翅《は》のみどり涙ながれたり

木本通房というこの夭折の天才歌人が「潮音」や「木槿」でどういう評価を受けていたのか、私は全然知るところありません。でもそういう風に見も知らぬ作家と、歌誌のバックナンバーを通じて全く偶然に出会い、逆に、自分自身に出会うこともあるもんだなあと、そのこと自体感動いたしました。

私は、恐らく隔月に十首ずつぐらいしか投稿しない、そう熱心ではない会員だったと思います。ただ、歌会が近くであれば必ず出席して、末席につらなっておりました。二、三回、同人の土肥俊子さんお宅で拙い歌を発表した覚えがあります。第一回の歌会だったと思うんですが、こんな出詠をしました。

今、ふと浮かんだんです。

ひかり澄む甕《みか》の秘色《ひそく》は遠き世の白鳥翔けし天とこそ見め

「みか」は甕のことです。「ひそく」は「秘色青磁」の秘色です。むしろこれは白秋の影響を受けた歌だろうと思います。一点も入りませんでした。当然の話でしょう。そういう試行錯誤をくり返しながら、そのまま戦争末期に入って行きました。私は実は呉から、広島の原爆の雲もまざまざと見た記憶をもっています。

戦後も「木槿」に度々投稿した記録が残っております。面白いのはかつて誌上で出会って感動した阿部英彦という歌人が、昭和二十二年、三年頃また改めて投稿していたことです。そして敗戦直後のあのにがい悲しみというものを、これぐらい真摯に的確に歌った歌人がほかにいるだろうかと思うような見事な歌を示しています。ともすれば「潮音」は、珍しい題材を独特のくさみのあるレトリックで歌うのが特徴であるように思われています。阿部英彦はそういう「潮音」系の流れをまことに巧みに汲んで勉強していました。私がはじめて「木槿」で歌を見てからこの日まで、どういう生活をしどういう文学活動、あるいは雌伏の期間を閲したのかはしりませんが、実に立派な歌でした。

時々、友人はそんな歌でも君は認めるのかといいます。傾向の全く違う歌なんですね。そういう歌でも認めるのかといいますけれども、私は決して自分の流儀以外は認めないような、狭い範囲で作品の選もしませんし、享受もいたしません。私は「アララギ」の歌も大好きです、いい歌はね。つまらない歌はどこの歌でもつまらない。「アララギ」の歌、柴生田稔とか、鹿児島壽蔵とか、愛誦している歌がたくさんあります。『新風十人』の中でも佐藤佐太郎の歌は別格に扱っています。そこで、戦後めぐりあいましたこの阿部英彦の歌、こういう歌なんです。

われら生きここに伝へて保つありたとへば落葉焚くさびしさを

この時作者は三十歳を越えたばかりじゃなかったかと思います。けれども当時の有名歌人の誰彼の中にも、こんな謙虚な、魂に沁み渡るような、敗戦直後の歌がなかったように思います。このほか十首ばかりありますけれども、どれもこれも、そういう風な沈痛なひびきを湛えた秀作ばかりでした。

障子にはしんかんとある秋日影かつはひびきてくる英軍機
ガンジーが水のみ飲みて日を過す印度独立のその日静けし
町川に泡を浮べて逆上る潮がなにかいきどほろしも
かすかなる音する方に歩み寄る闇にさまよふ夜の女は
鬱鬱と銷沈に慣れ来たる身が我俗のうなりたてなんとする
身に沁みて処世の秘訣言ひいでしは隙あらばかく生きんこころか

当時呉の町へ昔を懐かしむために行って見ようかなあと思ったことがあります。その頃呉の町を知っている人が、いやいまは絶対に行ってはいけない、とても荒っぽい恐ろしい町に変貌しているから、という話をしてくれました。あなたがいま行ってもおそらく幻滅の悲哀を感じるだけだろう。だからそういうなまなましい呉へ行かずに、もう少し落着いてひょっとすると、焼跡にまた昔の面影のある呉の町が生れるかもしれないから、それまで行かない方がいいといってくれた友人もあります。「夜の女は」というこの一語が示しますように、多分そういう人々が横行していたような時代もあったんだろうと思います。実は今日までこの会場以外には、会場近くの〈飛鳥〉という喫茶店のほかのところへは行っておりません。歩かない方がいいのかもしれませんし、変っていることを承知で見た方がいいのかもしれません。どちらかわかりませんけれども、とにかくこの作品は、すでにあの恐るべき「戦後」になっていた昭和二十二、三年の頃のものです。

「木槿」は何かプリントのような雑誌にかわって、粗悪な仙花紙にすられていたようです。幸野羊三という主宰者はすでに戦争中に、あるいは終戦直後か、なくなっておられまして、未亡人の腕で細々と出しておられたように思います。その頃、私は大阪におりました。

戦争中にバックナンバーを見つけて近づいた「青樫」の歌会に出るようになったのはその頃のことです。でも私の記憶にあった昭和十五、六年頃の最盛期の「青樫」はもうすでになかったようです。戦争中に歌誌の統合というのが行われまして、「青樫」も「白珠」「みさび」「白圭」「あらくさ」「吾妹」「ごぎやう」などと一緒になりまして「紀元」という雑誌に変貌していたように記憶します。

昭和十年代に、たとえば太田水穂・四賀光子夫妻のところから幸野羊三・塩崎光子夫妻が、いわゆる分家のように分れて呉の町で「木槿」を出されたように、「青樫」という雑誌も、秋田青雨・遠山英子という夫妻が、太田夫妻のところから離れて大阪で雑誌をもったもののようです。ところが純粋に「潮音」の流れを汲んだ「木槿」と、こと変りまして、「青樫」の方は、当時、日本浪曼派系、あるいは「日本歌人」の前川佐美雄、斎藤史のような象徴派＝シュールレアリスムの影響も受けた新しい歌風をとり入れていました。

悪くいえば折衷的な、褒めれば両者の長所を兼ね備えたような歌風を樹立しはじめていたようです。その十五年当時、例えば秋田篤孝（青雨）に、

萩の上の月吹かれたりそののちやとりとめてなにかなしきならず

という名歌があります。それから、遠山英子には、

水引草《みづひき》が夕べの空をくぎりては女ひとりが佇てりやうやく

この二首を読みまして「青樫」はすばらしいと思った一時期が戦争中にありました。すべて戦争中の思い出です。呉の市中の防空壕の中で、あるいは押入を遮蔽幕で仕切って、目張りをしてその中で、私は英語やフランス語の辞書と各種雑誌のバックナンバーに囲まれて過していました。押入の中で、防空壕の中で読んだ「青樫」の歌は、まことに清新で、時には「日本歌人」より光り輝いていました。私は陶酔した記憶があります。

当時「青樫」には、下条義雄、本田一楊、水野栄二という三羽烏の秀才がいまして、その一人一人の作品が『大和』を読んでも浮かんでこない強烈な一つの喜び、それから「潮音」のバックナンバーのオレンジ色で印刷していた歌では感じとれない鮮やかな一つの現代の意識、そういうものが多分に読みとれました。例えば本田一楊のどんな歌に、私が感動したかといいますとこういうのがあるんです。

壮んなる花の占めゐし空とおもふあとかたもなくひびきやみぬる
砲煙のあれは名もなき草の絮《わた》とび散れや散れ雄叫《をたけ》びのごと
みやこより颪にやあらば伝へてむ流るるは人、雲と候鳥

文字遣いなどは異同があるかも知れません。水野栄二という人は悲壮感溢れる繊細な歌を発表していたよう

です。

樹蔭深くひとりひそむも天日は悲しかりけりわが額《ぬか》照らす
絡繹とつづける群に交りゆきその日より額《ぬか》に悲しみ彫《ゑ》りぬ

こういう秀歌が「青樫」には満載されていました。それからこの誌ではさして名もない歌人達でも、それ以上に見事でした。

屋上はひねもす旗の音ばかりそこからもまだ春は見えぬか
秋童成人《あきわらべひと》となりそ夕暮の窓に木の葉を無心にならべ
黄の泡をならべて咲けり女郎花いまさらわれの世にひるむなし

それぞれが私の二十代初期の心をうった記憶があります。けれども戦後の「青樫」には、かつての栄光はほとんど残っていませんでした。残念なことです。

私が、初期の『水葬物語』という歌集を出すのは昭和二十六年の八月ですけれども、それ以前の、終戦後「青樫」の作品に出した作品のごく一部から『水葬物語』以前の『透明文法』という「未刊歌集」を刊行いたしました。その中には入っています。それ以前の歌は全部省いてしまいました。

私の呉体験、そればかりではありません、繰返して申しますが、さまざま読みましたそういう歌誌や歌書、あるいは文学誌・文学書、そういうものが血となり肉となっていまだに生きております。何か一つ考える場合でも、あああの時に呉の古書店で借りた本、それが私の一つの青春の支えになっているんだと思わざるを得ません。「石楠」に入って作歌し、間もなく満洲へ行ってそれっきり消息を絶ち、恐らくは、死んでしまった友人がくれたのが、萩原朔太郎の「絶望の逃走」。私がそれと全く関係なしに桃太郎図書館の奥印のある本を手に入れたのが萩原恭次郎の「死刑宣告」。「死刑宣告」をその古書店へ売った人と、太宰治の「晩年」を売った人とは恐らく同一じゃあないかと思うくらい何か親近感が湧きます。そういう二冊の本が置いてあっただけでも、その古書店が、呉の町自体が、本当に懐かしいと思います。

そのほかにも例えば辻潤の「絶望の書」というのもありました。旧悪を告白するんですからお許しいただきたいのですけれども、その「絶望の書」という、羊羹色にはげた本もたしかに保証金を二、三十銭おいて持って帰ってそのままの本だろうと思います。借りて以後、呉の町へ行ったことがなかったんです。だから空襲でどれくらい惨憺たる被害を受けたかも遂にこの眼では見ませんでした。汽車に乗って帰る時には呉の町は見えませんでした。

いろはかるたにも「鎮守府横須賀呉佐世保」というのがありました。呉は巨大な、一種のサンクチュアリーの感があって、一度入った者は二度と出られないような恐怖と絶望を、私達はひしひしと感じたものです。出てどこへ行けるというのでしょう。聖地呉を逃れても、戦場と呼ぶ別の聖地が待っているだけです。大阪や神戸にも、「ほしがりません勝つまでは」風の、きちがいじみたスローガンが到る所に立ち並んでいました。爆弾は毎日、至近距離から降って来ていました。映画も「ハワイマレー沖海戦」とか「英国崩るるの日」とか、戦争物ばかりでした。

当時呉線の、汽車の窓という窓には全部板切れが打ちつけられて、何も見えないようになっていた。板なんか打ちつけなくてもトンネルばかりで、ほとんど見るところないのに、どうしてあんな目隠しをしたのか不思議な気がしたものです。そういう極限状況において享受した書物というものは、もう一度そこへ帰って享受しないことには、あれ程の感動は湧かないと思います。

例えば、私はこの頃芥川賞作品など全然見たことがないのです。見ようと思えばいくらでも見られるし、本はそのへんに溢れているのに。まあこれはコミニュケーションが発達し過ぎまして、私が読もうと思っているのに「あんなの、つまらない」風の書評が先に出ますので、それで読む気がしなくなるのかもしれませんけれど、でもどうなんでしょう。本当にこの頃の芥川賞と、当時の例えば中山義秀の「厚物咲」とか火野葦平の「糞尿譚」とか石川淳の「普賢」とかを、同一線上で論ずることができるのかどうかということなんです。

芸術には変化はあっても進歩はないといいます。たしかにそのとおりです。でも、進歩はなくっても、退歩ということはあり得るわけですね。短歌もそう思うんです。例えば先程の「潮音」の秀歌選、今日現代短歌の群の中に交りましても、ちっとも見劣りがしないと思います。色眼鏡で見れば一言ありましょう。「潮音」のニュアンスの何のと、一々目に角を立てる御苦労な人がいるかもしれません。けれども、そういう偏見を抜きにすれば秀歌は秀歌として通る。謙虚に見れば、今日の歌人の作品群の方が、かえってみすぼらしいのではありませんか。

象徴手法を駆使する人々の歌、あるいは、最近頭角をあらわした、安芸の国の出色の女流たちの歌群の母胎は、先駆が先程言った「いざさらば雪見に転ぶところまで夕茜射す方は露西亜ぞ」あたりにあると言えます。この「露西亜」と漢字で書いているその語感、今日、さかのぼって想像する、昭和十年代の「ソビエト」であるあのロシア、今、また新しい意味をもって迫って来ます。不思議なことですね。歌が五十年経って、半世紀以上経ってまた新しい意味をもって我々の胸によみがえってくる。短詩型の落し穴といいましょうか、功徳といいましょうか、これはどちらかわかりませんけれども、今更のように、こうした不思議も感じることです。

片仮名がたくさん交った、新しい歌がつぎつぎとできてきます。私もまたレオナルド・ダ・ヴィンチを歌によみこんだ一人です。でも、これも変化であるに過ぎないと思います。しかしながら、この変化、これまた大変大切なことで、どういう風に変化を見つけ自分の生き方を、すなわち文体を一新するかということも、歌人のあるいは詩歌人の使命の一つです。例えば、相聞、恋歌というものは永久不変です。永久に古くて常に新しい恋歌をよむということも今日、新しい意義があるのかもしれません。「潮音」のバックナンバーの中にこういう恋歌がありました。

太き手をわれのうなじにおき給ひいかにと言ひしわかれまつりぬ

うまい歌ですね。非常に婉曲で、実に官能的な恋歌です。「太き手をわれのうなじにおき給ひ」までは男の姿の表現ですね。男が後ろに立って、女性のうなじに手をおいた「いかにと言ひし」すなわちどうだ、といってくれた。それでぷっつと四句切れになって「わかれまつりぬ」お別れしましたと声を呑むように止めています。これは応召する若い夫への、あるいは若い恋人へのある女性の最後の餞の言葉だったのかもしれません。こういう相聞が、こういう新しい相聞がいま果して生れているかどうか。「相聞について」の特集はよく試みられますが、こういう時にかならずなぜかこんな歌は洩れてしまいます。これは無名歌人の歌です。

無名の歌と言いましたが、歌は無名であるべきなんです。歌そのものが本当に有名になれば、万人の心の中に入って、胸に刻まれて、名前などはもうなくなってしまいます。シャンソンに、詩人の魂（ラーム・ド・ポエット）というのがあります。いつの間にか作者の名前も忘れてしまい、それから歌言葉さえ忘れてしまって、鼻唄で人々は口ずさむ、という文句がありました。本当に歌はメロディさえあれば、歌言葉さえどうでもよくなるのかもしれません。それ以前に、短歌というものの究極は、とにかく「古今集」の読人しらず、のあの美しさに昇華されるのだろうと思います。

「古今集」をひらきますと、紀貫之の歌よりも凡河内躬恒の歌よりも、「読人しらず」のあの恋歌、あれが最もすばらしいとお思いになりませんか。そういう風に、私今日紹介した歌の数々も、ほとんど「読人しらず」の域に達しています。「思はぬに道をよぎれる藪雉子」の一首なども、木本通房という署名は最終的にはいらないのかもしれません。もう少し「潮音」の作品を紹介しましょう。

みないねしじまの床に忘れたる剃刀ありて梅にほひくる
東京よわれに宿かせ花三日右もひだりもさくらばかりなり
鎌をとぎてゐるあきらめは賢きか愚かなりしか晴るる朝空
身にあらく夏山おろし露うてばふたたび吾の世に怯むなし
もののふは剣を投げきさねさし相模乙女は身をば投げにき

最後の一首は、「さねさし相模の小野に燃ゆる火の火中にたちて問ひし君はも」という古事記の歌の本歌取です。たしか「白き征矢」という歌集の中に入っていたように記憶します。いずれも半世紀後、秀歌として通る作品ばかりでありませんか。

「潮音」の流れ、それから「日本歌人」の系譜、そういうさまざまの要素が、私の中で泡だち流れていきました。実は昭和二十三年頃、杉原一司という友人に出会いました。彼は「日本歌人」で当時、最も尖鋭なエッセイを発表していた男です。前川佐美雄さんが、戦争中鳥取へ疎開しておられて、その疎開先が杉原の生家でした。それが縁で歌をはじめたんじゃないかと思います。彼も「日本歌人」の中に、私の歌を発見して呼びかけてきました。彼は、現在の「日本歌人」に氾濫するああいう感覚あるいは直観だけの歌は、戦前のいわゆる海外の文芸思潮を鵜呑にしてそのまま吐き出したモダニズムと変らない。現代の新しい短歌は「方法」を持たねばならぬ。私と新しい短歌の運動をはじめようといって手をさし伸べてきたのです。「日本歌人」という結社は、戦後すぐ「オレンヂ」と改題して新誌を発刊しました。当時は戦前の「新風十人」に席を同じうした人々に呼びかけて一種の綜合誌的な雑誌を考えていたようで、坪野哲久さんもその「オレンヂ」に作品を発表しておられました。坪野さんの歌、私は、実は戦前に『桜』という歌集を読んですばらしい歌人だと思っておりました。

曼珠沙華のするどき象《かたち》夢にみしうちくだかれて秋ゆきぬべき
木琴をたたきて遊ぶ孤《ひと》つ影秋しばしだにやすらぎあらせよ

この二首だけでも、先人の誰もが歌わなかった天馬空を行くようなすばらしい歌です。それが共産党の「アカハタ」の選者の歌であったことは私にとって大きな驚きだったのです。「オレンヂ」の中で、坪野さんがどんな歌を発表しておられたか。

波斯《ペルシャ》びとオマール・カイヤムの古《ふる》ごころ蝶のねむりといづれあはれぞ

これならば戦後の歌も、戦前の先輩も信用できると私は思ったくらいです。その「オレンヂ」の中には、斉藤史さんが「杳かなる湖」という一連も発表しておられました。これで私は杉原一司の、こういう方法ではゆきづまる、将来性はない、我々が新しい作品の世界を、新しい方法論をうちたてるべきだ、といういざないに半ば乗りながら、まだ半ば戦前の歌人達にも望みをいだきはじめていた頃です。杉原一司はその頃「日本歌人」に私の目から見まして斬新と思う歌を発表していました。

曼珠沙華さく散歩道ゆくとてもきらびやかなる悪はねがはず
硝子器のひびを愛すとあざやかにかけばいつしか秋となりゐる
わが夢をあざむくものの中にありてひとつだけ清き夏空の雲
向日葵の烈しき色やかたちなどつよくはげしくよみがへり来よ
夏の陽に灼かれて日々をあるばかり石は花々のやうにひらかず

彼の歌は、言わば訥弁のたぐいでした。ところが、彼には歌いたいことが溢れるように生れて来る。それが当意即妙に言葉に変らない。吃りながら、つまずきながら、何とかして一途に発表したいとあせる。その喘ぎ、呻き、そういうものが、若々しい唇から洩れ出たような歌として、私は忘れることができないのです。
それから、三日に一回、一週間に三回ぐらい、彼は鳥取から私のところへ手紙をよこしました。そして、かくかくしかじかでこういう風なアイデアがある、これを新しい文体の歌にしてはどうだろう。自分で作ればいいのに、それを私に話しかけてくるわけです。私は彼の主張するところが、頭の中で実に鮮かにイメージ化されてきます。早速それを歌にして送ります。そうすると、私のいうところの八分通りあなたは実現しているけれども、こういうところがまだ「日本歌人」風、あるいは前川佐美雄、斎藤史的な手法の残滓があるのでもの足りない。ここを再考してはどうか、と酷烈な批評が返ってくるわけですね。私は「ちくしょう！」という気持でそれに対して、またチャレンジをする。また彼が注文をつけて来る。それは、一種凄惨な「特訓」だったと思います。しかも無性に楽しかった。

彼は、私を例えば男巫覡《おとこみこ》に見たてて、口寄せをさせるわけですね、自分の思っていることを、興奮の口調で伝えると、私がそれを、私の詩魂を通じて言語化する。私も男巫覡になりすましまして、無数の歌を作りました。そして彼が提唱する「メトード」（フランス語で方法のことです。メソッドのことをメトードといいます）、そういう名前の雑誌を作ろうということになりました。

その名のタブロイド版の雑誌を、何号か彼が編集しました。私が彼の提唱する詩論を具体化した短歌を発表して、ほぼ二年続いたと思います。昭和二十五年、それが最後の年です。昭和二十五年五月、彼は二十五歳で突然腎臓病でなくなりました。どうしてあんな急に悪化したのかいまだにはっきりわからないんです。市立鳥取病院へ、パイナップル一個を持ってお見舞に行った記憶があります。

その時にいったのは、塚本君、安心してくれ、僕、腎臓結核ではなかったんだ、単なる腎臓だったから助かるようだよ。考えて見れば、腎臓結核の方がよかったんですね、それから一、二年経って、ストレプトマイシンという新薬が出たんですから、むしろ腎臓結核でそのまま推移していてくれた方がよかったんです。そのストマイで思い出すのは当時の「日本歌人」に載っていた前川佐美雄主宰の歌です。

腎結核病む妻のためストレプトマイシンを求むマイシンは高し

一読暗然とした記憶があります。その腎結核だったら、杉原一司も、あるいは今日生きていたかもしれません。重症の腎臓病だから亡くなってしまいました。同じように腎臓と更に肝臓を患って亡くなった寺山修司を思い出します。私は、そういう勝れた友人と出会って、彼等の最も勝れたところを受け継ぎながら、かならず、その知己に先立たれる運命をになっているようです。名前は一々申しませんが似たような例はたくさんあります。

私が「木槿」に発表した作品の抜刷を読みながら、「初心忘るべし」とつくづく思いました。世に、「忘れねばこそ思ひ出さず候」という言葉がありますね。私はいつもあなたのことを考えているから、特別に思い出すということなどする必要がない、ということなんですね、私の「初心忘るべし」は、忘れたい初学時代の記憶が、いつも念頭にある、ということなんです。

「木槿」は私にとっての初心である。けれども、私がそれを生涯消すことのできない「汚点」と考えているのは、大変不遜な考えかも知れません。誰にでも、幼年期、揺籃期というものはある。それは、免れ難い人間の業《ごう》じゃないかと思います。そう思いつつも、この「木槿」の昭和二十二年以前の初出作品群が、一切消えてなくなればいいと考えたことすらあります。もしも、それが古書店にでも出れば全部買いとって焼き捨てたいと思ったくらいです。いまでもそういう気持はかすかにあるんですけれども、今度読み返してみて、妙に開き直ったような気持も生れました。仮に、今日の作が一応完成度の高いものとすれば、落差の甚しい初期作品は、まずければまずいほど、私の努力のあとがはっきりする。変化の様子がきわだつ、歓迎すべきことだろうと。

旧作のコピーまで作って下さった松本門次郎さんを始め、先刻お話した吉富英夫さん、それに月例歌会の会場を提供しておられた土肥俊子さんなど、当時の私を御存じの生き証人も沢山いらっしゃる。そして忝いことに、好意に満ちた目で見守っていただいている。「忘れねばこそ思ひ出さず候」の逆で、「思い出せばこそ忘れたく候」です。忘れたいけれども、その負《マイナス》の記憶もまた、私の作品歴の一頁ですから、虚心に見つめ直すべきかも知れません。ただ、「昨日のわれ」に潔く別れることを繰返してこそ、現在の、明日のわれは存在するのじゃないでしょうか。こんなつまらない歌を作っていたあいつが、それでも見られるような歌を作って罷り通っているじゃあないかと思われることまで、私は拒むことはできません。

「初心忘るべからず」という、あの立志伝中の名人上手の教訓か自戒の言葉、あれにまつわるお説教臭が私は嫌いです。初学時代の苦心談や功名談くらい聞き苦しいことは、他にありません。ただ、出発の日の記憶は大切にすべきだと考えて、今は賛否こもごもの気持です。過去もしっかりと見据えて、しかも未来を明らかに見定める。まだまだ私も将来があると思っておりますので、日本の和歌の将来のために、決して一日も研鑽を怠るべきではないと決意しています。

滅多に話すこともない、あるいは二度と喋ることも書くこともないであろう、呉在住当時の、ささやかな思い出を、もう少々つけ加えておきましょう。四十年昔にかえります。

呉市の惣付というところに「木槿」の幸野羊三主宰のお宅がありました。当時、月に一回は門下の方々がそこへ尋ねていっていらっしゃったようです。私も一度、半田さんという若い門弟の一人に誘われて出席いたしました。

電車通りから山手へ、爪先上り、道とも言えぬ狭い道を、一時間以上登ったように思います。あれで海抜二、三百メートルあるんでしょうか。山登りのにが手な私は、肩で息をして、心の中では、もう二度と来たくないと、後悔していた記憶があります。

当時はもちろんいまだに不思議なんですけれども、あんな山の上にどういう仕掛があって水を飲んでいたんだろう、水道をつけるにしては、あまりに高過ぎますし、井戸を掘るとしたところで恐ろしいほどの深さが必要だろうし、ともかく奇異の一語につきます。あるいは海軍の威力の然らしむるところで、惣付谷の水を引き入れていたんじゃあないか、という説もあとから聞きましたけれども。とにかくその幸野園というところへまいりました。当時は呉の町の中の果物店も、魚屋も、店頭は全部からで、たしか味付若布というものが、陳列台にいつも転がっていたようです。映画館の中には、稀に干バナナがセロファン包みで売り出され、それを争って買っていました。

幸野園には痩身鶴の如き羊三主宰と、世話女房タイプの塩崎光子夫人がいらっしゃって、お二方を中心に歌会のようなことがあったようにも、歌の話や世間話で終ったようにも思います。海軍の兵長か何かの制服を着た凛々しい軍人で石田大麓という方も御同席でした。その方の歌を覚えています。

張り満ちてしかも無心の風に散る木の葉の如く引金をひく

句切れの全然ない、随分呼吸の長い歌ですね。満を持して放つと言いましょうか、うまいなあ、と思った記憶があります。

話がはずみまして、私の投稿歌について幸野先生が、白秋の影響がかなりあることを指摘されました。少年時代「思ひ出」を読みふけったことも大きな要因でしょうし、先に話しましたように、実兄が「多磨」の会員で、掲載誌を送ってくれましたので、それをしらずしらずにまねていたんじゃないかと思い、はっとしたことでした。薫染というものは、恐ろしいものです。何物の薫にも染まらない歌をつくろうというのが、その頃の私の望みだったんですけれども、免れ難くそういう傾向はあるようです。しばらくして籠に、無花果の葉を敷いて、その上に折しも熟れ加減の果実がたくさん盛って出されました。今にして思えば、坂を登りながら汗ばむくらいな気候でしたから、九月中旬、彼岸過ぎだったろうと思います。

幸野園いく夜の露に色寂びし珍《うづ》の木の果《み》は葉に載せ賜びぬ

これが次の「木槿」用に送稿した歌です。ところが、またそれが直されまして、「珍の木実は葉にのせてたぶ」となっていました。「載せ賜びぬ」と「載せて賜ぶ」の差が白秋と水穂の差でしょうか。うなずきながら、釈然としないものを感じていました。添削を受けるたびに、私はいつも屈辱感を味わいました。だからこの頃他人の歌を見てもなるべく直すまいと思うんです。でも、見るに見かねて直す場合もあります。当時やはり私の「葉に載せ賜びぬ」という寸づまりの表現が、主宰者には気に入らなかったんだなあ、「葉に載せて賜ぶ」、まあもともと、たいした歌じゃありませんから、どう直してみたところでしようがないんですけど。それはともかく当時は、無花果はまさに天与の美果で、舌鼓を打ったものです。

敗戦直後の広島の町へも来たことがあります。どういうわけで、何の用事だったかは忘れましたが、宇品の近くの旅館で泊った覚えがあります。寸暇を得て、寒風吹き荒ぶ港のあたりをうろうろしていました。市電の宇品の停留所の近くに一軒、本屋がありました。新刊書を売っていました。昭和二十三年のことだったと思います。バラックに近い、粗末な店舗で、本と言っても、精々三、四百冊、急ごしらえの棚に、雑然と並んでいました。それでも、新刊本のインクの香は、ビフテキや珈琲の匂い以上に魅惑的でした。私は引かれるようにその書店に入りました。みすぼらしい雑誌、汚いザラ紙の書籍、仙花紙の文庫本などがありました。いわゆるカストリ雑誌が山のように積まれていました。

その奥の方に、どういうわけか、西脇順三郎の「あむばるわりあ」の昭和二十二年刊、あれがひっそりと背中を見せていました。はっとするような感動と共にそれを買いとりました。昭和八年頃に、〈Ambarvalia〉と横文字で書かれた本が出ていることは、ものの本で読んで知っておりました。それが記憶の隅にありましたので、平仮名で「あむばるわりあ」と書かれた、その本をどきどきしながら買いました。穀物祭、収穫祭の「あむばるわりあ」という詩集の内容はほとんどしらなかったんですが、昭和二十二年刊のを読みまして、目の覚めるような思いでした。そこには、宝石函を引っくり返して、叡智の光をあてたような鮮烈で豪華なイメージが溢れていました。しかし、戦前の産物です。思えば、成程、我々の先輩は、例えばあのアポリネールのカリグラム〈刺し殺された鳩と噴水〉の表紙の「日本歌人」を発刊した前川佐美雄、あるいはその領袖たちも、こういう文明思潮をすでに昭和の初めに通過していたんだな、ぐずぐずしていては我々は追いつけない。更に、一歩先んじた新しい世界を大急ぎでつぎつぎと開拓していかなくてはならない、と身に沁みて感じたことです。

その頃から私の書斎はフランスの文学書がひしめくようになっていました。ドイツ文学はなかなかその頃はまだ入って来ませんでした。北欧・ドイツ系では戦争中は例えばリルケからヤコブセンまで、なかなか活潑に出版され続けていましたが、敗戦をもう一つの区切にして、特にゲルマン系文学はなかなか手に入らなくなったように覚えております。むしろフランスのものはサルトルの「水入らず」「嘔吐」などがはじめとしてわっと市中に現われました。懐しい文学です。

それから映画は、例のディアナダービンの「春の序曲」に始まりました。フランス映画では「美女と野獣」ジャン・コクトオの。これこそ「戦後」だ、本当に日本にもやっと春が来たという気持を味わわせてくれました。サルトルと言うと、古い古い昔の話だ、実存主義とかエグジスタンシャリスムとかいう言葉もあったなあ、と記憶をよみがえらせる方もあると思います。〈ラパン〉で〈ラパン・アジル〉を、ベル・エポックを思い出されるように。

そしてその頃からまた私はシャンソンの蒐集をはじめました。いろんな手蔓を求めて、あるいは直接フランドのことを調べてゆくうちに、戦前は日本で発売されていないレコードがあることに気付き、フランスに行くことによって、更につぎつぎとシャンソンのレコードをふやしてゆきました。実は私には、音楽に関する著書が三冊あります。中の一冊『薔薇色のゴリラ』は、私の蒐集したシャンソンのことについて細大洩らさず書いてあります。京都に人文書院という、ボーヴォワールの著書などを出版している本屋さんがあります。そこの社長が、私がシャンソンのコレクターであることを知られて、どうですか、シャンソンの本を一冊書いてみませんかと誘われました。私は、百聞は一聴に如かずで、そんなものをいくら書いたところで、実際に聴く一曲の感動にはとても及ばないじゃありませんか、と答えたところ、そんなことはあるまい、文章を読むと曲を聴いた以上の感動を得られるほどのものを書いてこそ、あなただろう。あなたにはそれができるといわれたんです。

うまくのせられて、負けぬ気になって、百曲以上を選び、夢中で、興に乗って、縷々と書きました。まあ私の三十年間、熱愛した歌手、あるいは曲について書いたのですから、おのずから「技、神に入る」という面もあったんでしょう。短歌の方も常にそこまでゆかねばなりませんね。後年、その『薔薇色のゴリラ』という精選百曲の本を読んで、ある年若い友人が悲願をたてたんです。私がそこに選んだレコードを全部揃えなおして見ようという。勿論これは至難の業なんですけれども、この人まさに魔術師でして、苦心惨澹のすえではありますが遂にそれを九九パーセント集めました。私もそういう同志が出現しましたので、日本で戦前売り出されたレコードは勿論、フランスでしか出ていないレコードも洩れなく集めはじめました。今日では恐らく一千曲を越えることだろうと思います。

フランスワーズ・モレシャンの御主人、長瀧達治さんも「国文学・解釈と鑑賞」の特集号に書いておられます。日本人の書いたシャンソン論というのはほとんど読むに耐えないけれど、塚本邦雄の書いたものだけは、フランス人の愛読にさえ耐えると。シャンソンもそこまで没入いたしますと、底のしれないものです。レコードになって残るか残らない、その境目の、十九世紀末頃のものが手に入れたくなるんです。またむし返しますが、呉の〈ラパン〉。その〈ラパン・アジル〉「跳兎」や〈黒猫《シャ・ノワール》〉で歌われたベル・エポックのシャンソン、それも、やっと戦後も四十年代に入ってエピックというレコード会社から出たんです。アリスティッド・ブリュアンは草分けで、真っ黒のマントに赤いマフラーというでたちで歌った歌手です。十九世紀末から二十世紀初頭に活躍しました。ロートレックのポスターの中に描かれています。戦争中呉にいる時もその〈ラパン〉という名前を聞くごとに、古き佳き時代の、伝説的な名曲を次から次へと想像したものです。戦前には、ついに一曲も輸入されなかったものです。ああ、イヴェット・ギルベールの「辻馬車」よ、マイヨールの「マッチッシュ」よと。

生きている間に恐らくもう我々にはそれらの歌声を聞くことなどはできないだろう。第一その頃、一九〇〇年代はじめの頃のレコードの吹込みなどされていたはずはない、と絶望していました。一つの夢、恐らくこのようなはかない夢を抱いて、呉で焼夷弾か何かにあたって死ぬんだろうなあと初めは漠然と後には確信をもって考えていました。

戦中派はよく戦後は余命だといいます。余命すなわち残年、間違いありません。死ぬべきであった命をながらえているんですから。だが生きていることが不思議でしょうがなかったのは、三年か五年ですよね。十年経ち二十年経てばそれが当然のことになります。かつてのことはなるべく忘れたがります。初心忘るるにしかず、とも言えましょうか。自分のかけがえのない青春はあまりにも惨めであったから忘れてしまいたいんですね、そういう中で生れた短歌だから私も忘れたいんです。

初学であり、貧しく、しかも拙い歌であるから忘れたいというのと、一つ、歌を忘れることは同時に、その当時の、あの惨めな記憶から別れることができるからだろう、別れられるだろうという、一つの儚い希望があったわけなのです。

一種の感傷でしょうか。どす黒い虚無でしょうか。しかし、一方で考えます、余命、余生であればこそ、なおさら簡単に、捨て去ることができない。余生をさらに有意義に生きるためには、あるいは消し去ってしまおうと思った過去を、もう一度照らし出さねばならぬかもしれない。話しながら、私はそう思いはじめております。あの地獄を生き耐えて来た魂を、身体を、つまらないことで、むざむざ費し、汚してたまるものか。あの凄じい犠牲をあえてして、それを償わずにおくものかと、歯軋りするような口惜しさに支えられて生きて来ましたし、今後もそうでしょう。

先程申しました音楽関係の本三冊の、今一冊はみすず書房の『虹彩《イリス》と蝸牛殻《コクレア》』、残る一冊は白水社から出した『玉虫遁走曲』です。虹彩は眼の、蝸牛殻は耳の器官の解剖学用語で、視覚と聴覚を意味します。視覚の方は映画を、聴覚の方は音楽を、ということは、記憶に価する音楽映画や、その時代の芸術について語ったものです。『玉虫遁走曲』は主としてクラシック音楽について書きました。それらの中の大部分は戦前のもので、その体験の何割かは、呉において得たものです。

呉九丁目、山側へ三百メートルの音楽喫茶〈鳥雄《とりお》〉で耳傾けた、ベートーヴェンやバッハやモーツァルト、ヴェルディにプッチーニにレスピーギ、今でも、空襲直前の夜に聴いた、モーツァルトの交響楽四十番のモチーフを耳にすると涙が溢れます。

二時間も三時間も、怪しげなコーヒー一杯でねばっていた、「国民服」姿の顔色の悪い男に、あの店の女性は、ついぞ一度も、いやな顔をしませんでした。生きていたら六十代末くらい、馳せ参じて改めて、心からお礼を申し上げたい思いしきりです。

映画も呉港館を初めとして、広島の東洋座に高千穂館に地球館、そこで貪るように見た映画のかずかずが、お蔭で文章を書かせてくれました。東洋座で観た封切後四、五年目の「たそがれの維納《ウィーン》」、あの映画のクライマックスは、そのウィーンのオペラ座へ、当時の名テノールであるカルーソーが来演するところなんです。リゴレットの「女心の歌」を歌います。このシークェンスは歴史的事実を踏まえています。主役の、女たらしの画家ハイデネックを演じた美男俳優アドルフ・ウォールブリュックは、戦後、ヒットラーと同名であるのを嫌って、アントンと改名しました。「赤い靴」に、少しも衰えを見せずに主役を演じていました。

高千穂館で観たモーリス・シュヴァリエの「微笑《ほほえ》む人生」はその後二度と再び上映されません。呉港館で観たデュヴィヴィエの作品「モンパルナスの夜」もあれが見納めで、この頃では、フィルム・ライブラリーへ行く以外、観られません。

失礼ながら、あの汚い映画館で、あの陰惨無比の推理映画を観る味は格別でした。この映画はカリエスと肺病で余命いくばくもない学生ラデックを、ロシアの名優インキジノフが演じており、重要なシーンにシャンソン歌手のダミアが現われて「哀訴《コンプラント》」という歌を、陰々滅々と披露するんです。

地球館、あそこも汚なかった。あそこで観た「ミルトンの幸運児」も二度とお目にかかれない。あの映画の中で珍声優ジョルジュ・ミルトンが、有名な「隊商《キャラバン》の歌」を「演じ」ます。ミルトンと言えば「モン・パパ」をはやらせた歌手です。「隊商の歌」では隊長に惚れたベドウィン族の娘が、どこまでもあとをついて、歩きに歩き、ついに足がすりへって膝で歩くという、その恰好を見せながら歌い続けて、観衆に泣き笑いさせます。『虹彩と蝸牛殻』が書けたのも、半分以上は、この戦争中の呉・広島体験のお蔭です。私から青春を奪った戦争の、これはささやかな贈物だったのかも知れません。

共にこれらを観た映画マニアの青年も、十九年の中頃、満洲派遣軍にかりたてられてそれっきりですから、私はよほど悪運が強かったのでしょう。私は映画館の暗がりで、映し出される作品のタイトルバックを、原名・配役・スタッフ一切、手探りで書写する習慣を持っていました。横綴りを今でもすべてそらんじているのは、そのせいです。家へ帰ってから、このメモを、すっかりノートに転記浄書しないと気がすみませんでした。フランス語に熱中したのも、一にシャンソンのため、二には映画への配慮からでした。

思えば、これらをも含めての体験のすべてが、私にとっての「初心」時代のかけがえのない収穫でした。「初心忘るべし」というのはかならずしも私の短歌の初学時代のことばかりでない、そういう風に私のかけがえのない青春、砲煙弾雨の中で過した青春、それをしっかり支えてくれたのは、呉であり、広島であると、私はこの頃になって沁々、あらためて思い返すようになりました。

呉という町にはめった来ることがありません。今夜この町に泊って明日、もう一日、呉の町にいようと思います。雨が降れば降るで、雨の中の呉を眺めましょう。例えばジャック・プレヴェールの「バルバラ」という歌の中の、ブレストの港のようにあるいは私の心の中に過去と未来を映し出してくれるかもしれません。昔行った、その広の町のたたずまいも、変っていれば変っているでもう一度確認してみるのも、私にとって忘るるべき初心をもう一度思い出すよすがになるかもしれません。そういう機会を是非もちたいものだ、と思っています。忘れた初心、それが何であるかは別としまして、私は昨日の自分といさぎよく別れながら、それでも心のどこかで、かつての私を大切にします。もしも余生が十年ありましたら十年、二十年ありましたら二十年、つねに前を向いて歩いて行く積りです。そして前のめりになる時はその錘に、自分の原点に引き戻す時の錘に、つねに呉という港を、港につきものの錨その黄金の錨の錘をつねに私の心の中に輝かせているようにと、ひそかに祈っております。

そして現在呉に、広島に住んでおられる方々が、この地を、安芸の国を大事にしている一人の歌人がいることを心の片隅に置いていただきますように。御静聴を感謝します。

# 跋

## 未刊未熟未遂の辭

奇妙な呼び方ながら、既刊の未刊歌集『透明文法』と『驟雨修辭學』に、このたびまた一冊、この『初學歷然』を加へることになつた。三つの中では最も初期の、幼稚な作品歷の公開であり、當然忸怩たるものがある。公表の理由はただ一つ、所收の作品はすべて、昭和十八年から二十三年までの五年間に、斷續的に、歌誌「木槿」に發表濟のものであつて、勞をいとはぬ有志には、拾收繙讀の可能性あり、從つて、歌集として上梓するのは、不特定少數有志の勞を省くためであると、有志中の有志二氏に說得されたために他ならない。今、讀み返すと、忸怩どころか冷汗三斗の思ひしきりである。解說の勞を進んでとつてくれた安森敏隆氏と、『透明文法』編輯時の昭和五十年秋、既にこの未刊歌集不載分の再錄發刊を企て、今日まで延々と私に勸め續けて來た政田岑生氏、この兩氏の熱意を、感謝すべきか、あるいは憾むべきか、私は大いに迷つてゐる。

『透明文法』は、「『水葬物語』以前」の但し書通り、昭和二十六年刊第一歌集に含まれない、それ以前の未發表・既發表作品から選んでゐる。今、記念のために、その跋文を再錄してみよう。執筆は前記、一九七五年十月である。發行所は大和書房。

杉原一司に獻じた『水葬物語』は、彼と相見えた時からその死に到る約二年間の作品を收錄してゐた。すなはち、同人誌「メトード」初出の作品群を編輯構成したものである。それ以前の夥しい試作を潔く切捨てることによつて彼に殉じ、暗中模索の過去は葬る決意であつた。過去は葬つたが、その時保留した未來が私に以後二十餘年作品を書き續けさせる結果を生んだ。杉原に殉ずることを、短歌、定型韻文詩ひいては文藝と共に生きることに代へたと言ふべきだらうか。

切捨てた作品は、私が戰後廢墟に歌人として目覺め、ほとんど孤立無援の狀況下に、ひそかに、しかし烈しい敵意に燃えて書き繼いできたものであり、中には歌誌「オレンヂ」(後「日本歌人」)、「青樫」、同人誌「くれなゐ」に發表したものもまじへてゐる。未知の杉原が作品によつて私を認め、ただ一人の盟友と想定しはじめたのもこの期間であつた。私も亦彼が「オレンヂ」や同人誌「花軸」に發表する作品や試論に、稀なる詩友の志を酌みとつた。

硝子器の罅《ひび》を愛すとあざやかに書けばいつしか秋となりゐる　杉原一司
夏の陽に灼かれて日日をあるばかり石は花花のやうにひらかず　同
曼珠沙華咲く散歩道行くとてもきらびやかなる惡はねがはず　同

これらの歌との出會が私の運命を變へた。もし出會はなければ、私はつひに理解者を求めることなく筆を折つただらう。變る運命をかすかに豫測しつつ重ねた試行錯誤の累積を、すなはち前述の切捨てた過去を、私は筐底に祕して人に示すことはなかつたが、この中、作品として自立してゐると考へられるもの三百首を選び、このたび『透明文法』と名づけて上梓することとなつた。編輯、構成から裝釘造本其他一切を宰領した政田岑生氏の、抗しがたい熱意と慫慂によるものである。私は『透明文法』の背後に、この後も暗然と獨り立ちつくすだらう。

杉原一司は「オレンヂ」所載の私の作品に關して、痛烈な批判をよせて來た。酷愛すればこそ、敢へてする鉗鎚のたぐひであることは、その言々句々に察せられた。一面識もない相手に、ただその作品のみを信じ、そこに稀なる同志を認めて、一途に言ひつのる彼の友情に、私は生れて始めてとも言へる感動を味はつた。一からやり直すつもりで、彼のやや短兵急な詩論を實作に移し、次から次へと、鳥取縣丹比村の彼のもとへ送つた。

犀利眞摯、急所に肉薄して有無を言はさぬ批評がただちに返つて來た。自信作も時には滿身創痍の有樣、唇を嚙み、腕を撫して、彼の辛辣な言葉を憎んだこともある。だが、日を經て、次第にその鞭韃はゆるやかになり、稀には、わが意を得るやうな讚辭をまじへ始めた。三十首の中二十首以上に、秀作佳吟のマークがつけられて來るやうになつた。そして『メトード』創刊號に出品した「アルカリ歌章」には、その發想・技法、既にみづからの希求するところを超えたとの感想がもたらされた。

この頃杉原一司二十四歳、この早熟の天才は、自分の、世に先んじた秀拔な詩論詩法・短歌觀が、みづからの言葉と文體で歌に生れかはらせる技術に遙かに優先してゐることを熟知してゐた。逆に私が、思想を言語化する技に一日の長のあることを、逸早く見拔いてゐた。彼は私を「覡」として、神なるおのれの聲を傳へさせたのだらうか。ともあれ、もし、私に、眞に歌に志し、改めて目覺めて以後の「拾遺」があるとすればこの時期であらう。『透明文法』は片鱗である。この拾遺・補遺のたぐひを收めた幻想未刊歌集より、更に重要なのは、杉原一司が私によせた、前記の書信の束である。昭和二十五年二十五歳の死を本能的に知り、ひたすら生き急いだ天才の、喘ぎと歎聲が、便箋の中に犇き谺してゐる。讀み返す時、淚滂沱たるを禁じ得ない。

敢へて明記してゐないが、歌誌「オレンヂ」（後「日本歌人」）・「青樫」及び、同人誌「くれなゐ」の他に、「木槿」所載のものも混つてゐる。詳しく言ふなら、「青樫」發表作と「木槿」のそれとは、多少の推敲・異同を交へつつ、重なるものが多いので、一方を以て代表させてゐるに過ぎない。仔細に比較點検すれば、『初學歴然』と『透明文法』の重出は容易に發見できるが、上限は、昭和二十一年五月「木槿」に發表の「おほかたは餓ゑにかかはるものいひのさむざむと霜に咲く花八つ手」であらう。この一首は『透明文法』巻頭の「蜉蝣記」一聯二十五首中の第七首目に、初句「おほよそは」とし、「餓ゑ」を「飢ゑ」に變へて收めてゐる。

結果的に、敗戰翌年春以後「『水葬物語』以前」、約五年間の作品であり、敗戰以前の習作を含むのは『初學歴然』のみといふことになる。また、『初學歴然』の敗戰前下限は昭和二十年六月、敗戰後上限は二十一年五月、この間約十箇月の空白は、「木槿」の休刊もしくは私の缺詠によつて生じたものと思はれる。

顧みれば、未刊歌集の上梓は、まづ『驟雨修辭學』から始まつてゐる。昭和四十九年六月、大和書房刊。これは極く一部以外、私の短歌手帖の中に眠つてゐた作品群からの自選であつた。由來、私はたとへば五十首一聯の發表に際しては、その約二倍の作品を創つて備へる習慣がある。序數歌集は原則として、既發表作品を纏めての編輯であるから、三百首の歌集の背後には同數の未發表作が殘されることになる。この間の事情をも含めて草した、元未刊『驟雨修辭學』跋文を引用する。

> 私はいくつかの未刊歌集をもつてゐる。成立以前の歌を悉く創つた『水葬物語』から、綜合誌發表作のみで編んだ『裝飾樂句《カデンツァ》』『水銀傳説』『日本人靈歌』『綠色研究』『感幻樂』までの六歌集の背後には、まだ人目に觸れてゐない作品がほぼ同數眠りつづけてゐる。いくたびか「未刊」を「既刊」に變へようと思ひながら躊躇してゐたのは、「未刊歌集を持つ」といふ矛盾した表現の、そのつつましい豐饒感を樂しむためであつたかも知れない。

『驟雨修辭學』は『裝飾樂句』期の作品群であり、發表の機を喪つたまま十七年間仄暗い筐底にあつた歌三百首に、私は却つて深い愛著を覺えてゐる。各章の標題にも、昭和二十七年一月から三十年一月までの四年といふ私の遲くかつ暗い青春の一時期の記憶が重なる。

「雲母街」「金環蝕」「睡眠戒」「瑞典館」「點燈夫」すべて當時私が自己流謫を試みた世界であり、日日の戒律であり、私自身のまたの姿ではあつた。ふたたびそこへ還ることはないだらう。還ることも往くことも畢竟は異らぬこの狂言綺語の空間に、今眠りから覺めて立ちつくす私の嫡出の忘れ形見のために、瀟然たる驟雨をみづから餞けよう。

　なほ本書「雲母街」中の三十三首は「雁」3に掲載されたものである。また最も初期に屬する未刊歌集『透明文法』（『水葬物語』以前）も不日上梓の機を得るだらう。


　何しろ『裝飾樂句』は、炯眼の一友人が「療養歌集」と名づけた書で、その背景には、昭和二十九年七月から三十一年同月まで、まる二年の、肺結核自宅療養期が存在する。當然病床六尺、作歌作文が唯一の銷暇法ゆゑに、日に二首づつ作つてゐても千五百首は生れる勘定で、事實はそれを遙かに凌いでゐた。「ほぼ同數」は『日本人靈歌』以後のことである。そして、手帖の中に眠り續けて、永久に明るみに出ない作品を持つのは、歌人に限つても、恐らく免れがたい、極く普通のことであらう。

　次善・次々善を選んで「未刊歌集」として分類整理し、期を得てこれを公表するのは、一種の甘えであり、愼しみを缺いたことで、少くとも、みづから進んで試むべきではないと戒めてゐた。たとへば若山牧水、第一歌集『海の聲』期、すなはち明治三十八年から四十一年三月までの、既發表・歌集不載歌は、『若山牧水全歌集』（短歌新聞社刊）の「補遺」によれば、五百數十首にのぼり、歌集編纂の時初めから除外されたとおぼしい明治三十七年以前の若書、それも既發表作品はこれまた五百數十首認められる。しかも、『海の聲』期の不載作品中には「大虚《おほぞら》の青のなかゆく罌粟の實の地球に住みて生き倦みしとや」「樹を斜《はす》にかの高ぞらを雲わたる樹蔭のわれを知るや知らずや」「肌ふれて初めて少女われに添ふこの夜星降れ二月の家に」「床馴れてわれらに何の矜りある聽け戸のそとに櫻ちる聲」等々、歌集登載作中のどの一首にも劣らぬ秀作が夥しい。そしてこの現象は、程度の差こそあれ、爾後の各歌集に共通する。明治末年・大正初年、『みなかみ』期の既發表・歌集不載歌も、總計においては必ずしも多くはないが、中に含まれた愕然たる問題作は十指を屈してなほ剩らう。かうして默過するに忍びぬ作を選りすぐつてゆくなら、たちまち未刊歌集數冊が生れることになる。しかもなほ、この全歌集の「補遺」にも洩れた、牧水の未發表作が必ず存在するはずである。もし、彼の短歌制作控帳でも發見されるなら、未刊歌集登載候補作品は、そら恐しい數にのぼることだらう。

牧水はほんの一例である。茂吉は既發表・歌集不載歌の比較的少い方の一人であり、有名な、戰時下の未刊歌集數冊は別として、入集洩れを歎くやうな秀作は、全集の歌集補遺を通讀しても、『赤光』『あらたま』期に若干認められはするが、それ以後はほとんど見當らない。だが、彼の場合も、彼一人しか知らぬ未聞未見の短歌制作控帳がなかつたとは言ひ切れまい。あり得べき種々の狀況・條件を勘案豫測しつつ、鐵幹・晶子・白秋その他今日までの天才達の「未刊歌集」を幻想するのは、樂しくかつ怖ろしいことだ。鷗外・賢治・かの子ら、專門歌人と見なされず、しかも專門歌人を蒼褪めさせるばかりの秀作を持つ人々の、同樣の場合を想像しても、同じく快感と戰慄は相半ばする。

昭和五十七年五月、『定本塚本邦雄湊合歌集』(文藝春秋)を刊行した際、「補遺」に該當する作品は、原則として、既刊書籍中に含まれるもの、及び私の作品のみで成つた冊子、揮毫書の類に止め、雜誌既發表分は、「短歌」「短歌研究」「短歌現代」等にとどめた。同人誌・結社誌・新聞・諸雜誌の類に發表して、歌集に加へなかつた作のいくばくかは、散逸その他の事情によつて洩れてゐる。その中の最たるものが、「木槿」所載、すなはち『初學歴然』の戰前歌群といふことになる。殘るところは手許にある短歌手帖の、未發表・未登載歌群で、これには、まさに「初學歴然」以前ともいふべき習作群から、第十三歌集『豹變』までに洩れた次善・次々善作品まで種々雜多、成書となる機會もなく、またする氣持もない、闇から闇へ葬り去られて當然のものである。また、それらの中には、偶然一首だけ目にする時は、比較的佳作に屬すると思はれるものでも、丹念に各歌集を讀みたどれば、既に同種同趣の發想・技法の作の發見される場合が多からう。

すべからく、私も亦、序數歌集以外は、定本湊合歌集にも加へるべきではなかつたと、後悔することがある。ひそかに、この歌を世に問ふ心構へで創つたものは、序數歌集に收められてゐる。餘は、みづからの遊び、あるいは風雅の樂しみのためになした作、あるいは挨拶その他の趣向によつてなした歌のたぐひであらう。たとへ、これらの中に、偶然、幾つかの、序數歌集所收作を超えるものが混つてゐたとしても、それは第二義的なるものへの辯解にはならないだらう。私のこのややかたくなな信條も時にはゆらぐ。

一例を言へば、『花にめざめよ』(文化出版局)は、昭和五十四年、古澤岩美畫伯の自刻自刷銅版畫十三點に寄せた、十四行詩仕立十二篇、計百六十八首より成る、六十六部の限定本である。春夏秋冬各三種、計十二種の花卉を主題とした群作は、徹頭徹尾、趣向に殉じ、頭韻と脚韻を完璧に驅使するため、時には歌そのものの韻律すら犧牲にしてゐる。この錯誤多き試行にも、稀なる恩寵に類する批評を蒙ることがあつた。

佐佐木幸綱氏の「塚本邦雄をどう讀むか・遊びの心の復權」は、「國文學解釋と鑑賞」の昭和五十九年二月號、「特集＝塚本邦雄の世界」の卷頭論文であり、前記『花にめざめよ』を俎上にして、論じ來り論り去り、私の遊びを一つの詩學に高め、試みを道にまで發展させる、私にとつては身に餘る褒詞であつた。むしろ私は、かかる具眼の士が、常にどこかで見守つてゐてくれることをひそかに恃んで、遊びめかせた捨身の試みをしてゐたのかも知れぬ。終始全責任を負うて當然のみづからの營爲に、「かも知れぬ」などとは、生溫く、他人事《ひとごと》めくが、結論として、序數歌集以外の傍系的作品集も、紛れもなく私の分身であり、遊びも亦、命を懸ける時は、正面切つた述志に肉薄することを、遲蒔ながら會得したことだつた。そして、この後も、臆せず、惡びれることなく、公表・刊行の勸めには隨ふべきであらうと考へた次第である。

この著の校正刷が出初めた六月上旬、圖らずも、私が戰爭中、亡母及び實兄にあててしたためた雁信の一切を入手することができた。その時々の短歌詠草もこの中には混つてをり、「木槿」「青樫」に出詠以外の作品も五百首を超えてゐる。纖弱・粗雜・愚昧、負《ふ》の性格を帶びた形容詞を總動員しても追ひつかぬこれら習作群を、私は不日火中に投じねばならぬ。初心忘るべし、初心忘るべし。

『初學歴然』上梓に、もし何らかの意義があるとするなら、またいささかでも參考に供するところありとすれば、一切、冒頭に記した安森・政田二氏の誠意の賜物であらう。この二方の依賴に應じて、該當作品所載の「木槿」舊號等、資料の提供の勞をとつていただいた、そのかみの日の私の先達、松本門次郎・中本庄市兩氏の御配慮に深謝する。

一九八五年七月

著　者

# 透明文法——「水葬物語」以前

＊未刊歌集

一九七五年十二月二十日
大和書房　刊
菊判變型　貼函附
丸背　三百三十二頁
装幀　政田岑生

# 蜉蝣紀

眼裏《まなうら》にかなしみの色湛へつつ壮んなる夏の花に對《むか》へり

しばしとてなにかやすらふ鬼百合の一莖朱く天乾きたり

草の秀《ほ》にましてするどきこころもてひとりし赴《ゆ》けり炎《も》ゆる夕べを

厭ひつついづれはここに果てゆかむ巷に夏の霞にごりをり

八衢《やちまた》はとほくほろびてあらくさの花うたかたに似つつ散りゐき
萩一むら野分に昨日《きぞ》のにくしみのなべては言はず散らされにけり
おほよそは飢ゑにかかはるものいひのさむざむと霜に咲く花八つ手
枇杷の花夕べの霜に冱ゆるころ古歌とほくほろび韻《ひび》きを傳ふ
飢ゑすなはち魂《たま》にしひびくことわりや枇杷散りてさむき膝をそろへぬ
飢ゑにかかはる言《こと》おほかたは盡しけり薺《なづな》の花のしるき霜荒れ
額《ぬか》あげて見む春ならずわれもまた咲かされて明日に冷ゆる葉ざくら

鬱金櫻《うこんざくら》蘂蒼みつつ散るなべに遺響のごとき春なりにけり

罌粟の實も巷も額《ぬか》も濡れ光りあやふし夜夜の夢にさへ雨

肉と心觸るる愛《かな》しき夕まぐれそれのみの夏にわかれかねつつ

愚かなりしきのふのわれを言はざれば皎《かう》とし荒るる花薄原

やぶれはててなほひたすらに生くる身のかなしみを刺す夕草雲雀《ゆふくさひばり》

蜉蝣《かげろふ》と燈《ひ》と秋霧とうすれつつひとりなる夜夜をわが炎《も》ゆる莫《な》し

かなしみのすゑに澄みゆくいのちぞと霧冷ゆる夜夜の菊にむかへり

華やかにこころ領せし紅葉《こうえふ》の散り亡せて天は渇く風のみ

もろともに誇る一日を持たざれば百日紅《さるすべり》白し眞夜《まよ》の坂路

流れゆくも一莖の花耀《て》るならぬ水見し今日の心の細り

及びなき希ひの果に萌ゆる芽の合歡《ねむ》なるやひとり目をつむるなり

母のくににかへり栖む日はあらざらむ藍うるむ海の夕澪標《ゆふみをつくし》

いつはりおほき男子《をのこ》となりてかへりきぬふるさとの雪の下のちちはは

臘梅の花にじむ日はかへりゆき男子なる見榮もすてて眠らな

# 暗綠調

ヒューマニズムもそらぞらしかる世の隅にともかく匂へ凋《しを》れ白梅

言葉なき思想のするゑをひきずりて石楠花《しやくなげ》白き山に入りゆく

肉體の神もしらさぬ暗がりにほのぼのともる一つ菜の花

華華しく生きむと帽子脫ぎたれどびしよ濡れの花見ゆるばかりよ

腸詰の空罐に插す花木槿《はなむくげ》凋《しを》れやすきを抒情と言へり

さくらばな見るかげもなきわれはまたよそむきて歌ふ神の頌歌《ほめうた》

肉體も花と炎えたる日のすゑをかなしみのごとき若葉なりけり

戀愛のモラルは彼に言はしめてよその野茨吹くみなみかぜ

愛戀のたはやすきかなわがうでに抱きしめたるは若葉風のみ

紫陽花《あぢさゐ》の鈍く濡るればくたびれし傘より低く心翳すも

肉體自身ものおもふ日は來りけりリュリュのやうにぽつと咲く花薊

戀を戀する影繪のやうな心より頰染むるかに夕合歡《ゆふねむ》の花

緋ダリアの凱歌ひととき熄《や》む晝も雄鷄のやうに男は歩め

綠蔭に「水いらず」「壁」を讀みふける君もまた蹠《あなうら》が痒いか

霖雨《つゆ》ふけて青葉のいよよ昏ければわがてのひらのすぢのみだるる

わが額《ぬか》に翅息《やす》ますする蝶ありと夏《げ》にむかふ心かすかにひらく

夏《げ》をこもるいのち細りて見るものに天なるや白き夕月の暈《かさ》

花ならぬ何炎《も》やしゐし一日の灰いささかを掬ひて立ちぬ

錢金のことに昏れたる一日よと蛾を逐へば蛾も燈《ひ》にいらちつつ
樹蔭《じゆいん》に影なきひるはみづからの影にのがれて息ふきかへす
陽がふたたびユーカリの葉に薄るると人間の皮膚かなしみにじむ
わが弱氣見すかされたる夕ぐれを痩麥の穗のたのみなき靑
舊いモラルや萎《しを》れし花を投げすつるただならず蒼き五月の湖《うみ》に
人間を信ずと言ひしジッドなりき白き曇りの及ぶ桐の花
蹠《あなうら》にきずある初夏のゆふまぐれ枳殼《からたち》の花の香の沁みとほる

生生《なまなま》しき若葉の樹樹の下くぐりひきさかれたる二つの心

心ひもじき夕べ若葉の風にたつ母ましし日の木芽田樂《きのめでんがく》

綠金《りよくこん》のふかき木ぬれにのがれてはともしつらねしかなしみの燈《ひ》を

盛りの花見しが不幸のはじめかと天《あめ》昏き日の青葉に對《むか》ひ

十方に青葉のかげの冥き日も眸《まみ》ひらき明日を夢みしと言へ

敵はずとうち伏しし時天高くひかり散り散る青葉つばくら

あぢさゐの翳青み射す雨の日はこゑのみて己《し》が歷史を歌ふ

野心おほかたうちひしがれて六月の花も無き樹樹の影ゆくわれは

肉體に鹽白くふく日の盛り鈍角のものはなべてにくしめ

萬緑のつゆ光る野にめざめたり翅《はね》濡れて透くわれのそびらよ

晝は木槿《むくげ》のおぼろに白き窓なればなげやりと言ふ美徳が棲める

朱雲《あけぐも》のうつろふ方に逐はるると汝《なれ》ひとり萬緑の野に佇《た》たしめし

慾望のあとかたもなきあさあけと花合歡の淡き汚れ見にける

むらむらと花人參の光《て》り白むわが性のめくるめく時あれよ

棘の薊の不逞に光る野を怖れとほまはりすればどこへも行けぬ

# 天の傷

海が青いはなびらのやうに冷ゆるとて夏の昧爽《よあけ》に身を漂はす
海も葡萄も眞青《まさを》に濡れて秋が來る老人のやうに坐つてゐるな
炎天に葡萄のたぐひ鬻《ひさ》がれてむらむらと靑し退くなかれ
うづたかき埃のなかに座を正しはるかなる十方の秋を聽くなる

朱《あけ》いささか濁りし百合の花にむき鋭かりきわが心の飢ゑ

烈日を花紅き梢《うれ》に逐ひつめて打ちたたく夏の終りと思へ

樹樹すでに殘んの花も亡《う》せたれば神は神われはわれの晩夏ぞ

殘花紅き夕べの庭に下り立ちて水飲めり萬斛《ばんこく》の憾みのごとき

われはまたおろかにひとり瞬きて秋茄子の色冱ゆるを見たり

白いシャツを青青と著てメキシコの野の歌うたふわれは空腹

袋小路の奥に海ありしほたれてわが棲めど秋は青くひびけり

藍青《らんじやう》の海近き街とすがしめど水汲めば水の鹹《から》く濁りつ

孤りなるわれの頭上に澄みきりて秋天《しうてん》は深き傷あるごとし

むしろ険しく生きむと心決めし日の秋天は脆き光こぼせり

颱風は冱え冱えと野を過ぎにけりわがつづる片片のこころ

曼珠沙華のきりきりと咲く野に立てば身の底に湧く飢ゑもくれなゐ

われもまた衆愚の一人おろおろと後退《あとすさ》りしつつ見し曼珠沙華

巷より眼かすみて出づる時いらいらと美《は》しき野の斑猫《はんめう》よ

飲食《おんじき》に秋はいよいよ尖りくる心なりすでに草紅葉なす
昧爽《あけ》ちかく鷄頭の朱を視たりしか眸《まみ》かわき一日昏かりにけり
群盲にわれはまじりてきりぎしにさむざむと紅きもみぢを見たり
噓だらけなる世に生きかねて鷄頭の莖裂けば髄の髄まで紅し
蜩《かなかな》のこゑ消えうせていつかわがおもひも天に狹《せば》まりゆけり
候鳥の影おとしゆく斷崖《きりぎし》に一日對へりき何も無かりき
天才には遂にし及かず紅葉をきらきらと泥の上《へ》に撒きちらす

いくたびか棲家を變へて飲む水のさまざまに身に沁みて鹹しも

もみぢくらく耀《かがよ》ふひるをひとり臥すわがてのひらの翳も紅しよ

火をつけてあとは忘れし草はらのある夜夢に立つ黄の灰かぐら

青紫蘇の實をはりはりと嚙み散らす人に使はれていつまで生きむ

赤裸《せきら》なる心に刺さり白霜のひりひりと白砂の上におくさま

誰も見てくれるな今朝は霜にまみれいのちひきずりゆく秋の蝶

ひきちぎるごとくに秋の日を閲《けみ》し今朝億萬の霜の下じき

いよいよにするどき霜と思ふ時満身の創朱《あけ》にじむかな

萬象に今朝凜凜《りり》として霜白しつつましくひとりの棲家たづねよ

幹の裂目にびりびりと陽はさしゐたりこの光吾をとどまらしむる

霜天《さうてん》のひかりするどく刺さり來てわがてのひらのきずかず知れぬ

寒《かん》はひはひは撓むかけはし驅けくだり生ありしものの嗄《か》るるこゑごゑ

火食鳥の火をくらふさま見たりけり寒ふかきわが藍青《らんじやう》の眼に

火食鳥は綠野《りよくや》蹴たてて奔り去る火に飢ゑてここに一羽のわれよ

光さむき氷にうつり消えゆけり父に母に肖しその老《おい》の貌

煉炭に十二の昏き孔ありて縷縷としもわがこころかよふ

ふりそそぐ寒の光につつしめり舌赤く垂れわがうつそ身の

拉がれてゐる日日のみと思はねば今朝は佛手柑《ぶしゆかん》の黃なるを愛す

蜥蜴《せきえき》と生れかはりし夢さめて如月あさやけの天《そら》の皺

亡き母の白髪いよいよ白からめ皹《ひび》割るる冬の底の夕闇

# 水上正餐

海風《かいふう》に二本のゆびがはこばれぬ濡れた街街の花を匿《かく》せよ

ふてぶてしかりしは昨日《きぞ》か霧白き夜の夢に移り住むデンマーク

寒中はものみな毀れ易し掌《て》の蕃椒《たうがらし》がはらはらするばかり紅き

われより先に誰かこの崖ころげ落ち死にたらむあたり菜の花蒼き

菜の花のつめたき朝の崖下りひとり敵《かたき》の街にむかへる
われにはとほき功名の地よ春潮の滿ち來るひびき聽きて眠らむ
樹氷《きばな》咲く樹樹くぐりぬけみづからのかすけき才の限り知りにき
泥沼の上歩めるとたまゆらも忘らえず　木の芽爆《は》づるけはひす
濕りたる帽子抱きて拔けいづる巷なり黑き虹かかりゐし
鳶色の瞳いくつか燈《ひ》に濡れし葉櫻めぐりゆけり　還らぬ
終焉は近からむ若き幾人《いくたり》か春ふけて羽蟻の群にまじりし

リベラリズムと梨と卵と春塵《しゅんぢん》のさわがしき街に秤り賣られつ

十二使徒は誰を抱かむうす紅き燈《ひ》の洩るる階のぼりゆきつつ

われら短き命もてうちくだくべき偶像は黄なる霞に睡り

花の曇の底視むと攀ぢのぼり來し梯子なり天のいづくにかかる

ここは詩人の死ぬ巷ゆゑ一ひらの花と焰が遺しおかれき

青葉ふかく驅けめぐりつつ歌ふわが火の歌よたれも聽いてくれるな

太初《はじめ》に雌ありけり夏はセロファンの花乾く街はるかに亡ぶ

花より高く飛ぶマラリア蚊人われを神神は地に這はしめたまひ

シャンデリアの下まで行けずひきかへす貴族のなれの果《はて》青蜥蜴

よあけぼくらのシーツのうへに眞青の魚が一匹こぼれてゐたか

颱風のまなこ澄みゐる緑地帯薔薇あらばきみ踊りたまへ

貝類がわがてのひらに足出して歩みをり　天の青い俎

天に今も若いアダムが獨り立ちたそがれ栗の花粉を散らす

妻に嘘一つつかねば葱はみなみのりて天に突き立ちにけり

てのひらをみつめてばかりゐるきみに遠い夏空より火箭《ひや》放つ

重い緑の雲が次第に低くなりやがてつぶれはじめる卵が

欧洲へ火蛾を放たむ顰《ひそ》めゐるあまたの蒼き眉の間《あひ》より

われは黄なる掌《て》のアルルカンこの街の氷河さすらひつつ夏すごす

終り紅き花零《ふ》りやみし曇天にああ旋《めぐ》るドン・キホーテの風車

襟飾《タイ》ほどくたくましきゆび寝椅子にはむるむると波斯猫《ペルシアねこ》が逆立ち

遠方は鹹い海、海　ソフィストのほほばれる印度林檎は薔薇科

考へる豚なりき根の無い蘭科植物なりき火の街に棲み
一人づつ薄目ひらきて花たまへ花くれと呼ぶ屍體公示所
算術のつたなきわれにアラビアの牝馬がくはへ來し僞金貨
花と花と花のトリオにとりまかれ雄鷄が眼うるませてゐき
エプタメロン、デカメロン、千一夜物語娼婦衰へて崖に爪立ち
マドロスに今宵も逅へず少年は鷄冠にゆびふれて眠れる
春七たび雄蘂となりし少年に銀貨と黑いパイプの形見

海綿の重たき潮《うしほ》ふくめるをてのひらに　廻轉椅子をまはす

犯されしよりあかときもたそがれも白き馬過ぎゆけり瞼に

斑猫《はんめう》は函に祕めつつちちははも少女も知らぬ夜の地下街へ

環状路の終りの司祭館裏でとほき旅への三日月麪麭《クロワサン》買ふ

蠟燐寸すりて娼婦の乳房より赤き凍蝶《いててふ》よみがへらしむ

屋上にある日瞰《み》し町雪ふりて無數の蝶の墓ならびゐむ

聖家族憊れて眠る薄明にピアノ響《な》りつつはこび出されぬ

詩人、詩人の證《あかし》をたてにゆく葦の芽ぶきおぼろなる夜の濕地帶
葡萄園枯れ果ててより體溫のわれより高き者を戀ふなり
乳母車ばかりからからゆく下の街見飽き塔の風見鷄死す
船はハレムへハレムへいそぐ滿月の海に汚れた帆を疊み上げ
眞夜中の肌のぬくみのある砂にもぐり卷貝の神聖受胎
拔穴を知つた二人が二度と目を注がぬ夜の家鴨の塒
誰知らぬ祭の夜の森に逅ふ鬚のヴァルカン髯無きフォーヌ

喇叭最後に皆散りぢりに　月明の祭壇は人と鶏の血に濡れ

めいめいの祕密の部屋の鍵孔に鍵忘れ青葉する夜の森に

密房の鍵ふかく鎖《さ》し耳すますさかのぼる夜の潮のひびきに

ソファに遺つたパナマ帽子に上沓に遠い記憶の黑人の髭

廢塔に巣くふ蜜蜂留守宅の市長夫人の掌《て》に蜜はこぶ

輸精管なめらかにある新綠の夜の溫室の轉落公子

水中に一夜漂ひたり黑き腕に抱かれし銅《あかがね》の墓碑

華奢な額に眉にかぶさり目の見えぬシルク・ハットのごとし自信も
熟麥の穗波のなかの黑穗みな拔き去れり　はるかなる少年よ
いくつかの夜の寄港地で纏《ま》きかへた繃帶を解き朝のヴァレンシア
僧院の裏から百合が棄てられる夜明ちかづき乾ける湖《うみ》に
花盛りの罌粟をへだてて獸らの檻一つづつ濡れる夜となり
オルガンと黑い毛布を賣りに出しあとからつぽの無神僧院
無花果をたべる二人のささやきの扉の外みかげ石つみかさね

騎士達の發《た》つ夜となり棘のある舌しづかなる水面に觸《ふ》れ
骰子《さい》を振る女に考古學者らが贈るトレドの麥稈帽子
ここに男死す幕間《まくあひ》の花束を奈落にはこびはこびつかれて
薔薇の木の積木で建てた尖塔のうしろの國につづく旱《ひでり》が
透明な海くぐりぬけ種馬と貨幣をはこびくる季節風
蝶類の都に飛火した火事の因《もと》は迷宮入りかたつむり
七歳のアミの兩手にくちづけをする時遊動圓木きしみ

原子爆彈官許製造工場主母堂推薦附避姙藥

ハーモニカ吹きの裔とて肥厚性鼻炎つのらすとのゐつとめき

逞しい裸身が過ぎる花鋪《はなみせ》のおくで散る花桐のむらさき

破産直前の麪麭《パン》屋《や》のうら若い麪麭《ぱん》焼《やき》に戀されて手を燒き

種牛がゆあみする野の乳風呂に眞夜あたらしき大麥はこぶ

蘆の芽は牡馬のための聖《きよ》らかな朝食《あさげ》　天使たちには頒たぬ

酒藏の樽のあはひに蒸されゐる麥色の肢　毛深い腕《かひな》

# 八日物語《オクタメロン》

## 其の一　贋旅券の話

あるくたび鵞鳥が見とれ合歓《ねむ》が覺めゆくへ晦ますには無理な沓

つまさきのきずは庭師のつねなどと言ひはるほどの粋な來し方

弟が繼いだ遺產の古酒の名を遠國できくかぜのたよりに
六月の木苺宿の宿帳にジャンはジャンヌとルイはルイズと
新しきファラオの過去の妃らが狙ふみづうみばかりの領地
國籍のなき戀人がかくしもつ旅券のうらにあるただしがき
別れぎは聯隊旗手にくちづけをゆるしたあとのいたむあけぼの
氣のひける旅の途中のとある夜のホテルに入りぬ桐の花踏み

## 其の二　オラトリオの話

傳道館うらの濕路につくりばな散りゐき　街はさむき花季《はなどき》

老司祭過ぎにし戀を少年の彈くオルガンの音にやさしみぬ

王冠の似合ふ頭部とサンダルの脫げぬ足部がゆく　さかもりに

寺院には鳴るオラトリオ　空想の戰車に轢かれたる花によせ

法王の寢室に香をはなつ夜の檸檬《レモン》型《けい》時限爆彈裝置

持主のなき勲章を樹樹に吊り閉ぢたる園のそとに散る雪

爬蟲らの卵滿たせしゆりかごが河底をながれゆく　夜の海へ

飛行場專屬醫師のぬぎすてるそでぐちが耳に似たユニフォーム

## 其の三　墓の話

鐵製のひらかぬひつぎ　女王の木乃伊《ミイラ》がにぎりゐたるその鍵

遠方に喇叭なりゐききのふ今日毀れし寺院内に罌粟咲き
惡臭に滿つる花環にうづもれて　液體となりゆきたる軍歌
慾望にぬれてあく窓　終點へ蝙蝠傘がながれゆくかも
河港出てまれにはかへりくる船の中にしだいに老いゆく少女
屠殺場內にわすれなぐさひらきたる日夫妻の離婚なりたち
きずつける娼婦のむれが間をおきてよこたはりゐし地峽の街よ
街、街を灼きし夕日がおしまひは墓掘人夫《はかほり》の背に薔薇色に冷え

## 其の四　占星術の話

胃を病みてソプラノ歌手が讀みあげる飢餓報告書末尾の署名
爆彈の落著地點豫測せし少女も老いてゆくか平和に
議事堂の夜はみじかくはなやかな星うらなひで決める稅率
盲ひたる禁慾僧のみのらせし最初の桃の果《み》のひかる森
著衣せる聖母マリアの肖像にむきてむなしき夜の挨拶す

聖餐を享くる少女とそを目守る　死刑用電氣椅子職人と

要塞のむかし內らにいま外にこひびとの名をつづれり　兵士

砲塔にまたともる燈《ひ》よ　かずしれず小鳥わななきあふ冬の夜

## 其の五　いむぬ・じゃぽねえず

セザールのソナタを聽きし耳地下に腐りつつあり菊匂ふ墓地

洋樂の街よりかへる吊革にあぶらよごれのゆびからませて

かつてわれ善意にあふれ街ゆきぬ轢かれし花の今日に似し街

群衆の昏き貌見きたまゆらを桃色にひらく冬の花火に

眠れよといくさの唄に夢見よといつまでも子守唄は尾をひき

つるされし獣の肉のいろおもくこころににじみあはれ短日

老いゆかばいろなき冬日きみも背にうけつつ孤り焚かむ枯菊

街川に聖歌はひびく獸らのかばねとさむきゆめをつづりて

# 其の六　五月夜話

縊られし家鴨《あひる》を買ふとさしいだす肌の溫みを吸ひし銅貨を
えらばれて孵るまぎはにゆでられし卵ころばす凍れる卓に
うつくしき五月の夜も爆音に犯されてゆくつひの平和も
みがかれし斷頭臺にあさあけの雨にほふなり花ふふむあめ
贋眞珠つくりの末裔《すゑ》に平和の日つづく軍靴をけんめいに縫ひ

火薬工らのたくましき戀果てき午砲まぎらはしく鳴る街に

太陽は北に、ヴィナスの半身の腐蝕して立つ古きみなとの

夜の旗みどりのやみに重く垂れゐたりきもろきこころの砦

## 其の七　あきひそかなる日

頭韻八首

アヴェ・マリアああ秋ふかむ日の逢ひもあはあはし明日に剩すなき愛

消ゆる記憶きのふのきみのくちびるもくちなしのはな朽つる草生も

ひひらぎのはな零《ふ》らす日はひややけき碑銘に古りし一生《ひとよ》の悲歌か

そらの鳥苑のけものにそひて生く　僧門の眼よそよかぜに似て

紙うすき傘かたむけてかへりきぬかひなきかよひ路の片かげを

ナルシスの名のみ空しく虹に似つながされてゆく日日のなごりに

路可《ルカ》傳《でん》の縷縷と說かるる或るひるをかへりゆく雁かひるがへるなれ

ひと待つとまひるひたひのあせひゆるひとときを顫へゐるひるがほよ

アヴェ・マリアああ秋ふかむ日の逢ひもあはあはし明日に剰すなき愛
消ゆる記憶きのふのきみのくちびるもくちなしのはな朽つる草生も
ひひらぎのはな零《ふ》らす日はひややけき碑銘に古りし一生《ひとよ》の悲歌か
そらの鳥苑のけものにそひて生く　僧門の眼よそよかぜに似て
紙うすき傘かたむけてかへりきぬかひなきかよひ路の片かげを
ナルシスの名のみ空しく虹に似つながされてゆく日日のなごりに
路可《ルカ》傳《でん》の縷縷と說かるる或るひるをかへりゆく雁かひるがへるなれ
ひと待つとまひるひたひのあせひゆるひとときを顫へゐるひるがほよ

頭韻鎖歌八首畢

# 其の八　終りの日の別れの唄

鐵の扉《と》にユダ美しき聖餐の圖を彫りぬにがき一生《ひとよ》のために
薔薇插せる帽子のくらき翳にして交すなる戰爭《いくさ》までの日の戀
春の夜と濡るる屋根屋根ゆきずりの昏き睡りに逅ふひとときを
獸肉の脂光れるてのひらを夜のをはりとてあはせ　禱らず
からすむぎひねもす挽くは招かれし流刑地までの佳き旅のため

熟麥のにほふ項《うなじ》にあすの夜の狩への祕かなるいざなひを

戀の時きみのうしろにあはあはと死にいたる刻きざむ打樂器

婦人科の醫師去りてよりさはやかに秋のあめふる奴隷海岸

# 迷宮逍遙歌

戰場のしるし眞紅に地圖ありき春くらき壁の死へのいざなひ
ジッドの死、みどりの羽毛、はやり唄、みなわすられき夜の噴水
絃樂器ひびきかはせり　青年の未知なる暗き領土のなかに
結婚の夜のあぶら汗乾かざる木沓のなかの新調義足

洋樂の街ゆくときも青年の髮にまつはる硝煙の香を
紅蓼のたのしき芽生え玩具用戰車製造商破產後に
暗き日はみどりの翳りもつまぶた人知れず古き希臘《ギリシア》を戀へり
氷河とほくたそがるる部屋　熟れやすき杏と汗の冷えゆく四肢と
復活祭過ぎてやすらかなる街の夜明しきりにふれる死の灰
戀くらくわがまならうらにきざせると紅茶のなかにけむる牛乳
法王の喪の夕べのみ休息を葡萄壓搾器はたのしみき

五月祭變質したる鯖の眼をゐぐる廚に下僕のごとく
なまぐさき眼隱《めかくし》の掌《て》のすきまよりしたたる血見き禁獵地區の
休戰のふしぎな唄をちぐはぐにしらべて錆びる眞鍮樂器
ひまはりをくろく繡《ぬ》ひとり亡命ののちの羞《やさ》しき國旗となすも
夜の墓碑より這ひさがる蔓薔薇に縊られて愛ちかふドン・フワン
流刑地には佳き人の待ちゐるを知らず減刑願ふ兇盜
少女の喪明けたる頃に乾あんず黴びぬ毀れし寢椅子の陰に

基地よぎり來し乳母車ぎつしりと死にたる海鼠《なまこ》ゆすぶりながら

「巴里のアメリカ人」 曲果てて一様に黄色《くわうしよく》の頰攣《つ》らせ起つなる

蜜月ををはるふたりの廚房の戸に一列ににじむ釘銹《くぎさび》

重油槽内部からびてをりからの唄韻《ひび》きこもりたり「死と少女」

油ぬりて聖母マリアと同形のかがやく頭部奸智を藏す

饒舌の徒と花もたぬつるくさがまづ這ひいづる灰の城より

基地めぐる夜の薔薇園に銃眼はあまた光れり薔薇衞《まも》るため

火屋《ほや》厚きランプ積荷す　海彼なる革命の街に昏くともらむ

# 少年展翅板

櫻桃にひかる夕べの雨かつて火の海たりし街よ未來も

黑漆《こくしつ》のアラビア馬に賭けたりきさむざむと夏の夕べをかへる

人いきれいまださめざる空室に夕光《ゆふひかり》さす額のモナ・リザ

愛のことば泉なすとき夕やみのはてに軋みて鳴る手風琴

重き掌《て》の肩にあるとき夜の森のさはやかにしてにがき木木の芽

恢復期過ぎし娼婦の手にありて翅《はね》すきとほりたるかへでの果《み》

惜みなく愛せざりけるつぐなひにまとふ葡萄酒いろの囚衣を

馭者あゆみ去りし昧爽《よあけ》の甃石《しきいし》に蝶踏まれ黒き紋章のこす

ランプ吊りて鮭を食むなり絲杉の濡るる危ふきしづけさを背に

砂ぼこり髪に軋める午すぎの燈《ひ》を木苺のやうにともせり

月光旅館あかつきに發《た》つ旅人の乾きし髪にゆびを絡ます

サーカスの樂絶ゆるとき青年の汗光る肉軋めり宙に

シャヴァンヌの「愛國」の繪にありし罅《ひび》つかれしときの心にうかぶ

夕迫る暗き竈に天牛蟲《かみきり》は死をよそほひてゐき後知らず

繪畫史の聖餐圖また展きみむ麥こがし賣過ぎゆきぬれば

ひとで飢ゑゐたり廢墟にひらかれし水族館のいつはりの海

肉と花としづかに饐《す》ゆる冷房の壁にねぢまげられたるパイプ

ちちははの遺影もたねば風琴のひかりとどかぬ內の樂音

少年のかがやくひとみ展翅板上のみだるるなき死を閲《けみ》す

# 跋

杉原一司に獻じた『水葬物語』は、彼と相見えた時からその死に到る約二年間の作品を收錄してゐた。すなはち、同人誌「メナード」初出の作品群を編輯構成したものである。それ以前の夥しい試作を潔く切捨てることによつて彼に殉じ、暗中模索の過去は葬る決意であつた。過去は葬つたが、その時保留した未來が私に以後二十餘年作品を書き續けさせる結果を生んだ。杉原に殉ずることを、短歌、定型韻文詩ひいては文藝と共に生きることに代へたと言ふべきだらうか。

切捨てた作品は、私が戰後廢墟に歌人として目覺め、ほとんど孤立無援の狀況下に、ひそかに、しかし烈しい敵意に燃えて書き繼いできたものであり、中には歌誌「オレンヂ」(後「日本歌人」)、「靑樫」、同人誌「くれなゐ」に發表したものもまじへてゐる。未知の杉原が作品によつて私を認め、ただ一人の盟友と想定しはじめたのもこの期間であつた。私も亦彼が「オレンヂ」や同人誌「花軸」に發表する作品や試論に、稀なる念友の志を酌みとつた。

硝子器の罅《ひび》を愛すとあざやかに書けばいつしか秋となりゐる　杉原一司
夏の陽に灼かれて日日をあるばかり石は花花のやうにひらかず　同
曼珠沙華咲く散步道行くとてもきらびやかなる惡はねがはず　同

これらの歌との出會が私の運命を變へた。もし出會はなければ、私はつひに理解者を求めることなく筆を折つただらう。變る運命をかすかに豫測しつつ重ねた試行錯誤の累積を、すなはち前述の切捨てた過去を、私は筐底に秘して人に示すことはなかつたが、この中、作品として自立してゐると考へられるもの三百首を選び、このたび『透明文法』と名づけて上梓することとなつた。編輯、構成から装釘造本其他一切を宰領した政田岑生氏の、抗しがたい熱意と慫慂によるものである。私は『透明文法』の背後に、この後も暗然と獨り立ちつくすだらう。

一九七五年十月

著者

# 驟雨修辭學

＊未刊歌集

一九七四年六月十日
大和書房　刊
菊判變型　貼函附
丸背　三百二十頁
裝幀　政田岑生

# 雲母街

皮膚つめたく病みゐる朝を惨然と砲響《な》りアメリカ兵の祝日

誕生日以後のかなしみけむりつつ遠火事の天みどりに還る

七月の濃き藍色に新刊書案内「ソドム百二十日」

日蝕観測隊の青年夜はなにを視つめてよろこびに目見《まみ》けむる

愛戀にもとより遠き春昏れて華燭の鐘の盜まるる唄

われは繭を夕陽に透かす騎兵らのうつくしきイギリスは見えねど

骨牌《カルタ》の赤き王と侍童は瞠きてうらがへりたり裏の繪昏き

紅海を乾したる奇蹟信ぜむに瞑《めつむ》れば瞼の裏の血が見ゆ

晩餐の冬の苺はわがうちの極北をさし墜ちつつあらむ

遠けれど立葵今日街中に咲きのぼり弱き孤《ひとり》を支ふ

兄の額撃つて七年　囚獄《ひとや》より出づ蝕甚の月のごとくに

眼裏《まなうら》の雲母の街に旗青くひるがへりつつ網膜剥離

釦屋の釦青貝あがなはれひらかるるための隙間をとざす

愛はすなはちあはれみのため交を絶つわれら晩夏を萌ゆる瑠璃萵苣《るりぢさ》

白葡萄むさぼりしかば青年の内部深夜もともれるごとし

天道蟲だましにも濃き朝焼はうつれり須臾を自愛のこころ

炎天に架線夫は垂れ神あらぬ空にするどく言葉をかはす

われら欲しきもののあまたを怺へをり天に傷《いた》みし電線が鳴る

鐵棒の夜の大車輪恍惚と靑年はあり　永久《とは》の眩暈《めまひ》よ

翅脈のみ殘りし蝶をざわざわと蟻離れショパン誕生日なり

カレンダー六月の繪は漆黑の霞わが死を待つビアズレー

われら愛をむさぼりゐしか禽獸の檻月光におぼれつつあり

枯れてのち蔓薔薇の柵轟然と過ぎゆくものとわれとをへだつ

「結婚の幸福」と夜の窓に干す脚より長き絹の沓下

肉桂は肉より紅く「わが心いたくうれひて死ぬばかりなり」

父となりて革《あらたま》る莫《な》しぬかるみに石油の虹のみだるるを踰ゆ

うたがひを棄てずイエスの屍のにほひこもれる夜の罌粟の實

狭きせまき室内にその翼垂る模型飛行機内の血痕

燦燦と驟雨に逅はむ蛇皮の柄の蝙蝠《かうもり》傘を死後もかざして

酸漿《ほほづき》の夕映色の一つかね安息そこにあり蝕まる

空港に時間狂ひて新郎もダリアの花束も凮の中

罌粟の果蠍色《みさそりいろ》に熟れつつ放埓の日日「われはわれみづからの俘囚」

蜩《かなかな》の憑《つ》ける晩夏の黒き樹樹一本ごとにかなしみは滿つ

若き王は若き奴隷と黒き罅《ひび》へだてて立てり埃及《エジプト》硝子

紙婚式いつか過ぎつつ晩夏《おそなつ》のあかきたたみに光れる鋏

わが過去の水上にして影さわぐ青年の齒朶《しだ》なせる肋骨

無頼の友死せり市井におそらくは黑鳥《こくてう》のごとその胸張りて

頭《づ》の芯に知らざる罪の熱兆しちかぢかと薄荷畠が匂ふ

項《うなじ》熱き寒のあひびき翅亡《う》せし羽蟻硝子のあはひにむせび

禁斷の煙草に醉へば幻の琥珀色なす父のなかゆび

帆柱のぼりゆきくだり來て水夫らが流せり揮發油のごとき汗

君に逢ひにゆく傷つきに海よりの夕風はらむシャツを帆として

消耗しつくして深夜向日葵が白し告發さるるごとしも

汗の青年外しし銅の十字架に擦れ光りたるキリストの四肢

こころ怯《ひる》む屑屋にはらふ空壜《あきびん》の口より赤きものしたたりて

胡桃《くるみ》靴の踵《かかと》もて割る青年の怒りさはやかにわれにひびけ

向日葵の夜を支へゐる幹太くざらざらと父に溺愛さるる

心まづしくあれば饐《す》えたる麪麭《パン》の香が最後の晩餐圖より顯《た》ちくる

月光の中より垂れて鞦韆《しうせん》がわが前にあり　死後もあらむ

囚徒らが目のすみに見て過ぎしよりわが華麗なる繃帶のゆび

旱の町はひりひりと昏れ薄き皮膚まとひし馬がわが邊に眠る

屋上の天水槽に旱星映れりちちごろしははごろし

蝸牛《エスカルゴ》　無言家族が四方よりフォーク刺し違へて暮の秋

神父、神父と逅へり樹蔭に血紅の蟻遊ぶ蟻地獄へだてて

火のごとき陳《ひ》ね唐芥子咽喉《のみど》過ぎゆけり實朝忌に誰《た》が集ふ

夜の雨にけはしくにほふ罌粟畑母をみごもらしめたるものに

# 金環蝕

ひとりするどく憎むショパンを「砂糖かけられたる牡蠣」と言ひしコルトー

盲目の祖父が蒐めて愉みしヴィクトリア朝後期風家具

受難週聖句吊すとこの夕べ神父が鐵《くろがね》の梯子攀《よ》づ

とほざかりゆきたる神父初霜の野に退紅の傘ひらくなり

杏熟れて暗きはつなつかの窓に蛇のごと肌光る少年

聖ドミニカ寺院眞下に暗綠の運河めぐらしをり　婚約す

夕べ凍つる雪をふみ來てサン・グラスの奥にあたたかきかな男の眼

少年期驟雨のごとく過ぎゆくと初夏氷柱《ひようちゆう》の中の笹百合

水夫はとほき少年を戀ひ夕風に乾す海水にふくれしロープ

大盞木雪白の花ふふみたり青年を棄てて何を愛する

火葬するまで溺死人干されをり陽が射し一瞬にして昃《ひかげ》る

蒼き硝子壜わしづかみ剛毛の牛乳配達人《ちちくばり》いま扉《と》の外に立つ

黒き燕尾服を未婚のわれの身にあはす無數の假縫の針

死ののちのわれにかかはるなかれ夜の石材が月にまづしく輝《て》れる

寢室の牀《ゆか》しめりをり多感なる青年がまづ沓下を脱ぐ

娶りてののちの孤りの夜のため火屋《ほや》厚きランプわれはあがなふ

海獸のごとく眠れる青年を佛蘭西《フランス》蚊幮《がや》が白くけむらす

ひるがほのひる汗ばみし少年の指がピアノの鍵《キー》驅けくだる

馬の目の中に土耳古《トルコ》の宮殿が崩れをり鹽の濡れやすき春
兵士らの胸毛にひそみはこばれて地峽の町にみのる毒麥
冥府よりかすめ來しもの緑青のまだらに銹びし鹽壺の匙
黃昏の髭剃られをり血のにじむ十指愛撫を禁じられつつ
軍歌まひるの坂くだりゆき風中のつりがね草を變色せしむ
蝕甚の陽を青年の肩越しに見しよりながく病める虹彩
精悍なる鬪士の皓き齒に心與《くみ》せり　むかし神はトロイに

百合のごと白き額の稅吏來よ勞せず紡がざりき愛しき

昏き燈《ひ》に讀みし古典の戀歌《こひうた》よ一ひらの箚となりし蜉蝣《かげろふ》

陽が月のごと浮びをり荒淫の父死して今日覽るルオー展

蜜月の旅のをはりに　黑死病疾みたる乳母の墓あれど赴《ゆ》かず

春晝の窓締めきりてすりあはすそびら革砥《かはと》のごと軋るなり

いざなひの苦きほほゑみ手探りに鐵壁の胸の釦《ボタン》をはづす

婚姻のかくてかたみに堪へゆかむのみ冷《すさま》じき夏のうぐひす

愛のため腫れたる咽喉を晩春の麒麟のごとき醫師に覗かる

風の夜を革手袋の右二つゆび反らし地にかさなりあへる

七階の晴天に讀む割禮の文字ちりばめて黴びたる聖書

出埃及記《エジプト》讀みつつあさき眠りせしいま燦燦と枯るる野に出づ

繫がれて夏の運河をのぼりくる囚徒ら黑き花束をなす

大盞木花芯黑ずみ地下よりの男聲合唱《オルフエオン》吶喊のこゑ湧く

濕りたる手袋の手の春兆すひと日の街に何犯し來し

雷雨過ぎて夜に入りゆくユーカリの幹青年のごとく匂へり

葉櫻の蔭の青き果《み》そのほかの眩しさを一夜泊りの從弟《いとこ》

ひらかむとする百合を束ねて昧爽《まいさう》の高壓線の眞下過ぎたり

新しき噴井掘りをり巨き錐を花も紅葉もなき地《つち》に刺し

消火ホースみだりに寒の道に這ふ美しき火事燃えやみしかば

生卵嚥むとたまゆらはぢらひてきみのうちなる中世の騎士

ふつふつと闇は泡だち褐色の獸皮のベルト吾《あ》を縛《いまし》めつ

アイロンの餘熱たちまちてのひらのぬくみとなれりなほ冷えゆかむ

雨を來し彌撒《ミサ》の少年あさがほのごとやさしみて雨衣《うい》を脱ぐなり

晩年のゆびうつくしきシリア人いざなひきたり夜の鮎料理

當直士官夢にして泡だてるわが海溝のねむりを覗く

戀人の華燭の内祝あかき砂糖を憂鬱に消費せり

死せる神父の巨いなる鼻天國に群青のひるがほは咲き滿ち

無言劇にわれを誘《いざな》ふ友二人三人、歳晩を渇きつつをり

のどかなる悲劇の一日終るべし子の咽喉に鮠《はや》の小骨が刺さる

水底《みなぞこ》の微光あつめしきさらぎの睡蓮死を飼ひ殺しし未練

風の日は砂にまみれて苦しめる蟻地獄　心に鹽を保て

突如薄墨色の泡吹くあかときに捨てたる酵母湛ふる下水

他に惡むべきものありて街夕べ聞きつつ過ぐる軍艦マーチ

女に飼はれゐればしづけし泡鳴忌過ぎて薄暑の水のピラニア

右の目のかすかに靑き中年の父が溺愛して薔薇枯らす

清貧の曇るまなこに夕まぐれ菓子屋バベルの塔の菓子立つ

空襲の日日の向日葵未だ蒼く咲き繼ぎ男ばかり苦しむ

# 睡眠戒

死に絶えてをはる映畫の始まりに櫻桃《あうたう》蒼く盛れる夜の部屋

わが出でし後の眞夏の劇場に椿姫咳きつづけて死なむ

いたましきまで若き父夕ぐれの焦げくさきパン帽子にいれて

紅葉《こうえふ》は夜もあかあかと合宿の蝦寝《えびね》やさしき若者らあり

今日得し愛をおそらくは明日にくみゐむ若者と食ふ黑き楊梅《やまもも》

影繪芝居ドン・キホーテの活躍を父の頭《づ》がぬきんでて邪魔する

零落の埃つもりて見えざれど繪皿の底の蒼き牧神

壁の夕ヒチの男の腕にむらさきの月は光りわがさむき發汗

少年は曖昧母音執拗にくりかへさされをり桐に花

死者を神にゆだねて喪家出づ夜の雨に神父が赤き洋傘《かうもり》

奈良も早なれどつゆけき心もて過ぐる京終《きやうばて》、帯解《おびとけ》の町

あまた釦《ボタン》をはづして火夫は睡りゐき今朝はきつねのてぶくろに雨

風信子《ヒアシンス》見つつ買ひかへらずわれにまぶた黒ずみつつ若き父

長子愛しつつ孤絶のかげさむき父たり青く煮ゆる蠶豆《そらまめ》

春夜急行列車驅けつつ青年が抱くスキーの黑き足桎《あしかせ》

蜜月未だ男一人のやすらぎの映畫カエサル刺されて終る

青年のベッドの脱衣きはやかに映せり黑き硬質硝子

殘酷なる四月夕べをうつむきて步めりき蜜月の花婿

熱冷めて見るたそがれの水の上に牡丹雪ふる徒勞のごとし

愛に渇き夕べ讀みけるソロモンの箴言に「眠りを愛する勿れ」

春雪の解くる夕ぐれわが館悔い改むるごとく雫す

妻の愛あまねき朝《あした》食卓の新聞の水死者の生ける貌

愛さるることに狎れつつラグビーの青年の額《ぬか》泥まみれなり

熟麥の熱風を背に瞑《めつむ》りて逢へり青年の直ぐに充つる腿

口腔に紺の燈《ひ》ともり未だ聴かぬ「梨の形の三つの小曲」

零落とめどなし巷ゆき薔薇色のゴム風船に頬撫でられて

父の胸荒野のごとし母ならぬ幾人か愛しおほせ來し胸

櫨紅葉《はぜもみぢ》夜をきらめけり冤罪のごと祝はるる新郎のため

森に入り心はさわぐ空蟬の背《そびら》つめたき水くつがへし

玻璃杯《グラス》越しにかなた冬陽の坂のぼる白馬《あを》見き華燭乾杯の時

汽罐士と詩人一つの部屋に棲み旗なしひるがへる夜の言葉

母が荒地の胸その他を映したる錆びし鏡のうらの水銀

イエス逐はれわれは逐ひつつあり秋の涸川の底ころがるコルク

初夜《そや》のごと晝を眠れり空ゆくは酢をふくみたる蒼き綿雲

歡喜天前の甃《しきいし》つくろふと鶴嘴まひる火花を散らす

失樂園花粉漂ふ聖五月足紅きエロイーズいづこに

聖餐圖ユダに賜はる一片の麪麭に春夜の蠅群れ遊ぶ

柿の花いづこに匂ふ讀まずして昏るるダリオの詩集「青空」

「火刑臺上のジャンヌ」が耳燒くる樂章、睡る父母呼ばむ死にいたる戀いつの日に少年の黄の聲「ライ麥畠横切り」

招かざる客待つ夕食《ゆふげ》胡麻に罌粟茴香《ういきやう》に麻藥香《くすりが》はなつ

鳥人クラブ解散式は地下二階矢印の方、夜の海に落つ

旅客濃き眠りに沈み汽罐車の地に降らすくれなゐの火知らず

黑人兵向日葵を擊つ清潔に一夜明けたるにぶき怒りに

日覆の下暗ければ若者の若ければ見過しし桐苗

五月遊園必死に母と子は遊ぶ夕闇網なして迫るまで

「庭の千草」低く唱ひて唇《くち》紅き警官過ぎつ或は剽盗

群衆仰ぎ見るは墜落死の直後縹《はなだ》澄む空間の墓原

神は養ひたまふといへど水盡きし籠に爪立てたる繡眼兒《めじろ》の屍

稅吏來て贋モナリザの額《ぬか》の龜檢《ひび》べをり　はや遁るべからず

夕食《ゆふげ》きくらげ剃りたての顎群青にシャイロック氏が訪れしかば

枯れすすむわがうちの野へあかときの消防車花のごと遠ざかる

なまぐさき夏の旅より歸り來て硼砂きらめく水に眼洗ふ

卵黄は殼の中なる夜を睡り誕生日とふこの暗き過去

サックスの青年の咽喉血管の枝しげりつつ「縛り首の木」

彌撒《ミサ》眞晝暗きひかりにひざまづきにほひ紛れず若き肉屋は

風琴《オルガン》の匿れしパイプくねりつつかなし不信の徒のカンタータ

牀下《ゆかした》に孵る蜥蜴ら革命ののちにこそすさまじき黃昏

轉轉と戰後まづしくあり經つつ秋あかつきの火の色の鱒

神父の鼻斜塔のごとし石胎の姉に天國うべなはしめて

空に昇る前の電工鼻濡らし食ふへびいちご色の削氷

夏ゆふべ猶太人《ユダヤ》墓地あをあをとかすむ消しのこされしは言葉

# 瑞典館

心弱き善行のごと空蟬が彼方に光りをり彌撒《ミサ》すすむ

硫酸銅のごと滿つる海　水夫らは夜夜船艙に何を愛さむ

愛を知るなかれ少女よ凍りたる街路に纖き鐵環を廻し

はなやかに夕食《ゆふげ》はにほふ陽の光知らざる海の藻を刻みしか

褐色に佇《た》てる水夫をくらげなす曉《あけ》の睡りのかぎりとなすも
硝子市果てて天使圖透かす皿一枚をとほき農夫に遺す
銅盤のごとく重たき手を肩に載せられてをり優し凶兆
青年と今朝別れしが酸漿《ほほづき》のごとく充血せし夏天《かてん》の陽
擁《いだ》かれし幼兒イエスが小氣味よくはたかれて修道院の曝涼《ばくりやう》
若き漁夫赤裸聖《きよ》らに黄昏をうすもの纏ふ須臾《しゆゆ》みだらなり
きらめきて落ちゐし昨夜《よべ》の噴水が暗澹として今日噴き上ぐる

われらはらから煖爐の錆を肩よせて削れり戀の終りに似たる

寢臺の脚いたみつつ幾夜わが肉支ふ　愛は遠き炎天

煤色の撒水車來て足もとに百粒のあはれみをしたたらす

半熟卵抉りて啖ふワイシャツの襟銳利なる一日のはじめ

まづ死者とその妹を誘《いざな》ひて飛行機が楕圓形の戸ひらく

飮食《おんじき》の思ひはかなき青麥の穗は花店に束ねられたり

あらくさの花散り父はベルギーの子守歌はにかみつつ歌ふ

死に絶えしうから數へて睡眠のはじめ明るき夏のふるさと

あひ識るはあひ憎むのみ夏はいまをはりの風の冷ゆる帚木《ははきぎ》

飛行音五月の夜を來り去り若きらをまたいづこに誘ふ

曼珠沙華もつるる蘂の初冠《うひかむり》人はよろこびのために衰ふ

放埒に騎兵は眠る六月の樹蔭はるかに　わが誕生日

髭に石英きらめきゐしか海岸日傘《ビーチ・パラソル》の下なる晝の黄昏

袋にはこの世の他の紺碧の花描《ゑが》きたりあきぐさの種子

彼ら華燭の朝屋上に豫報旗は立つ明日は雨昏き西風

父の忌は酷寒母の忌は酷暑電線露をつらぬきて垂る

ヒマラヤの山襞すみれ色にじみ世界傾きつつ午後に入る

ひねもす窓より枯野は見えてわが見ざる時に紫紺の日傘過《よぎ》らむ

モディリアニ作サルモン像は鮭色の顔に瞼のみどりを刷けり

綠金の蠅を殺すと這ひまはりをり影のごと老いたる父母が

黃人悲歌われらを浸す春の夜の薄き屋根屋根うらまで濡れて

木苺の點燈《とも》る六月平安のふみ八方に遣《や》りて病みをり

沐浴ののちいつまでも乾かざる髪膚　望まれずして生《あ》れしかば

春の夜の夢の棧橋郵便夫わたりてわれにわが死を知らす

飲みすぎて水に酔ふわがはつなつの戀人の屋根の上も曇天

不眠は砂のごとくつもらむすれあひてするどく鳴るは冬のサルヴィア

濡れて著く祝婚狀の左肩切手の死火山の名を知らず

冬旱つづく　ラジオにソプラノの牧師が蜜のごとき福音

少年歌手出自無慙にあばかれておそしむぎわら色の月の出

衰へて馬酔木《あしび》は匂ふおとうとの死後に獸醫師免許書は著き

夏過ぎてひらく希臘《ギリシア》の春婦傳しをりうしほのにほひ沁みつつ

瑞典《スウエーデン》館《やかた》そののち黒鬚の兄が棲みボーイ・ソプラノひびく

死にかはり今朝さんさんと蟬のこゑわれに煩はしき戀つづく

絶交ののちを細りて代役の衣裳身にあまれるホレーショ

ジギタリス驟雨の後のたまり水嘔けり一切誓はざれども

天國は近し盗汗《ねあせ》に胸光るわれにバケツの水飲む馬に

戰爭は歇《や》みてたちまち兆す黑ずみし花さく夜のゼラニウム

おとろへてしきりに渴くおとうとの昨日の戀の贗ジュリエット

兄は不惑かさなる不和の硝子戸に眞晝映りて咲く月見草

透きとほる鱒卵《イクラ》をくらひさてやがて說き出すきみが楯のアラゴン

病めば怒りやすき若者黃昏に花粉のごとき咳藥噛み

ラジオには靈歌高まり暑き夜の地《つち》につながりゐるアース線

こゑ絶えし眞晝はるけき鞦韆を火屋《ほや》にうつして搖れをりランプ

月の庭砂の渦巻みだれつつ水死者の通りすぎし痕あり

記憶いくさの日までたどりてその底に桑の實からびたる乳母車

饒舌も沈默も憂し七月の常磐木《ときはぎ》蒼きわくら葉散らす

運河越えて羽蟻移れり心中に平和論冷《さ》めはてし眞晝を

娶り遠きかな旱天の河口まで溶けつつ流れよるみづくらげ

軋轢の因をもとめて喘ぐ父眞紅の寢臺をくつがへし

あひびきの夜はこころせく若者に手荒に冷やさるる幼馬《をさなうま》

繪は羅馬白晝の辻われならぬ男は立ちてむらさきの沓

# 點燈夫

石榴食ふ犬齒浮くまで讀みさしの「ナナ」が天然痘で死ぬまで

晩涼の心さやぐを教會の屋根に鈍器のごとき十字架

心靈の白き鸚鵡は鳥籠に四季こそ人に賜はりし死期

平和過ぎつつあり斷たれたる靜脈のごとき鎖を引くわれの犬

押花の重石となりてかたむけるエンサイクロペディア・ブリタニカ

理髪店壁のラジオに焙《あぶ》らるるジャンヌとわれの灼かるるつむじ

みづからを稀に恃みて菖蒲田の花季《くわき》はやうつる空色の雨

スパルタの母は生きのこりて紅き蘚苔《せんたい》が庭うづめつつあり

六月の水に流せる茴香油《うゐきやうゆ》聖なる父に戀文が來る

旱天の眞晝もうちらうす暗き鐵管、縦に積み變ふるとも

七月の金色の陽にねんごろに乾かす火葬前の溺死者

瞑れば眞晝の闇に香橙《オレンジ》のかをりともして點燈夫去る

神いづくにか咳きたまふ否無爲の父が濕りし木琴叩く

目を病めば溢るる涙水無月のサーカスの獅子火の環をくぐる

さらばショパンさらばルナール霜月の男湯に熱湯はあふれて

ほほゑみて去りし刑事が鐵片のごと今とほき淡雪の野に

天才畫家個展素通りして夜の巷銀蠅と共に歩めり

阿《おもね》らず經しをわづかになぐさめとなせり雨天の撓める新樹

潔きある日のめざめ愛の巣の水道うづくばかりに凍てて

今日に懸けし者ら疲れて微笑する酒場の馬蹄形カウンター

蚊《か》蟵《や》吊《つり》草《さう》枯れつつ實る一莖にライターの白き焰を移す

薔薇色の積木の館出口なし呪はれて薔薇色の幼兒ら

心脆くしていちはやく逅ふ秋をにがきにほひの繪の輕騎兵

厚き硝子窓のうちらにあはれなる尾鰭垂りつつ婚禮衣裳

近くて遠きベラ・バルトーク麻服の袖より腋に夜の風拔けて

戀《こほ》しものかげの罌粟群《むら》憂國の士は疾風のごと語るとも

家庭の檻の終身徒刑囚きみがつむりにこぼれつつ柿の花

うす暗くして眩しけれ父と腕觸る滿開の蝙蝠《かうもり》傘の中

耳燃ゆるばかりに羨《とも》し呪ひもて無花果を枯れしめたるイエス

白き夜に黒き鶴立つネガ・フィルム胃は慘澹とわが夏昏るる

憐れみの白き火花をこぼしつつ汽車が花なき蓮沼を越ゆ

操車場夏あかときを人なきに連結器嚙み合へり優しく

いもうとの戀またさめていくたびか水くぐる樺色の夏服

喫泉のめぐり汚れし夜の驛に英靈一つかみほど還る

立枯れの蒼き帚木《ははきぎ》わが腿を掃く逢ひびきの時を違へて

老醫師の霞める目もて空蟬のごといたはらる病後の少女

父母うとむ心新樹の枝折れし林中にわが髪膚はにほひ

電氣工夫と義弟眠れば背合せの綱渡藝人《フュナンビュール》と夢遊病者《ソムナンビュール》

粥の鹽苦《にが》し心も死にいたる夏の花花花瓣《はなびら》うすき

枯蓮の中からうじて緑青をのこす手のとどかざる一莖

杉の濃紺の樹蔭の火の香　われ肉の欲《ねがひ》によりて生れし

栂《とが》に花わかれし父母がおろかなる便りこもごもわれに寄せくる

癒やさざる醫師を見放す七月の松柏琥珀色の花季《はなどき》

愛人の人形《ひとがた》描《か》きそへて閉づる畫集の沈みゆく帆前船

「熱月《テルミドール》」などと名づけし空想の酒場しらじらしく君不惑

柿若葉もて洟《はな》かまむ夏風邪の野外古書展「神聖喜劇《ディヴィナ・コメディア》」

レール百條翡翠色《かはせみ》の夕明り轉轍手わが夢を違《たが》へよ

雨月忌の地下の迷宮畫廊にて繪の漁夫われを昨日《きぞ》に誘《いざな》ふ

青葉もておほへどカフカ全集の濡れつつ渇く目ばかりの貌

わが欲るは眞夏眞紅の揚雲雀愛は驟雨のごと身を過ぎよ

低き火星に向けて轉り落つる乳母車未來になにかかはらむ

デュヴィヴィエ忌否とよ眞晝街中を馭者乘せて空の荷馬車過ぎたり

降誕祭鷭《ばん》の肉より灼熱の金串拔かむとて息彈む

みどりごに見せをり暗き溫室に汗したたらす寒の榲桲《まるめろ》

二月の驟雨硝子打つとき青年の浴後やさしき煙色《けむいろ》のひげ

教授世を謳へるうしろ蠓《まくなぎ》の群うすずみの霜降るごとし

獄吏移り住みてすなはち濫費する掘拔井戶の空色のみづ

世阿彌忌の辻の斑猫瑠璃引きて消ゆいつの日の言葉に逅はむ

# 驟雨の辭

私はいくつかの未刊歌集をもつてゐる。成立以前の歌を悉く削つた『水葬物語』から、綜合誌發表作のみで編んだ『裝飾樂句《カデンツァ》』『水銀傳說』『日本人靈歌』『綠色硏究』『感幻樂』までの六歌集の背後には、まだ人目に觸れてゐない作品がほぼ同數眠りつづけてゐる。いくたびか「未刊」を「既刊」に變へようと思ひながら躊躇してゐたのは、「未刊歌集を持つ」といふ矛盾した表現の、そのつつましい豐饒感を樂しむためであつたかも知れない。

『驟雨修辭學』は『裝飾樂句』期の作品群であり、發表の機を喪つたまま十七年間仄暗い筐底にあつた歌三百首に、私は却つて深い愛著を覺えてゐる。各章の標題にも、昭和二十七年一月から三十年一月までの四年といふ私の遲くかつ暗い靑春の一時期の記憶が重なる。

「雲母街」「金環蝕」「睡眠戒」「瑞典館」「點燈夫」すべて當時私が自己流謫を試みた世界であり、日日の戒律であり、私自身のまたの姿ではあつた。ふたたびそこへ還ることはないだらう。還ることも往くことも畢竟は異らぬこの狂言綺語の空間に、今眠りから覺めて立ちつくす私の嫡出の忘れ形見のために、潸然たる驟雨をみづから餞けよう。

なほ本書「雲母街」中の三十三首は「雁」3に掲載されたものである。また最も初期に屬する未刊歌集『透明文法』(『水葬物語』以前)も不日上梓の機を得るだらう。

昭和四十九年五月六日

塚本邦雄

# *解題

北嶋廣敏
堀越洋一郎

## Ⅰ本巻の概要

『塚本邦雄全集・第三巻』の本巻には、第十九歌集から第二十二歌集までの四冊の「序数歌集」、『魔王』『獻身』『風雅默示録』『汨羅變』と、三冊の「未刊歌集」、『初學歷然』『透明文法』『驟雨修辭學』を収録する。四冊の「序数歌集」は塚本邦雄六十歳代後半（六十八歳以降）から七十歳代半ばの作である。「未刊歌集」の三冊、『初學歷然』と『透明文法』は第一歌集『水葬物語』以前、すなわち二十歳代の作であり、『驟雨修辭學』は第二歌集『裝飾樂句』のころ、三十歳代前半の作である。本巻では「序数歌集」は刊行順に、「未刊歌集」は作品の制作年代順に収録する。四冊の「序数歌集」の総歌数は二千二百三首、三冊の「未刊歌集」の総歌数は八百九十一首。平成五年十二月、『魔王』が第十六回現代短歌大賞を受賞している。

なお『初學歷然』に収録されている「初心忘るべし――わが短歌入門」（講演録）のみは、単行本の体裁に準じ、新字新仮名で印刷している。

## Ⅱ各作品解題

①第十九歌集『魔王』（まわう）

平成五（一九九三）年三月一日　書肆季節社　菊判変型（帯附）　丸背　カバー附　二百八十頁　装幀・政田岑生　定価・三千五百円　本文組・三首／頁（一首一行）　帯の表の文章・「短歌、それは、負數の自乘によつて生れた鬱然たる「正」のシンボルである。その逆轉の祕を司るものこそ〈魔王〉であらう。塚本邦雄第19歌集」　帯の背の文章・「現代短歌の畏るべき華　塚本邦雄第十九歌集」　帯の裏に本歌集中の歌、「薄氷刻一刻と…」「どこかで國がひとつ…」「大丈夫あと絶つたれば…」「風の芒全身以て…」「管弦樂組曲二番…」「銀木犀燦燦と…」「半世紀後に…」の七首が一首一行・横組で印刷。

なお、同時に二百二十二部の別装本が刊行された。

本歌集『魔王』は二十七章・七百首から成る。跋文（世紀末の饗宴《ガラ》）に「所収作品は一九九一年一月から一九九二年十二月までに發表の七百五十餘首中、七百首を選んだ」とある。

・「くれなゐの朴」七首。初出は『短歌現代』平成三年三月号に掲載の「くれなゐの朴」七首。本号は「現代歌人協会賞の作家」特集号。本文の作者名（塚本邦雄）の横に「昭和34年第3回受賞」とある。初出誌では漢字は正字と新字の混用、仮名遣いは歴史的仮名遣い。歌集と初出誌における異同はない。

・「廢墟」二十二首。初出は『邑』創刊号・平成三年三月刊に掲載の「廢墟」三十一首。歌集にはそのうちの二十二首が採られている。削除された九首は、

日本の否々、世界の今どこに廢墟以外の空間があるか！

秋風脛のあたり吹きつつサラミソーセージに宦官のおもかげ

花源のおやぢが中氣にてリュート止《や》む　たれをかも知るひとにせむ

頂上や明日かも捨てむ愛人が髪吹かれをり野菊のごとし

初時雨はなだのしぶき背を濡らしわが詩集「善の華」未刊なり

男きたりてわれにはなむけするごとし「霙《みぞ》れるぞのうなじへメスを刺させい」

春夜一瞬の中世　玻璃越しに重量擧げのああ鐵亞鈴

コペンハーゲンよりチェロ奏者が哭けるぬばたまの大徳寺納豆

歌、歌、歌、歌に執して八月の伊勢撫子のあさましき紅

『邑』は邑書林発行の季刊詩歌総合誌。創刊号責任編集者、小池光、佐々木幹郎、四ツ谷龍。創刊号の本号は「廢墟」をテーマとしている。「■創刊号のテーマ「廢墟」に何故今日目的意義があるかは、これは遅刊によって一層その意義が強くなったと思われる（引用者注　当初の予定より五か月の遅刊）。《湾岸戦争》である。「邑」はあのおぞましい、ハイテクとやらを駆使した人殺し合戦が停戦となった今も、世界の各地で殺し合いがおこなわれていることを憂える。■勿論そうした個々の問題もあるが、もっと大きな時代の流れの中での《廢墟》を念頭に置いていることは言うまでもない」（編集後記）。塚本邦雄の作品は見開きで構成されており、黒地・白ヌキ文字で印刷されている。初出誌では漢字は正字と新字の混用、仮名遣いは歴史的仮名遣い。「蜜月のひるの日…」の「蜜」が初出では「密」と誤植されている。

・「華のあたりの」五首。初出は『季刊現代短歌雁』第十八号・平成三年四月刊に掲載の「華のあたりの」

五首。作品特集「少年時代少女時代」に寄せたもの。初出初では漢字は新字、仮名遣いは歴史的仮名遣い。歌集と初出誌における異同はない。

・「還城樂」六十三首。初出は『玲瓏』第十九号・平成三年三月刊に掲載の「還城樂」六十三首。初出誌では漢字は正字、仮名遣いは歴史的仮名遣い。一首目の「寒まひるひらく銀扇…」の歌は、初出誌では三首目に位置している。Ⅰの十七首目の「…杉村楚人冠への艶書」は初出誌では「…杉村楚人冠宛艶書」、Ⅱの一首目の「世界とうに終り…」の「…」が初出誌では「……」（二字分）になっている。

・「あらがねの」二十五首。初出は『短歌現代』平成三年四月号に掲載の「あらがねの」二十五首。巻頭に掲載。初出誌では漢字は正字と新字の混用、仮名遣いは歴史的仮名遣い。「…ガザへいくさを見に行くとせむ」の「せむ」が、初出では「せう」となっている。

・「國のつゆ」七首。初出は『短歌研究』平成三年五月号に掲載の「露の国」七首。本号は男性歌人六十六人の作品（歌・七首）と随想の特集。随想の題は「戦場から書斎へ――湾岸戦争後」。この随想の特集にも塚本邦雄は寄稿しており、グレアム・グリーンの作品について綴っている。一頁のなかに、歌の次に随想（上下二段組）がレイアウトされている。歌集収録に際し、タイトルが「露の国」から「國のつゆ」に改められている。初出誌では漢字は新字で、仮名遣いは歴史的仮名遣い。「…シュペルヴィエルを識らず」が初出誌では「…シュペルヴィエルに逅はず」、「國民年金番號四一七〇ノ二三二六…」が「国民年金番号四一七〇／二三二六…」（「ノ」が「／」）になっている。

・「バビロンまで何哩？」二十首。初出は『歌壇』平成三年六月号に掲載の「バビロンまで何哩？」二十首。巻頭に掲載。初出誌では漢字は正字と新字の混用、仮名遣いは歴史的仮名遣い。歌集と初出誌における異同はない。

・「人に非ざる」六十三首。初出は『玲瓏』第二十号・平成三年七月刊に掲載の「人に非ざる」六十三首。初出誌では漢字は正字、仮名遣いは歴史的仮名遣い。歌集と初出誌では数首に異同がある。初出が歌集では次のように改められている。「…金婚式前夜の山川に初霰」→「…金婚式前夜の山川のさくらいろ」、「六親等てふは…」→「六等親てふは…」、「世紀末までにこの戀をはるべし…」→「世紀末までにこの戀終るべし…」、「…腎さむし柊觸るる…」→「…腎さむし梅が枝觸るる…」、「アルマ教々祖…」→「アルマ教教祖…」、「夜の十藥　よみたどりつつ…」→「夜の十藥　讀みたどりつつ…」、「…數千の焼屍體…」→「…數千の焼死體…」。

・「戀ひわたるなり」七首。初出は『短歌現代』平成三年八月号に掲載の「恋ひわたるなり」七首。特集「創刊十五周年作品集⑵」に寄せたもの。初出誌では漢字は新字、仮名遣いは歴史的仮名遣い。歌集と初出誌における異同はない。

・「黒南風嬉遊曲　一九九一年五月歌暦」三十一首。初出は『季刊現代短歌雁』第二十号・平成三年十月刊に掲載の「黒南風嬉遊曲」三十一首。初出誌にはサブタイトルの「一九九一年五月歌暦」はない。本号では塚本邦雄と岡井隆を特集している。「塚本邦雄、岡井隆両氏の特集は創刊以来の念願だったが、二十号、満五年のこの号で実現することができた。最小限の例号記事を残して、文字通り満を持しての総力特集である」（編集後記・冨士田元彦）。特集「塚本邦雄」は、インタビュー（「塚本邦雄の現在」構成・永田和宏）、坪内稔典（「百歳の歌人」）、黒木美千代（「皇帝ペンギンをめぐって」）、山下雅人（「境涯詠の位相」）の評論、自選二〇〇首、塚本邦雄著書一覧（政田岑生）、アンケート「私が好きな塚本邦雄の歌」などによって構成されている。塚本邦雄の「黒南風嬉遊曲」は目次に「日付のある作品」、本文に「日付のある作品　五月の歌」とある。初出誌では漢字は新字、仮名遣いは歴史的仮名遣い。歌集収録に際し、初出の「…おほちちと同忌の鬱金桜…」が「…おほちちが未練の鬱金櫻…」、「…金色の牡蠣フライ」が「…金色《こんじき》の牡蠣フライ」（ルビが付加）、「…ことわりのあとがつづかず…」が「…ことわりのあとつづかねば…」、「…河馬が泛ばば」が「…河馬が浮ばば」に改められている。

・「忘るればこそ」十七首。初出は『Et Puis』（エピュイ）平成三年九月刊に掲載の「忘るればこそ」十八首。歌集収録に際し、一首が削除されている。その一首は「日常の不幸と非日常の幸鷹の爪辣韮《らつきよう》の壜に沈めり」。歌集では最後にある「緋目高百匹…」の歌は初出誌では最初に位置している。『Et Puis』の発行所は白地社（京都市左京区二条通川端東入　二条ビル3F）。同誌の誌名は前号（二十二号）まで「シコウシテ」。本号（二十三号）から「Et Puis」に改名。本号では「幻想・怪奇・ミステリーの館」を特集している。初出誌では漢字は正字と新字の混用、仮名遣いは歴史的仮名遣い。「晩春の罌粟のしろたへ時ありてわれはよろこびに沈むといはむ」は初出誌では「晩秋の罌粟のしろたへ時ありてわれはかなしみに沈むといはむ」。

・「風香調」七首。初出は『短歌』平成三年十月号に掲載の「風香調」七首。本号は「創刊五〇〇号記念作品」特集号。塚本邦雄の作品はこれに寄せたもの。

本号では「山中智恵子の世界」の特集もあり、塚本はこの特集に「山中智恵子論」を寄稿している。また本号に塚本は「歌人日記」を載せている。初出誌では漢字は正字（一部新字）、仮名遣いは歴史的仮名遣い。歌集と初出誌における異同はない。

・「悍馬樂」六十三首。初出は『玲瓏』第二十一号・平成三年十月刊に掲載の「悍馬樂」六十三首。初出誌では漢字は正字、仮名遣いは歴史的仮名遣い。歌集収録に際し、初出が次のように改められている。「野の沖にさすは薄き陽…」→「野の沖にさせる薄ら陽…」、「…たそかれの獨活《うど》に…」→「…たそがれの獨《う》活《ど》に…」、「…鴨一羽、匕首《あひくち》添へて」→「…鴨一羽、匕首添へて」（ルビ削除）、「萱草色《わすれぐさいろ》の夕雲　裂目《さけめ》より…」→「萱草色《わすれぐさいろ》の夕雲・裂目《さけめ》より…」、「王公侯伯子《わうこうこうはくし》男《だん》なる爵のたね…」→「公侯伯子男《こうこうはくしだん》とつらなる爵のたね…」、「…黄昏《たそかれ》、のちのくらやみ」→「…黄昏《たそがれ》、のちのくらやみ」。

・「火傳書」十二首。初出は『歌壇』平成三年十一月号に掲載の「火傳書」十二首。本号は「ライバル競詠」が特集されており、塚本邦雄は前登志夫（「秋野」）と競詠している。塚本の作品は巻頭に掲載されている。目次に「作品特集　ライバル競詠」、本文に「ライバル競詠　塚本邦雄×前登志夫」とある。初出誌での漢字は正字と新字の混用、仮名遣いは歴史的仮名遣い。歌集と初出誌における異同はない。

・「千一夜」五首。歌集の初出一覧には、初出は「朝日新聞」平成三年十月十二日夕刊とあるが、その号にはこの作品は掲載されていない。初出未見。

・「惡友奏鳴曲」六十三首。初出は『玲瓏』第二十二号・平成四年一月刊に掲載の「惡友奏鳴曲」六十三首。初出誌では漢字は正字、仮名遣いは歴史的仮名遣い。歌集収録に際し、初出の「霰燦々たる夕街《ゆふまち》…」が「霰燦燦たる夕街《ゆふまち》…」、「…函に私製《わたくしせい》　大凶籤を…」が「…函に私製《わたくしせい》　大凶の籤を…」と改められている。

・「六菖十菊」十四首。初出は『短歌』平成四年一月号に掲載の「六菖十菊」十四首。本号には「雪月花の歌」という特集があり、塚本邦雄はこの特集に評論（「雪月花とは何か」）を寄稿している。また、「今年の歌壇を展望する」という小特集にも塚本は評論（「二十一世紀待望論」）を寄せている。初出誌では漢字は正字と新字の混用、仮名遣いは歴史的仮名遣い。「…縷のごとき書齋に」の「縷」、「…辛夷ひらけり」の「辛夷」には初出では「る」「こぶし」とルビが付いている。

・「春夜なり」五首。初出は『小説新潮』平成四年一月号に掲載の「春夜なり」五首。初出誌では漢字は新字、仮名遣いは歴史的仮名遣い。「…童女に訓へをり春夜なり」の「童女」には初出では「どうぢょ」とルビがある。

・「世紀末ゼーロン」五首。初出は『短歌研究』平成四年一月号に掲載の「世紀末ゼーロン」五首。初出誌では漢字は正字と新字の混用、仮名遣いは歴史的仮名遣い。作品の最後に、「玉花驄・昭夜白は玄宗皇帝の愛馬」という註記がある（歌集では削除）。

・「惑星ありて」七首。初出は『朝日新聞』平成四年一月十日夕刊に掲載の「惑星ありて」八首。歌集収録に際し、「珈琲《コーヒー》と書くことさへやからごろも日も目もかすみゆく世紀末」の一首が削除されている。初出紙では漢字は新字、仮名遣いは歴史的仮名遣い（ルビのみ新仮名遣い）。「…うつぶけり何を犯せしか」は初出では「…うつぶけり何ものを犯せし」。

・「橘花驒」六十三首。初出は『玲瓏』第二十三号・平成四年四月刊に掲載の「橘花驒」六十三首。初出誌では漢字は正字、仮名遣いは歴史的仮名遣い。歌集収録に際し、初出が次のように改められている。「銀木犀燦々と…」→「銀木犀燦燦と…」、「…襟立ててこの宵ひとり朗々と…」→「…襟立ててこの夜はひとり朗々と…」、「…氷菓《ソルベ》啜れり」→「…氷菓《ソルベ》啖へり」、「大家族和氣藹々の藹の字の…」→「大家族和氣靄々の靄の字の…」、「秋風を片手の…」→「秋風を左手《ゆんで》の…」、「…淡々《たんたん》と紙炎ゆるかな」→「…淡淡と紙炎ゆるかな」、「花もろともにくだつ…」→「花もろともに沈《しづ》く…」。

・「貴腐的私生活論」二十首。初出は『歌壇』平成四年五月号に掲載の「貴腐的私生活論」二十首。巻頭に掲載。初出誌では漢字は正字と新字の混用、仮名遣いは歴史的仮名遣い。「ゴママヨネーズをオマール海老にぬたくつて憲法の日の夕食《ゆふげ》はじまる」の歌は初出では「ゴママヨーネーズ」となっており、「夕食」のルビは「ゆふけ」となっている。

・「敵艦見ユ」七首。初出は『短歌研究』平成四年五月号に掲載の「敵艦見ユ」七首。本号は男性歌人七十七人の作品（歌）と男性歌人三十二人によるエッセイの特集。エッセイの題は「私の母親像」。このエッセイの特集にも塚本邦雄は寄稿している。初出誌では漢字は正字と新字の混用、仮名遣いは歴史的仮名遣い。歌集と初出誌における異同はない。

・「赤銅律」六十三首。初出は『玲瓏』第二十三号・平成四年七月刊に掲載の「赤銅律」六十三首。初出誌では漢字は正字、仮名遣いは歴史的仮名遣い。「…征服欲、いな被凌辱欲」の「凌」が初出誌では「淩」と誤植されており、歌集収録に際し、初出の

「…さう生きるより他なくて…」が「…さう生きるより他知らず…」、「…砂漠の眞央《まんなか》」が「…砂漠の眞央《まなか》」に改められている。

・「碧軍派備忘録三十章」三十首。初出は『現代詩手帖』平成四年七月号に掲載の「碧軍派備忘録三十章」三十首。本号は作品特集号。「作品Ⅲ」として塚本邦雄と岡井隆（「北川透邸訪問記・他」）の作品が掲載。初出誌では漢字は正字と新字の混用、仮名遣いは歴史的仮名遣い。「根來精神科…」の「根來」は初出では「ねごろ」とルビがあり、「…二十歳六箇月」の「箇」が初出では「個」となっている。

・「世紀末美食暦」七首。初出は『短歌研究』平成四年八月号に掲載の「世紀末美食暦」七首。本号は第七百号にあたり、これを記念し、百人の歌人の作品（歌）と、「現代短歌の七不思議　素朴な疑問」というアンケートを特集している。このアンケートにも塚本邦雄は回答している。初出誌では漢字は新字、仮名遣いは歴史的仮名遣い。歌集と初出誌における異同はない。

・「露の國」六十三首。初出は『玲瓏』第二十五号・平成四年十月刊に掲載の「露の國」六十三首。初出誌では漢字は正字、仮名遣いは歴史的仮名遣い。歌集収録に際し、初出が次のように改められている。

「…いくさいくさいくさいくさいくさい……」→「…いくさいくさいくさいくさい」（「……」を削除）、「日清日露日支日獨日々に…」→「日清日露日支日獨日日に…」、「…教師にあらざるか大蓋木も…」→「…教師にあらざるか白雲木も…」、「猩々緋のくるま…」→「猩猩緋のくるま…」、「…鹿に載りたまえ…」→「…鹿に乗りたまえ…」。Ⅱの八首目の「熟睡のわれきりきざみ…」は歌集では「きりぎさみ」となっているが（初出でも同様）、本全集では「きりきざみ」と訂正した。

②第二十歌集『獻身』（けんしん）

平成六（一九九四）年十一月二十六日　湯川書房　A五判　丸背　カバー附　三百十二頁　装幀・記載なし　定価・三千円　本文組・三首／頁（一首一行）。

なお、湯川書房より限定二十二部の別装本が平成七年九月に刊行された。

本歌集『獻身』は二十七章・七百三首から成り、故・政田岑生（平成六年六月二十九日逝去）に捧げられている。

・「そのかみやまの」十四首。初出は『短歌』平成五年一月号に掲載の「そのかみやまの」十四首。初出誌では漢字は正字と新字の混用、仮名遣いは歴史的仮名遣い。目次に「新春作品」とある。「…密室の兒ら…」の「密」が初出・歌集ともに「蜜」となっている。本全集では「密」に訂正した。「…香の眞處女《まをとめ》と夏いたるべし」は初出では「…香の眞處女《まおとめ》と　夏いたるべし」(一字空き)。

・「必殺奏鳴曲」六十三首。初出は『玲瓏』第二十六号・平成五年一月刊に掲載の「必殺奏鳴曲」六十三首。初出誌では漢字は正字、仮名遣いは歴史的仮名遣い。歌集と初出誌では次のような異同がある(上が初出)。「…トムとジェリーが…」↓「…トムがジェリーと…」、「…ランボーの「鴉群《コルポー》」…」↓「…ランボーの「鴉群《コルボー》」…」、「…ドン・キホーテ症候軍」↓「…ドン・キホーテ症候群」、「…老酒の甘み…」↓「…老《ラオ》酒《チュー》の甘み…」、「…臘梅の花群に…」↓「…蠟梅の花群に…」。

・「アナス・ホリビリス」五首。初出は『小説新潮』平成五年一月号に掲載の「アナス・ホリビリス」五首。初出誌では漢字は新字、仮名遣いは歴史的仮名遣い(ルビのみ新仮名)。歌集と初出誌における異同はない。

・「晝夜樂」五首。初出は『短歌研究』平成五年一月号に掲載の「晝夜樂」五首。目次に「新年作品　二十四家(五首)」とある。本号では「秀歌を決めるもの——巨匠の失敗作」という特集が組まれており、塚本邦雄はこの特集にも「煉獄の鷗・森鷗外」を寄稿している。初出誌では漢字は正字と新字の混用、仮名遣いは歴史的仮名遣い。歌集と初出誌における異同はない。

・「雨の佗助」八首。初出は『産経新聞』に掲載の「短歌実作」の八首。それぞれ一首ずつ、順に平成四年二月二十三日号、平成四年四月十九日号、平成四年六月二十一日号、平成四年八月十六日号、平成四年九月二十七日号、平成四年十一月二十二日号、平成五年一月十七日号、平成五年二月二十八日号に掲載されている。「雨の佗助」というタイトルは歌集収録に際してつけられたもので(タイトルは第一首目の歌からとられている)、初出にはない。「短歌実作」では、それぞれの歌について、その背景などが書かれており、一首の歌がどのようにして生まれたかがわかる。越前海岸や梨の花などの写真がそれぞれに一葉ずつ挿入されているが、歌の内容とはあまり関係ない。初出紙では漢字は新字、仮名遣いは歴史的仮名遣い(ルビのみ新仮名)。初出では「「死罪々々」…」の「 」(カギ括弧)がなく、「…しろたへに散る…」が「…しろがねに散る…」、「…霜月の蒼蠅《さうよう》」のルビがなく、「…されど夜《よ》の霙に…」の「霙」に「みぞれ」、「…「アールグレイ」呷って…」の「呷」に「あお」とルビが付いている。

・「苦艾遁走曲」百首。初出は『玲瓏』第二十七号・平成五年五月刊に掲載の「苦艾遁走曲」百首。初出誌では漢字は正字、仮名遣いは歴史的仮名遣い。歌集収録に際し、初出が次のように改められている。「昨日《きぞ》を殺し今日こそ…」→「昨日《きぞ》を殺して今日こそ…」、「青無花果、反革命・反・反革命…」→「青無花果、反革命、反・反革命…」、「…ぷつりと葉月盡なり」→「…ぶつりと葉月盡なり」、「…賣り拂ふ啓蒙の書が…」→「…賣り拂ふ書が…」、「黑白はつけがたき…」→「黑白《こくびやく》はつけがたき…」（ルビ付加）、「秋の水陽炎《みづかげろふ》かいくぐり老殘の歌人…」→「秋の水陽炎かいくぐり老殘の歌人《うたびと》…」（ルビ付加）、「…夜の驟雨《シャワー》浴室《しつ》出て…」→「…夜の驟雨《シャワー》浴室《しつ》出《いで》て…」（ルビ付加）、「…寒に炎えつつあらむ」、「…寒に炎え上るなり」→「…貴様もブルータスの末裔」、「…汝もブルータスの末裔」→「マラソンの脚の林よそのむかし…」、「マラソンの脚の小林《をばやし》そのむかし…」、「梁塵秘抄？　いなとよ…」→「梁塵秘抄？いなとよ…」。Ⅲの二首目の「風が鼻梁を…」と四首目の「秋茄子の種…」は、初出では順序が逆になっている（二首目が「秋茄子の種…」）。

・「眺めてけりな」七首。初出は『短歌研究』平成五年五月号に掲載の「眺めてけりな」七首。本号は男性歌人七十七人の作品（歌）と三十四人によるエッセイを特集している。エッセイの特集にも寄稿している。塚本邦雄はエッセイの題は「生き物との対話」。目次・本文に「現代の77人」とある。初出誌では漢字は正字と新字の混用、仮名遣いは歴史的仮名遣い。「…生きのびてここに存る」の「存」には、初出では「あ」とルビが付いている。

・「赤貧わらふごとし」二十首。初出は『歌壇』平成五年六月号に掲載の「みなつきね」二十首。巻頭に掲載。目次に「作品二十首」とある。歌集収録に際して、改題されている。初出誌では漢字は正字と新字の混用、仮名遣いは歴史的仮名遣い。歌集と初出誌における異同はない。

・「父を超ゆ」五首。初出は『逓信協会雑誌』平成五年六月号に掲載の「父を超ゆ」五首。初出誌では漢字は新字、仮名遣いは歴史的仮名遣い。「青芒《あをすすき》　絶交以後も…」「雨脚急《きふ》　ゆくさきざきも…」の一字空きが、初出では二首とも空きなしになっている。

・「鸚哥的世紀末論」七首。初出は『短歌往来』平成五年七月号に掲載の「鸚哥的世紀末論」七首。初出誌では漢字は正字、仮名遣いは歴史的仮名遣い。歌集と初出誌における異同はない。本号には第十九歌集

『魔王』についての評論（佐伯裕子「『魔王』を読む――生きている昭和天王」）が掲載されている。

・「初心に還るべからず」二十八首。初出は『NHK短歌』平成五年九月号に掲載の「初心に還るべからず」二十八首。初出誌では漢字は新字、仮名遣いは歴史的仮名遣い。歌集と初出誌における異同はない。

・「ブルガリア舞曲」六十四首。初出は『玲瓏』第二十八号・平成五年八月刊に掲載の「ブルガリア舞曲」六十四首。初出誌では漢字は正字、仮名遣いは歴史的仮名遣い。歌集収録に際し、初出が次のように改められている（上が初出）。「…戀人がさにつらふ」↓「…戀人がさにづらふ」、「…敗戰を閲しき…」↓「敗戰を閲《けみ》しき…」（ルビ付加）、「鈴の薄…」↓「銀の薄…」、「…「颯《さや》げる松颸《まつかぜ》の吟《ふた》ふ處」」↓「…「颯《さや》げる松《まつ》颸《かぜ》の吟《うた》ふ處」」（「吟」のルビの誤植）、「…水無瀬百歳にて緑内障《そこひ》」、「魚市場つぎに耀《せ》らるる…」↓「…喜連川《きつれがは》百歳にて緑内障《あをそこひ》」↓「魚市場つぎに耀らるる…」（ルビ付加）、「…たちこめて待て！　これは…」↓「…たちこめて待て!これは…」（一字空きなし）、「今宵こそと言ひき刺すのか焙るのか敗戰忌の晩餐…」↓「今宵こそと言ひき刺さうか焙らうか敗戰忌晩餐…」、「…織月のうつすらとくろがねの味…」↓「…織月のうつすらとしろがねの味…」。Ⅱの十三首目の「男は笑ふ勿れとわれを銀煙管…」は、歌集では「銀煙草」となっているが（初出でも同様）、本全集では「銀煙管」と訂正した。

・「離騒變相曲」十六首。初出は『季刊現代短歌雁』第二十八号・平成五年十月刊に掲載の「離騒変奏曲」十六首。初出誌では漢字は新字と正字の混用、仮名遣いは歴史的仮名遣い。歌集と初出誌における異同はない。

・「金冠蝕」十五首。初出は『短歌新聞』平成五年十月号に掲載の「金冠蝕」十五首。「ふたりの現代作家」とあり、大西民子の作品（十五首）と併置されている。一面の下段に掲載。初出紙では漢字は正字と新字の混用、仮名遣いは歴史的仮名遣い。「…虐殺は南京でも難波でも」は初出では「…虐殺は南京でもわが家でも」となっている。

・「葱花輦奏鳴曲」六十三首。初出は『玲瓏』第二十九号・平成五年十月刊に掲載の「葱花輦奏鳴曲」六十三首。初出誌では漢字は正字、仮名遣いは歴史的仮名遣い。初出誌と歌集では次のような異同がある（上が初出）。「…はこび出さるるラガー」↓「…はこび出《いだ》さるるラガー」（ルビ付加）、「積年の嘆き告げむに…」↓「晩年の嘆き告げむに…」、「…今宵蠨蠛《まくなぎ》の群に…」↓「今宵蠛蠓《まくなぎ》の群に…」、「…百日紅《さるすべり》のかなたに血まみれに…」→「…百日紅《さるすべり》のかなた血まみれに…」、「酒場葱花輦にむらがる…」→「酒場「葱花輦」にむらがる…」(「 」を付加)。

・「李百」五首。初出は『小説新潮』平成五年十二月号に掲載の「李百」五首。初出誌では漢字は新字、仮名遣いは歴史的仮名遣い。歌集と初出誌における異同はない。

・「花のあたりの」十四首。初出は『短歌』平成六年一月号に掲載の「花のあたりの」十四首。目次に「新春作品」とある。本号では「新春の歌」が特集されており、塚本邦雄はこの特集にも、評論を寄稿している。初出誌では漢字は正字と新字の混用、仮名遣いは歴史的仮名遣い。「…幻想を一日たのしむ　憲法の日ぞ」の一字空きが初出では空きなしになっている。

・「不犯傳説」十首。初出は『短歌現代』平成六年一月号に掲載の「不犯傳説」十首。初出誌では漢字は正字と新字の混用、仮名遣いは歴史的仮名遣い。四首目の「「心に殘れ春のあけぼの」されど大僧正慈圓生涯不犯」は初出では「「心に殘れ春のあけぼの」さりながら僧正慈圓生涯不犯」。

・「象潟嬉遊曲」二十首。初出は『歌壇』平成六年一月号に掲載の「象潟嬉遊曲」二十首。巻頭に掲載。本号は「新春豪華作品特集」号。目次に「現代の五人作品二十首」とある。他の四人は前登志夫、岡井隆、安永蕗子、馬場あき子。初出誌では漢字は正字と新字の混用、仮名遣いは歴史的仮名遣い。「…慓然と十方に枯葎」の「葎」が初出では「律」と誤植されている。「…一人《いちにん》を蓮池にいざなへり…」の「に」は初出にはない。本号には塚本邦雄の著書『詩趣酣酣』(平成五年九月、北沢図書出版刊)の書評(太田一郎)が掲載されている。

・「フェリス・ドメスティカ」五首。初出は『短歌研究』平成六年一月号に掲載の「フェリス・ドメスティカ」五首。目次に「新年作品　二十三家　五首」とある。本号では「日本語再考I　男コトバと女ことば　男歌と女歌の違いはどこから来るか」という特集が組まれており、塚本邦雄はこの特集にも寄稿している。初出誌では漢字は正字と新字の混用、仮名遣いは歴史的仮名遣い。歌集と初出誌における異同はない。

・「望月遁走曲」六十四首。初出は『玲瓏』第三十号・平成六年二月刊に掲載の「望月遁走曲」六十四首。初出誌では漢字は正字、仮名遣いは歴史的仮名遣い。五首目の「今生の今…」の歌は初出誌では一首目に位置している。このほか歌集と初出誌では次のような異同がある(上が初出)。「…なほ日本に執せり」→「…なほ日本に執せる」、「…鬱金櫻が散るまで待つか」→

「…鬱金櫻が散るまで待て」、「清貧と赤貧の差あつて無き…」→「清貧と赤貧の差のあつて無き…」、「…神父になる？　御冗談」→「…神父になる？御冗談」（一字空きなし）。なおⅠの十三首目の「杏果汁」のルビが初出・歌集ともに「ジュ・ダヴリコ」となっているが、杏果汁のフランス語はjus d'abricotなので、本全集では「ジュ・ダブリコ」（ヴ→ブ）に訂正した。

・「末世の雅歌」七首。初出は『短歌研究』平成六年五月号に掲載の「末世の雅歌」七首。本号は男性歌人八十八人の作品（歌）と三十七人によるエッセイの特集号。エッセイの題は「瞑想をはこぶ器　身体が表わす心」。このエッセイの特集にも塚本邦雄は寄稿している。目次・本文に「現代の88人」とある。初出誌では漢字は正字と新字の混用、仮名遣いは歴史的仮名遣い。歌集と初出誌における異同はない。

・「夕映間道」六十三首。初出は『玲瓏』第三十一号・平成六年五月刊に掲載の「夕映間道」六十三首。初出誌では漢字は正字と新字の混用、仮名遣いは歴史的仮名遣い。初出誌と歌集では次のような異同がある（上が初出）。「…この期に及んだる栃の花」→「…この期《ご》に及んだる栃の花」（ルビ付加）、「昨日《きぞ》の長距離優勝選手…」→「昨日の長距離優勝選手…」（ルビ削除）、「…棟梁がちどりあし」→「…棟梁のちどりあし」、「…紅《こう》ほとばしる終《つひ》の山茶花」→「…紅ほとばしる終《つひ》の山茶花」（ルビ削除）、「立志あらば屈志もあらむ…」→「立志あらば屈指もあらむ…」、「春寒の鳥肌立ちて…」→「春曉の鳥肌立ちて…」、「…日々《ひび》何か妖し」→「…日々何か妖し」（ルビ削除）。

・「みなつきね」五首。初出は『ヒトマロ』第三号・平成六年七月刊に掲載の「みなつきね」五首。本紙は季刊の短歌新聞（東京都新宿区高田馬場二―十一―十八　北羊館発行）。塚本邦雄の作品は一面に掲載。初出紙では漢字は正字と新字の混用、仮名遣いは歴史的仮名遣い。歌集と初出誌における異同はない。

・「孔雀明王嬉遊曲」二十首。初出は『歌壇』平成六年八月号に掲載の「孔雀明王嬉遊曲」二十首。巻頭に掲載。初出誌では漢字は正字と新字の混用、仮名遣いは歴史的仮名遣い。「核家族核の少女が夕食時《ゆふけどき》…」が初出では「核家族核の少女が夕餉時…」（ルビなし）となっている。

・「不來方」七首。未発表作品。

・「獻身」六十三首。初出は『玲瓏』第三十二号・平成六年九月刊に掲載の「獻身」六十三首。初出誌では漢字は正字と新字の混用、仮名遣いは歴史的仮名遣い。初出誌と歌集では次のような異同がある（上が初出）。「管絃の管百管の一管に…」→「管絃の管百本の一本に…」、「郵便配達夫わが名を…」→「郵便配達がわが名を…」、「…クロイツェル・ソナタ熄《や》む」→「…クロイツエル・ソナタ熄《や》む」、「…繪凧をかかへ父上は…」→「…繪凧を放つ父上は…」、「父子の絆、そよ群青のひとすぢ…」→「莫逆の絆、鋼線ひとすぢ…」、「ギリシア語を…」→「ギリシァ語を…」。最後（六十三首目）の歌、「獻身のきみに殉じて…」は初出誌ではⅠの四首目に位置していた。

③第二十一歌集『風雅默示錄』（ふうがもくしろく）
平成八（一九九六）年十月十日　玲瓏館　A五判　貼函附　丸背　二百四十四頁　装幀・間村俊一　定価・四千円　本文組・三首／頁（一首一行）。
なお、別装本が同時に刊行されている。

本歌集『風雅默示錄』は十九章・五百首から成る。
・「百花園彷徨」十四首。初出は『短歌』平成七年一月号に掲載の「百花園彷徨」十四首。目次に「新春作品特選　十四首」とある。初出誌では漢字は正字と新字の混用、仮名遣いは歴史的仮名遣い。初出では、「日日閑散…」が「日々閑散…」、「…きのふちりえざりし花のこゑ」が「…きのふ散り得ざりし花のこゑ」となっている。
・「五絃琴」五首。初出は『短歌新聞』平成七年一月十日号に掲載の「五絃琴」五首。初出紙では漢字は正字と新字の混用、仮名遣いは歴史的仮名遣い。五首目の歌は初出では「道實と實朝と」になっており、歌集では「道實」が「道眞」に改められている。
・「天網篇」十二首。初出は『歌壇』平成七年一月号に掲載の「天網篇」十二首。初出誌では漢字は正字と新字の混用、仮名遣いは歴史的仮名遣い。歌集と初出誌における異同はない。同誌に塚本邦雄は「西行百首」を平成五年一月号から連載しており、本号がその最終回。編集後記に「二十五回にわたった塚本邦雄氏の「西行百首」も本号で終了。近々に単行本とする予定」とあるが、平成十二年一月現在、未刊。
・「中有に寄す」六十三首。初出は『玲瓏』第三十三号・平成七年二月刊に掲載の「中有に寄す」六十三首。初出誌では漢字は正字と新字の混用、仮名遣いは歴史的仮名遣い。初出誌と歌集とでは次のような異同がある（上が初出）。「…『ヰタ・セクスアリス』抱へて後架を出でつ」→「…『ヰタ・セクスアリス』抱へてよろづ屋出でつ」、「…かの戰ひの日々を戀しみ」→「…かの戰ひの日日を戀しみ」、「…音樂斷ちの夜々の寢臺」→「…音樂斷ちの夜夜の寢臺」、「罪淺きわれが罪なほやや淺き…」→「罪淺きわれが罪いささか淺き…」、「…ある日螢を籠もろとも…」→「…ある日螢を籠《かご》もろとも…」（ルビ付加）、「…菩提寺の新發意《しんぽち》…」→「…菩提寺の新發意《しんぼち》…」（ルビ、「ぽ」→「ぼ」）。なおIの十九首目の「ロベスピエール慄然と…」は、初出・歌集ともに「ロビスピエール…」となっているが、綴りはRobespierreなので本全集では「ロベスピエール」に訂正した。

・「花など見ず」七首。初出は『短歌研究』平成七年五月号に掲載の「花など見ず」七首。本号では男性歌人八十八人の作品（歌）と四十四人の歌人のエッセイを特集している。エッセイの題は「癒しがたい日々の記憶　戦後五十年」。このエッセイの特集にも塚本邦雄は寄稿している。目次・本文に「現代の88人」とある。初出誌では漢字は正字と新字の混用、仮名遣いは歴史的仮名遣い。歌集と初出誌における異同はない。

・「悲歌バビロニカ」六十三首。初出は『玲瓏』第三十四号・平成七年六月刊に掲載の「悲歌バビロニカ」六十三首。初出誌では漢字は正字と新字の混用、仮名遣いは歴史的仮名遣い。「報國とかつてぞ言ひしわが春を奪ひし…」の「奪ひし」が初出では「殺せし」、「…穀潰しの婿入りか」の「穀」が「轂」となっている。

・「飼殺し」一首。初出は『短歌研究』平成七年六月号に掲載。初出にはタイトルはない。本号では「作家の道具立て」という特集が組まれている。この特集は「一、いつも使っている筆記用具」「二、いつも作歌する時間と場所」「三、いつもとちがう時間や場所」についてのエッセイと、新作一首（生原稿のまま）によって構成されている。見開きで歌とエッセイがレイアウトされており、右頁の右下に、「飼殺しの…」の歌の自筆原稿がそのまま印刷されている。歌の左下に「邦雄」（自筆）とある。塚本邦雄の作品（歌・自筆原稿）は漢字はもちろん正字。歌集と初出誌における異同はない。

・「莫逆」三十二首。初出は『短歌』平成七年六月号に掲載の「莫逆」三十二首。目次に「特別作品32首」とある。初出誌では漢字は正字と新字の混用、仮名遣いは歴史的仮名遣い。歌集収録に際し、初出の「…ゆふがほが眞晝まで生きのこる」が「…ゆふがほが眞晝まで咲きのこる」と改められている。

・「鬼籍半世紀」十首。初出は『短歌』平成七年八月号に掲載の「鬼籍反世紀」十首。初出誌ではタイトルが目次・本文ともに「鬼籍反世紀」となっている。本号では「戦後50年・戦後短歌50年」の特集が組まれており、その「戦後50年を詠む　新作10首＋エッセイ」に寄せたもの。歌とエッセイ（左頁の左半分）が見開きでレイアウトされている。初出誌では漢字は正字と新字の混用、仮名遣いは歴史的仮名遣い。「ホイットマン」が初出では「ホィットマン」となっている。

・「神州必滅」六首。初出は『層』第六十号（三十周年記念号）・平成七年十月刊に掲載の「神州必滅」六首。初出誌では漢字は正字と新字の混用、仮名遣いは歴史的仮名遣い。初出では「櫻桃《あうたう》」のルビが「おうたう」、「刃」が「刄」となっている。作品（歌）の後に、「隠岐本新古今集綺譚」と題した短いエッセイ（三十八字×十行）が載っている。

・「窈窕たりしか」二十首。初出は『歌壇』平成七年十月号に掲載の「窈窕たりしか」二十首。巻頭に掲載。初出誌では漢字は正字と新字の混用、仮名遣いは歴史的仮名遣い。「夢に逅ひて吾妹《わぎも》言へらく…」が初出では「夢に逅ひし吾妹いへらく…」となっており、「月蝕のためのパッサカリア」は…」の「　」（カギ括弧）が初出にはない。

・「烏有論」六十三首。初出は『玲瓏』第三十五号・平成七年十月刊に掲載の「烏有論」六十三首。初出誌では漢字は正字と新字の混用、仮名遣いは歴史的仮名遣い。歌集と初出誌の間では次のような異同がある（上が初出）。「…紫陽花の咲く日々か…」↓「…紫陽花の咲く日日か…」、「…國歌は「逃匪行」とか」↓「…國歌は「討匪行」とか」、「…枇杷十日で腐《くた》つ」↓「…枇杷十日で腐《くだ》つ」、「あれはポワンカレの…」↓「あれはアンリ・ポワンカレの…」、「…蒼き削氷《けづりひ》」↓「…蒼き削氷《けづらひ》」、「…組み臥せて遂げたるは…」↓「…組み伏せて遂げたるは…」、「…消えがての雪彦山《せつぴこ》」↓「…消えがての雪彦山《せつびこ》」、「…世界日々急を告げ…」↓「…世界日日急を告げ…」、「…針魚《さより》に似たる早少女《さをとめ》よ…」↓「針魚《さより》に似たる早少女よ…」。

・「反・幻想卽興曲　イ短調」五十首。初出は『歌壇』平成八年一月号に掲載の「反・幻想卽興曲　イ短調」五十首。巻頭に掲載。目次に「新春華の作品集」「作品50首」とある。塚本邦雄のほか、前登志夫、山中智恵子、岡井隆の作品（各五十首）が掲載されている。初出誌では漢字は正字と新字の混用、仮名遣いは歴史的仮名遣い。歌集収録に際し、初出の「奔流に浮ぶ…」が「奔流に浮かぶ…」、「…十日の菖蒲《あやめ》」が「…六日の菖蒲《あやめ》」、「…こころ決せし…」が「こころ決せり…」、「…他は言はぬ…」が「…他は言はめ…」と改められている。

・「喜春樂」八首。初出は『文藝春秋』平成八年一月号に掲載の「喜春樂」八首（歌集の初出一覧では『文藝』に初出とあるが、正しくは『文藝春秋』）。初出誌では漢字は正字、仮名遣いは歴史的仮名遣い。ただし作者名（塚本邦雄）のルビが「つかもとくにお」となっている（正しくは「を」）。歌集と初出誌における異同はない。

・「夢の市郎兵衛」十首。初出は『短歌』平成八年一月号に掲載の「夢の市郎兵衛」十首。目次に「新春作品特選10首」とある。初出誌では漢字は正字と新字の混用、仮名遣いは歴史的仮名遣い。歌集と初出誌における異同はない。

・「戀に朽ちなむ」三首。初出は『短歌四季』平成八年春号（第二十七号・三月刊）に掲載の三首。初出にはタイトルはなく、見開きの中央にモネの作品『雲』（一九〇三年）の写真が配されていて、その右側（右頁）に斎藤史の歌（三首）、左側（左頁）に塚本邦雄の歌（三首）がある。初出誌では漢字は正字と新字の混用、仮名遣いは歴史的仮名遣い。歌集と初出誌における異同はない。

・「露の五郎兵衛」六十三首。初出は『玲瓏』第三十六号・平成八年三月刊に掲載の「露の五郎兵衛」六十三首。初出誌では漢字は正字と新字の混用、仮名遣いは歴史的仮名遣い。歌集と初出誌における異同はない。

・「反ワグネリアン」七首。初出は『短歌現代』平成八年四月号に掲載の「反ワグネリアン」七首。本号は「創刊20周年記念作品特集」号。目次に「記念作品集」、本文に「創刊20周年記念」とある。初出誌では漢字は正字と新字の混用、仮名遣いは歴史的仮名遣い。「…過ぎゆく日日は…」は初出では「…過ぎゆく日々は…」、「筍《たかんな》 六月…」は「笋《たかんな》 六月…」となっている。

・「滄桑曲破綻調」六十三首。初出は『玲瓏』第三十七号・平成八年九月刊に掲載の「滄桑曲破綻調」六十三首。初出誌では漢字は正字と新字の混用、仮名遣いは歴史的仮名遣い。歌集収録に際し、初出が次のように改められている。「…懸命の誄讃《るゐさん》…」→「…懸命の誄讃《るいさん》…」、「…傾《かし》ぐ匾額の…」→「…傾ぐ匾額《へんがく》の…」、「戰舟ポチョムキン忌…」→「戰艦ポチョムキン忌…」、「…刹那刹那に瀆しつつ…」→「…刹那刹那に潰しつつ…」、「ふるさとは櫻桃腐《くた》つ…みんな元氣に…」→「ふるさとは櫻桃腐《くだ》つ…みなすこやかに…」、「淡紅のけむりたなびく山門の…」→「淡紅のけむりなびくは山門の…」、「…孜々と燒屍骸を…」→「…孜孜と燒屍體を…」。最後（六十三首目）の歌、「白馬《はくば》十八頭…」は初出では六十一首目に位置し（初出では「白馬」のルビはない）。六十二首目が「軍艦マーチ…」の歌、六十三首目が「われには冬紅葉の…」の歌となっている。

④第二十二歌集『汨羅變』（べきらへん）
　平成九（一九九七）年八月十六日　短歌研究社　A五判（帯附）　丸背　カバー附　百七十六頁　装幀・猪瀬悦見　定価・三千円　本文組・二首／頁（一首一行）　帯の表の文章・「詩歌なるものこそ——酩酊眩暈の末に、忽然と生れ出る言葉の華ではあるまいか　一巻の標題は『汨羅變』。屈原『離騒』の悲調は私の戦後の作の底を流れ、この後も熄むことはあるまい。あの暗澹たる淵は私の心底にあり（跋より）——と記す第二十二歌集」　帯の背の文章・「第二十二歌集」　帯の裏に本歌集中の歌、「二十一世紀われらは惑星の…」「鬱金櫻散りちりまがふ…」「逝ける皇子のための…」「家族の誰一人も顧みぬままに…」「銀杏《ぎんなん》の緑珠《りょくしゅ》くちびる…」「椿一枝《いっし》ぬつと差出し…」の六首が一首一行・横組で印刷。

　本歌集『汨羅變』は九章・三百首から成る。一～八章・二百四十首は『短歌研究』（連載）に、九章・六十首は『玲瓏』に発表されている。

・「世紀末風信帖」三十首。初出は『短歌研究』平成七年一月号に掲載の「世紀末風信帖」三十首。本誌に塚本邦雄は作品の連載（三箇月置き、ただし第五回は例外）をはじめた。目次・本文に「作品連載　第一回」とある。本号では「戦後短歌五十年——歌と論」が特集されており、塚本はこの特集にも評論を寄稿している。初出誌では漢字は正字と新字の混用、仮名遣いは歴史的仮名遣い。「寒ややゆるびつつあり…」は初出では「寒夜ややゆるびつつあり…」となっている。

・「春雷奏鳴曲」三十首。初出は『短歌研究』平成七年四月号に掲載の「春雷奏鳴曲」三十首。連載の第二回。巻頭に掲載。目次・本文に「作品連載　第二回」とある。初出誌では漢字は正字と新字の混用、仮名遣いは歴史的仮名遣い。「…出口にはあゝイクラ戦争」の「あゝ」が初出では「ああ」となっており、「難波の夏は…」の「難波」は歌集では「難破」となっているが（初出では「歎波」）、「難波」が正しい。「難波《なんば》」は大阪の地名。

・「風流野郎」三十首。初出は『短歌研究』平成七年七月号に掲載の「風流野郎」三十首。連載の第三回。巻頭に掲載。目次・本文に「作品連載　第三回」とある。本号では「作歌の文字遣い」が特集されており、塚本邦雄はこの特集にも寄稿している。初出誌では漢字は正字と新字の混用、仮名遣いは歴史的仮名遣い。歌集と初出誌における異同はない。

・「伯樂吟」三十首。初出は『短歌研究』平成七年十月号に掲載の「伯樂吟」三十首。連載の第四回。巻頭に掲載。目次・本文に「作品連載　第四回」とある。本号では「作品にあらわれる作者」が特集されており、井辻朱美が塚本邦雄を論じている。初出誌では漢字は正字と新字の混用、仮名遣いは歴史的仮名遣い。「…これ以上戰爭恐怖症を氣取るな」が初出では「…これ以上戰爭争恐怖症を氣取るな」（「爭」と「争」の重複）と誤植されている。

・「杞憂曲」三十首。初出は『短歌研究』平成八年二月号に掲載の「杞憂曲」三十首。連載の第五回。この回のみ四箇月後の連載。巻頭に掲載。目次・本文に「作品連載　第五回」とある。初出誌では漢字は正字と新字の混用、仮名遣いは歴史的仮名遣い。歌集と初出誌における異同はない。

・「青嵐變奏曲」三十首。初出は『短歌研究』平成八年五月号に掲載の「青嵐變奏曲」三十首。連載の第六回。目次・本文に「作品連載　第六回」とある。初出誌では漢字は正字と新字の混用、仮名遣いは歴史的仮名遣い。歌集と初出誌における異同はない。

・「還俗遁走曲」三十首。初出は『短歌研究』平成八年八月号に掲載の「還俗遁走曲」三十首。連載の第七回。巻頭に掲載。目次・本文に「作品連載　第七回」とある。初出誌では漢字は正字と新字の混用、仮名遣いは歴史的仮名遣い。歌集と初出誌における異同はない。

・「望月六郎太」三十首。初出は『短歌研究』平成八年十一月号に掲載の「望月六郎太」三十首。連載の第八回。巻頭に掲載。目次・本文に「作品連載　第八回」とある。初出誌では漢字は正字と新字の混用、仮名遣いは歴史的仮名遣い。歌集と初出誌における異同はない。

・「バベル圖書館」六十首。初出は『玲瓏』第三十八号・平成九年四月刊に掲載の「バベル圖書館」六十首。初出誌では漢字は正字と新字の混用、仮名遣いは歴史的仮名遣い。初出では、「…あゝそここそはナチ！」が「…ああそここそはナチ！」、「…ゲバラ寫しの大伯父」が「…ゲバラ写しの大伯父」（「寫」↕「写」）、「寒椿一枝窗より…」が「寒椿一枝窓より…」（「窗」↕「窓」）、「「伊勢音頭戀寝刃《いせおんどこひのねばた》」の開幕が迫り萬野《まんの》が含漱の音」が「「伊勢音頭戀寝刄《いせおんどこひのねばた》」の開幕が迫る　万野が含嗽の音」（「刃」↕「刄」、「含漱」↕「含嗽」）となっている。作品の最後に、「『短歌研究』'95年1月より8回連載の30首詠に、この60首を加へて、第22歌集『汨羅變奏曲』とする」という註記（予告）がある。

⑤『初學歴然』（しよがくれきぜん）

昭和六十（一九八五）年九月十五日　花曜社　四六判貼函附（帯附）丸背　百八十四頁　装幀・政田岑生　定価・三千二百円　本文組・三首／頁（一首一行）四十字×十七行（講演録）帯の表より裏に以下の文章・「私を語ることのなかった塚本邦雄が戦争と敗戦のまっただ中における青春の日々と短歌のかかわりを「初学西方暦」としてとらえ一種の感傷をこめて始めて明らかにする。――きたるべき短歌革新のためひたすらに〈新しい方法〉を模索した当時＝昭和十七年から昭和二十三年の五年間＝の作品二八四首が発見されたことにより『水葬物語』『透明文法』以前の初期未刊歌集として塚本邦雄初心の歌篇を網羅。――」帯の表中央の文章・「塚本邦雄の青春歌歴と初心西遊録」帯の背の文章・「塚本邦雄初期未刊歌集」帯の裏に本歌集中の歌、「恋愛とは…」「旧いモラルや…」「吾が額に…」の三首が印刷（新字）

本歌集『初學歴然』には二百九十一首が収録されており、「轉落公子」四首、歌会の三首を除いた、二百八十四首は歌誌「木槿《むくげ》」に発表した作品である。「木槿」は塚本邦雄がはじめて参加・所属した歌誌であった。昭和十七年八月中旬、塚本は動員令により呉海軍工廠に徴用される。当時、呉には「木槿」と「石楠」の二つの歌誌があった。「歌との出會い」（『現代歌人文庫塚本邦雄歌集』所収、昭和六十三年九月国文社刊）のなかで、塚本は「木槿」への入会に至る経緯を語っている。

現代短歌を意識したのは、亡兄が一時投稿を試みてゐた「多磨」のバックナンバーを、折に觸れて散見した時からであらうか。私はその幾分禁欲的でシンメトリカルな文體の作品の重疊に、やや慊焉たるものがあつた。ありはしたが、はなはだ曖昧な意識で、代るべき理想の世界を語るほどの熱情を持つてゐなかつた。

試作を始めたのは戰爭も末期近い昭和十年代後半で、つとに短歌を捨ててゐた亡兄が、氣紛れに送つてくれた『新風十人』や『櫻』『大和』『歴年』『赤道圏』あるいは「短歌研究」の舊號の刺戟による。徴用を受けて赴いた先の軍工作廳會計部には、私に朔太郎受洗を施した畏友高橋正臣がゐて、みづからは萬葉振の歌風に壮士調を加へた歌誌「石楠」に投稿、私をそそのかして潮音系の「木槿」に加はらせた。

『初學歴然』に収録されている呉歌人協会講演「初心

忘るべし――わが短歌入門」（昭和五十九年五月二十七日）では、「私にはじめて萩原朔太郎を教えてくれた男」（前出、高橋正臣）に、「呉には「木槿」と「石楠」という二つの歌誌がある。お互いどちらか籤引でもして入ってみないか」と誘われ、「石楠」はその歌風が「肌に合わないようだから」、潮音系の「木槿」を選んだと語っている。「木槿」は昭和九年四月に第一号が発刊（発行者・幸田幸太郎）、塚本邦雄が入会した当時（昭和十七年）、雪野羊三がこの歌誌を主宰していた。

『初學歴然』には「木槿」に発表した作品のうち、第十巻第五号（昭和十八年五月二十五日発行）以降の本誌に掲載された作品が収録されている。それ以前にも塚本邦雄は作品を発表しているが、本歌集では除かれている。「初心忘るべし」によれば、塚本がはじめて「木槿」に発表した作品は「鬼百合のあからさまなる花のそり怒りは胸によみがへりきぬ」という歌であった。『初學歴然』に収録されている二百八十四首の初出は次の通りである。（　）内は作品発表欄。

・「無題」八首。第十巻第五号、昭和十八年五月二十五日刊、（詠草欄）。
・「無題」五首。第十巻第七号、昭和十八年七月二十六日刊、（詠草欄）。
・「無題」五首。第十巻第八号、昭和十八年八月二十日刊、（特別社友詠草欄）。
・「無題」四首。第十巻第九号、昭和十八年九月二十日刊、（同人短歌欄）。
・「無題」五首。第十巻第十号、昭和十八年十月二十日刊、（同人短歌欄）。
・「無題」五首。第十巻第十一号、昭和十八年十一月二十日刊、（同人短歌欄）。
・「無題」五首。第十一巻第一号、昭和十八年十二月二十五日刊、（同人短歌欄）。
・「無題」八首。第十一巻第二号、昭和十九年二月一日刊、（同人短歌欄）。
・「無題」六首。第十一巻第三月《ママ》号、昭和十九年三月一日刊、（同人短歌欄）。
・「無題」八首。第十一巻第四月《ママ》号、昭和十九年四月一日刊、（同人短歌欄）。
・「失明近き友」三首。通巻百二十号、昭和二十年三月刊、（木槿短歌欄）。
・「無題」六首。通巻百二十一号、昭和二十年四月刊。
・「無題」五首。通巻百二十三号、昭和二十年五月刊。
・「無題」三首。通巻百二十四号、昭和二十年六月刊。
・「涸れ菜」七首。五月号・第十三巻第五号、昭和二十一年五月二十五日刊。
・「花薊」五首。六月号・通巻百二十七号、昭和二十一年六月二十五日刊、（木槿集）。
・「あぢさゐ」五首。七月号・通巻百二十八号、昭和二十一年七月二十五日刊、（木槿集）。
・「倫理」四首。八月号・通巻百二十九号、昭和二十一年八月二十五日刊、（木槿集）。
・「いのち」五首。九・十月合併号・通巻百三十号、昭和二十一年十月二十五日刊、（木槿集）。
・「一穂の草」八首。十一・十二月合併号・通巻百三十一号、昭和二十一年十二月二十五日刊、（木槿集）。
・「轉身の冬」九首。一月号・通巻百三十二号、昭和二十二年一月二十五日刊、（木槿集）。
・「華やかな嘘」十首。二月号・通巻百三十四《ママ》号、昭和二十二年三月十日刊、（木槿集）。
・「饒舌」七首。四月号・通巻百三十三《ママ》号、昭和二十二年三月二十五日刊。
・「數寄なる花」十一首。五月号・通巻百三十四号、昭和二十二年四月二十五日刊。
・「綺想曲」十一首。六月号、昭和二十二年五月二十五日刊。
・「アラベスク」十首。七月号・通巻百三十六号、昭和二十二年六月二十五日刊。
・「粋な祭」八首。八月号・通巻百三十七号、昭和二十二年七月二十五日刊、（同人短歌）。
・「炎宴」十四首。九月号・通巻百三十八号、昭和二十二年九月二十五日刊、（同人短歌㈠）。
・「假晶」十三首。十月号・通巻百三十九号、昭和二十二年十月二十五日刊、（同人短歌㈠）。
・「非業の秋」二十四首。十一月号・通巻百四十号、昭和二十二年十一月二十五日刊、（同人短歌㈠）。
・「血みどろの霜」二十八首。十二月号・通巻百四《ママ》十号、昭和二十二年十二月二十五日刊。
・「寒光・火喰鳥」十三首。一月号・通巻百四十《ママ》号、昭和二十三年一月二十五日刊、（同人短歌）。
・「牡丹雪」六首。六月号・通巻百四十一号、昭和二十三年六月一日刊。
・「暗綠調・蜜月抄」十首。七月号・通巻百四十二号、昭和二十三年九月一日刊、（詠草欄）。

なお初出誌（「木槿」）が入手できなかったために、初出誌と歌集（『初學歴然』）における異同などについては明らかにすることができなかった。『初學歴然』には、安森敏隆による本歌集についての評論（解題）

が掲載されている。安森はこの評論で、「木槿」に発表された塚本邦雄の作品を調査し、塚本の「木槿」時代、すなわち習作期を詳しく考察している（右に記した初出はこれによる）。歌集の最後に収められている「轉落公子」四首の初出は未詳。『初學歴然』のなかの何首かは『水葬物語』に採られている。「暗綠調・蜜月抄」のなかの「春はやく肉體の傷青染むと…」の歌、「轉落公子」のなかの「男は身をひさぐすべなし若萌えの…」の歌などがそうである。また、『初學歴然』と『透明文法』では多くの歌が重複している。それについては『透明文法』のところで言及することにする。

⑥『透明文法――「水葬物語」以前』（とうめいぶんぽふ）

昭和五十（一九七五）年十二月二十日　大和書房　菊判変型貼函附（帯附）　角背　三百三十二頁　装幀・政田岑生　定価・四千円　本文組・一首一頁（一首二行）　帯の表の文章・「傳説の第一歌集「水葬物語」上梓以前の未發表作品群三百首。塚本邦雄は戰後六年いかなる試行を重ね變容を經て、「水葬物語」の燐爛たる世界を形成するに到つたのか。この一巻は著者が二十餘年篋底に祕めてゐた作品ノートから、特に撰んで公表する問題の詞華であり、幻視者生誕の謎を解く唯一の鍵となるだらう」　帯の背の文章・「傳説の第一歌集以前の三百首」　帯の裏に大和書房刊の塚本邦雄の著書、『驟雨修辭學』、限定版『驟雨修辭學』、『黃昏に獻ず』の三冊の書名と定価が印刷。

なお、書肆季節社より五十部限定の別装本が昭和五十一年九月に刊行された。

本歌集『透明文法』は七章・三百首から成る。帯の文章には「「水葬物語」上梓以前の未發表作品群三百首」とあるが、三百首すべてが未発表作品ではない。『水葬物語』（昭和二十六年刊）は同人誌「メトード」に発表した作品を中心に構成されている。「メトード」の創刊は昭和二十四年八月だが、それ以前、塚本邦雄は「木槿」をはじめ「青樫」「オレンヂ」（後「日本歌人」）「くれなゐ」に多くの作品を発表している。『透明文法』の跋文に「中には歌誌「オレンヂ」（後「日本歌人」）、「青樫」、同人誌「くれなゐ」に發表したものもまじへてゐる」とあり、また『初學歴然』の跋文のなかで、『透明文法』には「木槿」所載のものも混じっていると記している。塚本はこのことについては言及していないが、そのほか『短歌研究』に発表したものも混じっている。『短歌研究』を除く四誌は作品の掲載誌が入手できなかったため（「木槿」の作品は『初學歴然』によって知ることができるが）、収録歌のすべてについて、どの歌がどの歌誌に発表されたものであり、あるいは未発表作品であるかをつきとめることができなかった。

『透明文法』のなかの五十首あまりは『初學歴然』に収録されている歌と重複している。ただし重複している両首は、そのすべてがまったく同じ形というわけではない。『初學歴然』の跋文のなかで、『透明文法』には「木槿」所載のものも混じっているが、「詳しく言ふなら、「青樫」發表作と「木槿」のそれとは、多少の推敲・異同を交へつつ、重なるものが多いので、一方を以て代表させてゐるに過ぎない」と述べている。以下に重複している歌のいくつかを示しておく（右が『初學歴然』に収録されている歌、左が『透明文法』に収録されている歌）。

1 敗れ果ててなほひたすらに生くる身のかなしみを
刺す夕草雲雀《ゆふくさひばり》　「一穂の草」
やぶれはててなほひたすらに生くる身のかなしみ
を刺す夕草雲雀《ゆふくさひばり》　「蜉蝣紀」

2 かなしみのすゑに澄みゆく命ぞと霧冷ゆる夜々の
菊に對へり　「一穂の草」
かなしみのすゑに澄みゆくいのちぞと霧冷ゆる夜
夜の菊にむかへり　「蜉蝣紀」

3 華々しく生きむと帽子脱ぎたれどびしよ濡れの花
見ゆるばかりよ　「綺想曲」
華華しく生きむと帽子脱ぎたれどびしよ濡れの花
見ゆるばかりよ　「暗緑調」

4 吾が額《ぬか》に翅やすますする蝶ありと夏《げ》に對ふこころか
すかに展く　「粋な祭」
わが額《ぬか》に翅息《やす》まする蝶ありと夏にむかふ心かすか
にひらく　「暗緑調」

5 錢金のことに昏れたる一日よと蛾を逐へば蛾も灯
にいらちつつ　「炎宴」
錢金のことに昏れたる一日よと蛾を逐へば蛾も燈《ひ》
にいらちつつ　「暗緑調」

＊

6 鬱金櫻濡れしがままに散りゆくと遺響のごとき春
なりけり　「花薊」
鬱金櫻《うこんざくら》蘂蒼みつつ散るなべに遺響のごとき春な
りけり　「蜉蝣紀」

7 罌粟の實も巷も額《ぬか》も濡れしづれあやふき夜々の夢
までが雨　「あぢさゐ」
罌粟の實も巷も額《ぬか》も濡れ光りあやふし夜夜の夢に
さへ雨　「蜉蝣紀」

8 戀愛とたはやすく言ひし我も亦抱きしめたるは若

葉風のみ　「アラベスク」
愛戀のたはやすきかなわがうでに抱きしめたるは若葉風のみ　「暗緑調」
9寧ろ険しく生きむと決めし日のわれに秋天は脆き光り零《こぼ》せり　「非業の秋」
むしろ険しく生きむと心決めし日の秋天脆き光こぼせり　「天の傷」
10ひしがれゐる日ばかりならずほのぼのと今朝は佛手柑の黄なるを愛す　「牡丹雪」
拉がれてゐる日日のみと思はねば今朝は佛手《ぶしゅ》柑の黄なるを愛す　「天の傷」

1〜5は漢字と仮名、ルビの違いのほかは両首はまったく同じ形である。すなわち『透明文法』に収録するに際し、文字遣いが訂正されている。6〜10ではそれぞれ両首には内容的な異同が見られる。初出誌（「青樫」）を見ることができなかったために、断言することはできないが、前に引用した跋文（「多少の推敲・異同を交へつつ……」）から判断すると、6〜10の左の歌が「青樫」に発表された作品と考えられる。『透明文法』には「短歌研究」に発表した作品も収録されている。以下に本全集での収録章・ページ数、および異同を記す。なお初出誌は全て漢字は正字、仮名遣いは歴史的仮名遣い。

五七九頁「八日物語　其の二　オラトリオの話」の二首目の「老司祭…」は、『短歌研究』昭和二十九年六月号掲載の「裝飾樂句」（三十首）より採られている。歌集と初出誌における異同はない。

五八一頁「八日物語　其の三　墓の話」の八首目の「街、街を…」は、『短歌研究』昭和二十七年一月号掲載の「収斂歌章」より採られている。歌集と初出誌における異同はない。

五八九頁「八日物語　其の八　終りの日の別れの唄」の五首目の「からすむぎ…」は、『短歌研究』昭和二十八年十一月号掲載の「流刑歌章」（十二首）より採られている。「…流刑地までの佳き旅のため」は初出では「…流刑地への佳き旅のため」となっている。「迷宮逍遙歌」の章。五九二頁七首目の「法王の…」は、『短歌研究』昭和二十七年十月号掲載の「過ぎさりし未來のために」（五首）より採られている。歌集と初出誌における異同はない。五九三頁七首目の「少女の喪明けたる…」、五九四頁六首目の「饒舌の…」の二首はともに『短歌研究』昭和二十九年六月号に掲載の「裝飾樂句」より採られている。「少女の喪…」の下句「寝椅子の陰に」は、初出では「寝椅子《ソファ》」とルビが付いている。その他に歌集と初出誌における異同はない。五九四頁一首目「基地よぎり…」、五九五頁一首目の「火屋《ほや》厚きランプ…」は、『短歌研究』昭和二十九年十月号に掲載の「黙示」（十四首）より採られている。歌集と初出誌における異同はない。

『透明文法』には「「水葬物語」以前」というサブタイトルがつけられているが、『水葬物語』の刊行は昭和二十六年十月（発行日付は八月七日、実際の刊行は十月）なので、右の歌は『水葬物語』以後の作品ということになる。

⑦『驟雨修辭學』（しうしうじがく）

昭和四十九（一九七四）年六月十日　大和書房　菊判変型貼函附（帯附）　角背　三百二十頁　装幀・政田岑生　定価・三千八百円　限定出版　本文組・一首一頁（一首二行）　帯の表の文章・「塚本邦雄歌集　驟雨修辭學　「雲母街」「金環蝕」「睡眠戒」「瑞典館」「點燈夫」すべて當時私が自己流謫を試みた世界であり、日日の戒律であり、私自身のまたの姿ではあつた。ふたたびそこへ還ることはないだろう。還ることも往くことも畢竟は異らぬこの狂言綺語の空間に、今眠りから覺めて立ちつくす私の嫡出の忘れ形見のために、潸然たる驟雨をみづから餞けよう――驟雨の辭より――」　帯の背の文章・「塚本邦雄未刊歌集」　帯の裏に本歌集中の「少年期驟雨のごとく…」「熟麥の熱風を背に…」「初夜《そや》のごと書を眠れり…」の三首（縦組・一首二行）と、瞬篇小説集『黄昏に獻ず』の近刊予告が印刷。

なお、大和書房より二百二十二部限定の別装本が昭和四十九年十二月刊行された。

本歌集『驟雨修辭學』は五章・三百首から成る。『装飾樂句』期、すなわち昭和二十七年から昭和三十一年にかけての作品である、と跋文にはあり、その大半は未発表作品である。本歌集の跋文に「發表の機を喪つたまま十七年間仄暗い筺底にあつた歌三百首」とあるが、三百首のなかには既発表の作品も混っている。その初出を調査できたものに限り、以下に記しておく。『雁　映像＋定型詩』第3号（昭和四十七年三月刊）に発表された「驟雨修辞学」三十三首は、うち三十一首が「雲母街」に、残り二首が「金環蝕」に収録された。跋文には「…「雲母街」中の三十三首は「雁」3に掲載されたものである」とあるが正確な数ではない。初出誌では漢字は新字、仮名遣いは歴史的仮名遣い。末尾に「未刊歌集『驟雨修辞学』より」とあり、以下の但し書が付加されている。制作年次に関して歌集跋文とは若干の相違が認められる。
『装飾楽句《カデンツァ》』に続き『日本人霊歌』に先んずる未発表作品約二百首。若書掉尾の歌群として筺底に秘してゐたが、このたび集中の三十三首を撰し「雁」城城主に献呈。昭和四十七年重陽。

「雲母街」において初出誌と対応しているのは、六〇五頁一首目より六〇九頁五首目、六一一頁七首目。「金環蝕」においては、六一八頁四首目、六一九頁三首目である。

以下歌集の章別に初出誌と歌集との異同をあげることとする（上が初出）。『雲母街』における異同は以下の通り。「…うらがへりたり　裏の絵暗き」↓「…うらがへりたり裏の繪昏き」、「…ひるがへりつつ　網膜剝離」↓「…ひるがへりつつ網膜剝離」、「…交を絶つわれら　晩夏を萌ゆる瑠璃萵苣《るりぢさ》」↓「…交を絶つわれら晩夏を萌ゆる瑠璃萵苣《るりぢさ》」（全て一字空きがない）、「…怒りさはやかにわれにひびけよ」↓「…怒りさはやかにわれにひびけ」。

「金環蝕」に採られた一首、「蜜月の旅のをはりに黑死病疾みたる乳母の墓あれど赴《ゆ》かず」は初出では「蜜月の旅の終りに　幽門を断られし乳母の墓あれど赴かず」となっている。

なお、「雲母街」一首目の「皮膚つめたく病みゐる朝を惨然と…」は、『雁』を初出とする一首であるが、元々は『短歌研究』昭和三十年十月号に掲載の「地の創」に、「皮膚つめたく病みゐる夏を暗然と…」として発表されていた。

塚本邦雄全集
第三巻　短歌Ⅲ

二〇〇〇年二月二十五日第一版第一刷発行

著者——塚本邦雄
発行者——荒井秀夫
発行所——株式会社 ゆまに書房
東京都千代田区内神田二－七－六
郵便番号一〇一－〇〇四七
電話〇三－五二九六－〇四九一（代表）
振替〇〇一四〇－六－六三一六〇
印刷・製本——日本写真印刷株式会社

ISBN4-89714-536-8 C0391